GIAN PAOLO LORENZELLI

ELAZAR

ISBN: 978-1-911424-56-7
SKU/ID: 9781911424567

A catalogue record for this book is available from the British Library.

Type font: Minion Pro
L'Elf Noir du Mal
Plantin MT Std

Illustrations reworking: Wolf Graham
Editor: Wolf Graham
Layout: Wolf Graham
Original cover for book VARTAXAR: Roberto Minguzzi
Cover reworking : Wolf Graham
Publishing Company: Black Wolf Edition & Publishing Ltd.
Scotland (UK)
www.blackwolfedition.com

*"Dedico questa mia intera opera
con profondo amore a mia moglie
Cristiana per la pazienza e l'amore
che mi ha dimostrato."*

*"Ringrazio inoltre i miei figli per i
consigli datomi e la loro pazienza
dimostratami con il loro amore."*

PREFAZIONE

Dopo un lungo lavoro sono lieto di poter pubblicare "Elazar", questo è il secondo libro dell'autore Dott. Gian Paolo Lorenzelli, ed è il seguito del fantasy "Vartaxar".

Questo è un libro che ti porta con se in un mondo fantastico e, nello stesso tempo fa riflettere sul comportamento odierno umano, un fantasy che non va interpretato solo come tale ma, anche dal lato umano, é un intrecciarsi di emozioni, paure, debolezze e avvenimenti sempre più intricati. Con "Elazar" ho avuto modo di poter conoscere meglio lo stesso autore in quanto ho seguito più attentamente la sua crescita a livello di autore emergente potendo dare consigli e svelando a lui i segreti dell'editoria, avendo così l'opportunità di poter stringere una buona amicizia anche a livello personale

Devo fare un sentito ringraziamento alla moglie Cristiana, che ha sostenuto il marito Gian Paolo e ai suoi figli, che lo hanno aiutato con ottimi consigli.

Invece suggerisco all'autore di continuare nel suo piacevole diletto che è la scrittura e accrescere sempre più le sue capacità intellettive come tale, di non abbandonare quest'arte e di continuare a seguire gli insegnamenti dati durante l'editing del manoscritto, che sono serviti a dare un senso di continuazione e non di caduta a "Elazar".

Questo libro tende ad andare in crescendo e apertura nella sua strutturazione, nonostante i nomi dei vari personaggi che a volte possono risultare ostici resta fluida e scorrevole invogliando il lettore a proseguire con la lettura.

Non aggiungo altro per non rovinarvi la lettura e vi auguro un buon proseguimento.

Wolf Graham

(The Editor)

PROLOGO

Gherson nobile decaduto, vive da sette anni come pastore in una valle sperduta del pianeta Arvhèia di nome Isador; la monotonia delle sue giornate è interrotta una notte, quando compare un misterioso personaggio che gli annuncia il prossimo arrivo di un gruppo di cavalieri che lo avrebbero condotto nel regno di Adamant, nazione in perenne contrasto col suo popolo originario: gli Urwaian. Prima di partire lo straniero gli affida il suo falco Ierax.

Gherson quindi, fidandosi di quelle parole, lascia la sua abitazione insieme ai nuovi compagni per raggiungere Elevar, la capitale degli Adamaint; durante il tragitto ha modo di conoscerli meglio, in particolare Teirios, il focoso comandante della compagnia. In alcune occasioni però corre il rischio di essere identificato per chi è realmente, in altre parole Vartaxar, uno dei più valorosi condottieri dell'esercito nemico. Lungo il cammino la comitiva si ritrova a soccorrere un bambino di nome Elazar, finito nelle grinfie degli Urwaian che l'avevano rapito; il piccolo però si mostra schivo sin da subito e rifiuta di parlare con chiunque.

Giunto a Elevar, durante la cena di benvenuto con il re Alcain, Gherson è riconosciuto da alcuni presenti; il sovrano esterrefatto decide di interrogarlo in separata sede con i suoi più fedeli consiglieri. Alcain viene così a sapere che Gherson era un valente ufficiale e principe ereditario di Urwan; tuttavia, le morti premature del padre e poi del nonno avevano creato i presupposti per l'ascesa al trono dello zio Varanis che, invidioso del nipote, l'aveva fatto arrestare e rinchiudere nelle cave di pietra di Graevion. Dopo quattro mesi il comandante della prigione aveva convocato Gherson mostrandogli il corpo del figlio appena nato, ucciso da Varanis stesso; il tiranno inoltre aveva anche preso come concubina Rhiannon, la moglie di Gherson.

Quest'ultimo in un raptus d'ira aveva ucciso l'ufficiale, ma nel corso della fuga era stato ferito gravemente cadendo nel fiume Laus; più a valle un pastore di nome Ramson lo aveva raccolto e portato con sé nella valle di Isador curandolo e tenendolo poi al suo servizio.

Il re Alcain, consultatosi con i consiglieri e con la figlia Ainousa, decide di temporeggiare per i troppi dubbi; aveva fatto cercare quel giovane perché tempo prima gli era apparso in sogno uno sconosciuto preannunciandogli una guerra imminente contro Urwan: il buon esito della battaglia sarebbe dipeso dalla presenza di Gherson al suo fianco.

Per alcuni giorni Gherson rimane a Elevar facendo innamorare di sé la giovane principessa Ainousa; in seguito il sovrano lo invia con alcuni suoi fidi a Khareem Vasta, la dimora degli awox waimer[1], sperando di poter chiarire una volta per tutte le sue perplessità.

Giunto sul posto tuttavia, Gherson scopre che gli uomini sacri sono stati massacrati dagli Urwaian inviati lì dal tiranno Varanis per cercare un misterioso ragazzo; solo uno di loro è scampato alla strage, il vecchio Valdor. L'anziano durante la notte conduce Gherson in una cripta e gli mostra il "Libro della Vita", un manoscritto dove scorre la magia; appena toccato infatti, genera intorno a sé una spirale simile a un ologramma dove si visualizzano eventi passati, presenti e il possibile futuro non solo di

---

[1] Uomini sacri: al singolare awax waimar

Arvhèia ma anche di altri mondi.

Sempre quella notte Gherson incontra l'enigmatico personaggio conosciuto all'inizio della storia nella valle di Isador. Lo straniero gli rivela la verità sulla sua origine; Gherson discende da Elaiar, l'angelo che custodiva il passaggio tra Arvhèia e Ghenesia, l'antico mondo, dove Yrshar il creatore dell'universo, aveva generato tutte le razze. L'invidia di Darkos, un angelo maledetto aveva tuttavia causato la divisione tra gli uomini e le altre genti ed il Creatore era dovuto intervenire esiliando il genere umano su Arvhèia. Comincia così a delinearsi il compito di Gherson: ricondurre l'umanità su Ghenesia e convincere le altre razze che ancora vi abitano a riaccoglierla nuovamente tra loro. Tale incarico è però ostacolato dalle forze del male, in particolare proprio dallo stesso Darkos; questi, sebbene relegato in una regione indefinita dell'Universo, sta cercando di osteggiare Gherson in tutti i modi attraverso i suoi servitori, una in particolare di nome Malion.

Nel viaggio di ritorno Gherson incontra Tamar, la schiava di Arsen, un signorotto prepotente alleato degli Urwaian. La bontà della donna placa le ire del principe che avrebbe voluto uccidere Arsen, perché lo aveva trattato in malo modo. Tornato a Elevar, Gherson viene a sapere che Ainousa è stata promessa in sposa al principe ereditario di Arvor, una nazione alleata degli Adamaint; in tal modo Alcain avrebbe rafforzato ancor più l'amicizia tra i due regni in previsione dell'imminente guerra contro gli Urwaian. Ainousa non è felice e una notte decide di concedersi a Gherson ma lui rifiuta, perché ancora innamorato di sua moglie Rhiannon.

Nel frattempo, il perfido Varanis si sta preparando a invadere il regno adamant e casualmente viene a sapere che Gherson è ancora vivo e si trova proprio a Elevar; escogita allora un tranello per attirare il giovane nelle sue terre e sopraffarlo. A tal fine invia Rhiannon gravemente malata a Carvaria, una cittadina portuale ai confini del suo regno. Gherson cade nella trappola; informato che la moglie si trova a soli quattro giorni di distanza, all'insaputa del re Alcain fugge dalla reggia per andare a liberarla; il suo tentativo però fallisce miseramente e la moglie muore durante la fuga: lui stesso è fatto prigioniero. Nel corso del trasferimento a Valaur, la capitale del regno di Urwan, alcuni Adamaint cercano invano di liberarlo, ma quando ormai tutto sembra compromesso, Gherson è soccorso da Arvaj, suo amico d'infanzia. Finalmente libero il principe torna a Elevar, dove subisce le ire di Alcain fortemente in collera con lui per essere scappato di nascosto. In seguito, sarà proprio il sovrano a richiedere il suo aiuto per approntare le difese della città, ora che la guerra contro Varanis è alle porte.

La sera prima dell'attacco Gherson ha un'intuizione: mentre l'esercito nemico si appresta a espugnare la capitale, lui fugge dalla vallata e raggiunge un isolotto vicino alle cascate del fiume Kaleidon. Attraverso un passaggio segreto entra in una grotta e scopre la tomba di Antàlia, moglie dell'antico custode Elaiar e sua antenata. In quel luogo gli appare di nuovo il misterioso individuo incontrato all'inizio del racconto che gli rivela la sua identità; lui stesso è Elaiar e nella tomba sono nascoste la sua spada Altair e la sua armatura, entrambe dotate di poteri straordinari. Gherson le prende con sé e ritorna a Elevar, scoprendo che gli Urwaian sono già entrati in città a causa del tradimento di Efaialtos, uno dei consiglieri del re. Durante i feroci combattimenti Alcain viene ucciso. Gherson allora sfida apertamente il comandante delle truppe nemiche, suo cugino Arcadis, figlio di Varanis e lo ferisce mortalmente nel corso del duello; l'esercito di Urwan allora si ritira nei suoi accampamenti.

Il giorno seguente Gherson cerca un accordo con i nemici ma Ainousa impedisce qualsiasi trattativa perché sconvolta dalla morte del padre: vuole a tutti costi annientare gli Urwaian per vendicare Alcain.

Quella stessa notte l'accampamento nemico viene distrutto dalle truppe Adamaint grazie a uno stratagemma di Gherson e gli Urwaian sono così costretti a ritirarsi.

CAPITOLO I

L ugubri tenebre aleggiavano nell'oscuro antro ricoperto da pareti di ghiaccio.

Una voce rauca ruppe il monotono ossessivo silenzio che permeava l'ambiente. «Maledetto umano! Maledetto! Mille volte maledetto!»

Il pugno di Malion batté poi con violenza sulla pietra grigia che delimitava la magica lastra di vetro: c'era riflessa sopra l'immagine del principe Gherson nella sua splendente armatura, mentre era acclamato vincitore sul campo di battaglia sotto le mura di Elevar.

La creatura, disgustata, distolse gli occhi vermigli carichi d'odio.

«Ancora una volta ho fallito con questo miserabile! Prima i Raukaur, poi i Torshakis… è uscito incolume persino dagli intrighi orditi da suo zio e da quest'ultima guerra contro gli Urwaian. Non posso più permetterlo! Ne va della mia vita!»

Così dicendo, andava camminando pensierosa avanti e indietro coperta solo dai lunghi capelli, mentre la sua immagine si rifletteva distorcendosi sulle numerose stalattiti e stalagmiti che rivestivano la grotta.

Aveva dei lineamenti perfetti che parevano creati dalla mano di un'artista. Non sembrava soffrire il clima rigido della sua dimora perché le si addiceva. Aveva un cuore freddo come il ghiaccio e quell'atmosfera rispecchiava perfettamente il suo stato d'animo. Malion d'altronde era ben consapevole di possedere un fascino particolare e la sua bellezza non aveva mai lasciato scampo a chiunque l'avesse desiderata. Quelle povere vittime, una volta incantate, erano succhiate della loro linfa vitale e ridotte a meri contenitori senz'anima. Lei rimaneva a osservarle compiaciuta, mentre queste si spegnevano lentamente chiedendo invano pietà. Era priva di compassione, anche se in passato non era stato così.

All'inizio dei tempi il suo nome era Mirian, una creatura angelica dai poteri straordinari, che incarnava in sé lo splendore e l'armonia del creato; la sua sventura fu divenire preda di qualcuno più scaltro di lei, qualcuno che la desiderava con bramosia e che la irretì nelle sue oscure trame.

Darkos la fece innamorare perdutamente di lui con il veleno smielato delle sue lusinghe, Mirian perse così la sua originaria purezza gettandosi nelle braccia del principe degli inganni. L'innominato la sedusse e la rese sua schiava, legandola a lui in modo indissolubile; ne deturpò l'anima e le portò via dal cuore la speranza, seminandovi al contempo odio e rancore. Quel senso di vuoto che la teneva avvinghiata era la causa della sua malvagità e dava origine a tutte le sue azioni. Infatti, cercava di sottrarre a ogni essere vivente quella natura divina che aveva perso. Alla fine però non riusciva mai a saziarsi e così, sempre più frustrata e insoddisfatta, se ne tornava alla sua dimora piena di livore, maledicendo il giorno in cui era stata creata. Lo stesso corpo subì nel tempo una metamorfosi; il colore della pelle da candido che era, divenne simile a smeraldo e i capelli d'oro s'infuocarono di un rosso vermiglio. Si spogliò delle sue vesti celestiali e ovunque andasse, mostrava a tutti priva di pudore la sua tragica bellezza.

«Malion!»

Il cupo richiamo echeggiò nell'antro perdendosi nelle gallerie circostanti.

L'ombra di un'imponente figura comparve nello spec

chio di cristallo.

«Ancora non hai portato a termine la tua missione?» Domandò Darkos con tono di rimprovero nella voce.

«No, mio signore...», rispose lei, inginocchiandosi tutta tremante.

«Non sai forse che la mia pazienza ha un limite?» Tuonò l'altro.

Lei annuì silenziosa.

Il demone allora ringhiò tutto il suo furore alzando il braccio destro.

«Sai che non amo essere deluso!»

Il diadema che Malion portava al collo, unico gioiello che adornava il suo corpo, si arroventò all'istante e si strinse alla vittima.

D'istinto Malion portò subito le mani alla gola ma invano; a contatto con il monile si ustionarono e la creatura si rotolò a terra contorcendosi in preda a spasmi tremendi. Tossiva in maniera convulsa e respirava a fatica.

«Pietà!» Arrancò lei, mostrando le mani piagate.

«Pietà!» Continuò a implorare con voce roca sempre più disperata.

Quella scena durò ancora alcuni istanti, finché l'ombra dietro lo specchio ritirò il braccio e Malion rimase a terra ansimante.

«Ti do un'ultima possibilità... rammentalo! L'ultima!»

Lei annuì da terra rantolando e infine disse: «Questa volta agirò io stessa, di persona!»

Si alzò lentamente, un ghigno malevolo le deformò il viso, mentre pensava a come irretire la sua preda.

L'ombra di Darkos intanto stava svanendo nel grigio fumo che lo circondava.

CΛPI✝OLO II

Venne infine il tempo di commemorare i propri cari. Furono celebrati i funerali di Alcain che si ricongiunse ai suoi padri e anche le esequie di tutti i caduti tra gli Adamaint.

La mattina seguente, il 28 di Kougar[2], Ainousa fu incoronata regina di Elevar davanti a tutto il popolo; la cerimonia fu molto semplice per volere della sovrana stessa. Nonostante la vittoria, infatti, non c'erano molti motivi per gioire, la città andava ricostruita e le perdite inferte erano troppo recenti e ingenti; Gherson fu uno dei primi a chiederle udienza.

«Che cosa desideri?» Gli domandò Ainousa.

L'altro, inchinandosi al suo cospetto rispose: «Mia signora, ritengo di aver concluso il mio compito qui... come ben sai, tuo padre mi fece chiamare per aiutarlo nella guerra contro Urwan. Ecco! Gli avversari sono stati cacciati e per il momento la pace regnerà sulle tue terre. Varanis non riuscirà a riorganizzare il suo esercito in tempi brevi, chiedo pertanto di congedarmi da te per un periodo.»

«E quale sarebbe il motivo?» Chiese la regina.

L'altro riprese: «Mia signora, tu sai certamente che ho un figlio ancora vivo nell'arcipelago delle isole Ghelàos. Desidero partire prima possibile per ricongiungermi a lui. Non è un addio... ti assicuro che ritornerò. So bene che la lotta contro il nostro comune nemico non è ancora conclusa ma la mia presenza, almeno per il momento,

---

[2] I mesi nel calendario di Arvhèia sono dodici e fanno riferimento al ciclo delle due lune. Sono tutti di trenta giorni: Avrist, Meron, Nainur, Enver, Kougar, Avar, Nizar, Elar Kistar, Tamir, Silvar, Elidar

non è più così necessaria.»

La regina annuì sebbene a malincuore.

«Uomini come te sono sempre indispensabili in qualsiasi frangente, però le tue motivazioni mi sembrano più che valide, quando intendi partire?»

«Al più tardi fra due giorni… il tempo di preparare le provviste. Arvaj verrà con me.»

Lei acconsentì; poiché Gherson però non accennava ad accomiatarsi, gli domandò: «Che altro c'è?»

Lui rispose visibilmente imbarazzato: «Mia signora, se mi permette… solo un'altra richiesta…»

«Dimmi pure.», lo esortò Ainousa.

«Ecco vede… mi domandavo se Teirios e Garund potevano accompagnarci fino al porto di Afdhal, sa…»

Ainousa sorrise e lo fece tacere con un cenno delle dita.

«Accordato Gherson. Ora puoi andare.»

L'Urwain s'inchinò di nuovo e dopo averle baciato la mano, si accomiatò da lei.

Fuori dalla porta Teirios lo stava aspettando ansioso.

«Allora… che cosa ha detto la regina?»

Gherson lo guardò soddisfatto. «Che puoi venire con noi!»

L'Adamant fece un salto di gioia.

«Ora c'è solo un problema…», osservò l'amico.

«Quale?» Rispose Teirios, strizzando gli occhi.

«Chi glielo dirà a tua moglie?»

Prima di partire Gherson riuscì anche a incontrare il piccolo Elazar e a stare un po' con lui. Avrebbe voluto condurlo fuori città per cavalcare con Evalion[3] ma si rese conto che non era possibile: ovunque si apprezzavano i segni della distruzione e delle violenze subite e non

---

[3] Purosangue dell'antica razza Lonegran, domato da Gherson nel corso del suo precedente soggiorno a Elevar; era in grado di colloquiare con il suo cavaliere.

era certo un bello spettacolo. Gherson era convinto che il bimbo, dotato di un animo sensibile, sarebbe rimasto traumatizzato. Si trattennero così insieme qualche siklin[4] a passeggiare nei giardini della fortezza. Elazar fu contento di rivederlo, soprattutto era affascinato da quel falco che li seguiva ovunque; non smetteva di accarezzarlo e di nutrirlo lanciandogli il cibo. Gherson però non si sentiva a suo agio e non sapeva a cosa attribuire questa difficoltà: di sicuro non era abituato a stare con i bambini e non conosceva il giusto approccio per familiarizzare con loro ma sentiva che c'era dell'altro.

Alla fine, si avvicinò a Elazar accarezzandolo e con voce amorevole gli disse: «Devo partire per un viaggio... non starò via a lungo, so che qui tutti ti vogliono bene, io però non conosco nulla delle tue origini... vorrei aiutarti, ma non so come.»

Il fanciullo lo fissò a fondo negli occhi, tanto che l'Urwain trasalì sentendosi scrutato fin nel proprio intimo; quindi Elazar indicò con la mano destra il proprio cuore e quello di Gherson, gli si avvicinò e lo baciò sulla guancia. Gherson si alzò in silenzio, lo prese per mano e insieme tornarono nella fortezza. Con quel gesto così naturale, senza pronunciare una parola, Elazar aveva voluto esprimere tutto il bene che provava per lui e alla fine

---

[4] I giorni su Arvhèia sono suddivisi in venti periodi chiamati siklein (siklin al singolare) paragonabili grossomodo alle nostre ore e ognuno di loro conteneva circa 4000 dei nostri secondi. L'ora decima corrisponde al nostro mezzogiorno. La ventesima ora alla mezzanotte. I sottomultipli di un siklin (viriklein), ognuno dei quali ha la durata di un/quarto di siklin e contiene pertanto circa 1000 secondi,
Per la loro misurazione venivano di solito utilizzati dei pali piantati in terra, rivolti all'alba verso il sole, che proiettavano l'ombra su un'asta graduata, oppure dei dischi in pietra affissi sui muri delle case, simili a meridiane. I sottomultipli di un siklin (viriklein), ognuno dei quali ha la durata di un/quarto di siklin, venivano di solito calcolati utilizzando un piccolo recipiente di vetro graduato, nel quale ad intervallo costante venivano versante delle gocce da un tubo. Una volta riempitosi, il contenitore si svuotava automaticamente, in base al principio dei vasi comunicanti, per poi venire nuovamente riempito attraverso il tubo. Molto diffuso era anche l'uso di congegni simili a clessidre a sabbia.

si era fatto capire più di mille discorsi. Gherson d'altro canto provava tenerezza per quella creatura che in modo così ingenuo gli aveva manifestato i suoi sentimenti, vero balsamo per il suo animo tormentato.

Terminati gli ultimi preparativi, l'Urwain decise di lasciare l'armatura di Elaiar in custodia ad Ainousa e di portarsi dietro solo la spada Altair.

Il giorno seguente, insieme a Teirios, Garund e Arvaj, partì per Afdhal. Appena uscirono dalla valle, Evalion si fece loro incontro con il suo caratteristico nitrito. Dopo la battaglia si era riunito al suo branco per non farsi più vedere, ma era ricomparso ora all'improvviso per accompagnare Gherson in questo nuovo viaggio.

Il principe fu contento di rivederlo e scese dal destriero che stava cavalcando; si avvicinò al purosangue e lo accarezzò.

«Finalmente ci ritroviamo, compagno di tante avventure...», gli sorrise Gherson.

Evalion questa volta non rispose e rimase stranamente silenzioso, un fascio di muscoli e nervi tesi; il suo stesso animo pareva adombrato. Gherson avrebbe voluto chiedergliene il motivo ma temendo di contrariarlo, preferì non fare domande.

Si diressero così verso oriente seguendo il grigio sentiero delimitato da cespugli di lavanda. La via si continuava fra verdi colline in direzione del regno di Arvor, costeggiando a destra le montagne azzurre. Il tempo era favorevole, il cielo terso e la temperatura gradevole com'era lecito aspettarsi in quella stagione.

Andavano di buon passo e in quei frangenti la mente di Gherson riandò più volte indietro nel tempo fino al tra-

---

[5] Compagno di avventure di Gherson, ucciso dagli Urwuaian durante l'assedio di Elevar.

gitto compiuto alcuni mesi prima quando si recò a Elevar per la prima volta. Il povero Nestor[5], a quel tempo era con loro; quanto mancavano i suoi silenzi... poi guardò Teirios e si fermò a riflettere. In quegli ultimi giorni durante il conflitto il suo amico doveva aver perso sicuramente più di un parente; eppure continuava a ridere e scherzare come se nulla fosse. Era chiaro però che dietro quell'apparente benessere doveva celarsi invece un'enorme sofferenza che Teirios riusciva a dissimulare molto bene, non lasciando trapelare proprio nulla.

Erano tutti sempre all'erta, fino a pochi giorni prima su quelle terre scorrazzava la cavalleria urwain e quindi il rischio di incappare in qualche brutta sorpresa era ancora concreto. Fortunatamente però non fu così, tuttavia erano visibili ovunque i segni della devastazione: campi bruciati dagli Adamaint prima che arrivassero i loro nemici, abitazioni devastate dagli Urwaian..., quell'anno probabilmente non ci sarebbero stati raccolti a conseguenza della guerra.

Nei giorni seguenti, guadato il fiume Evron, entrarono nel regno di Arvor, la presenza di Teirios li aiutò in alcune occasioni, perché aveva delle conoscenze in quelle regioni. Gli Urwaian avevano usato la mano pesante lungo i confini, di conseguenza gli stranieri non erano ben visti e ogni tanto s'intravedevano i resti di case bruciate. Qui i raccolti non erano stati toccati ma i civili avevano pagato anche con la vita il tentativo di difendersi dagli invasori. Lungo la strada si distinguevano bene gli sguardi ostili delle persone: qualcuno si rifiutava di accoglierli; altri addirittura venivano incontro a loro minacciandoli con le armi; c'era anche chi fuggiva via timoroso alla loro vista. Quello che più rattristava Gherson, Teirios, Arvaj e Garund erano i bambini, talvolta vestiti di stracci che elemosinavano qualche soldo ai margini della via; fissavano gli stranieri con due occhioni grandi e il viso malinconico. Quanti piccoli Elazar dovevano esserci in questo mondo…

Alla fine erano sempre gli innocenti a dover pagare per le colpe degli altri.

"Signore fino a quando?" Recriminava Gherson tra sé con il capo chino sul proprio cavallo. Di tanto in tanto fissava il falco che in quei giorni non amava volare ma preferiva stargli accanto.

Una sera intorno al fuoco Gherson si attardò con Arvaj.

«Dimmi allora, che cosa accadde la notte dell'attacco, quando ci siamo ritrovati lungo il sentiero? Non abbiamo mai avuto occasione di parlarne…»

Il Lachvain, seduto con le gambe incrociate fissava le fiamme quasi fossero figure danzanti, poi rispose con calma: «Il pomeriggio in cui gli Urwaian giunsero nella valle di Elevar i Lonegrain erano nervosi, Evalion li radunò unendosi al branco. Anche i Lamash[6] si accostarono; lo stallone nero esercitava di sicuro un forte ascendente pure sui nostri destrieri. Noi restammo nelle tende non sapendo che fare. Le armi erano pronte ma non potevamo raggiungere la città, perché tutte le vie d'accesso erano state tagliate fuori dal nemico. Poi a notte fonda sentimmo un gran scalpitio di zoccoli… La terra rumoreggiava. Uscimmo dal campo; tutti i quadrupedi erano lì fuori e i nostri Lamash fremevano irrequieti. Ci voleva poco a capire che era giunto il momento, così ci armammo e partimmo; Gherson… un'esperienza difficile da raccontare, erano loro che ci guidavano, noi eravamo solo spettatori di un

---

[6] Destrieri cavalcati dal popolo lachvain.

evento oltre la nostra immaginazione.»

L'altro annuì con lo sguardo.

«Ti credo, amico mio, ti credo.», rispose infine, mentre il falco sceso all'improvviso in picchiata si frappose tra i due.

Arvaj ebbe un sobbalzo, poi continuò. «Certo, anche tu ne avrai da raccontarmene di cose strane...»

Il principe sorrise abbassando il capo e gettò un piccolo ramoscello nel fuoco. «Un'altra volta Arvaj... ora è tempo di dormire.»

Il giorno seguente a metà mattino mentre attraversavano un campo di grano quasi maturo, scorsero un individuo che correva verso di loro con le mani alzate.

«Aiutatemi, vi prego, aiutatemi!»

I quattro fermarono i loro cavalli. «Che ti succede buon uomo?» Domandò Teirios.

L'altro gridava disperato: «Mia moglie! A tre galacron[7] da qui... vedete quella casa?» Indicò un'abitazione poco distante in mezzo alla campagna. «Sta molto male... Deve partorire a momenti. La levatrice è stata uccisa alcuni giorni fa dagli Urwaian; non aveva fatto in tempo a fuggire, vi prego aiutatemi... Fate qualcosa!»

Il pover'uomo era davvero affranto e i quattro si guardarono tra loro.

«Che facciamo?» Domandò Garund turbato.

Teirios ammiccò verso Gherson. «Io non saprei da che

---

[7] Misura delle distanze su Arvhèia:

Siricron = Decima parte di un acron

Acron = 19 centimetri (secondo il sistema decimale in uso)

Diacron = Dieci acron

Galacron = Cento acron

Verocron = Mille acron

In realtà nel linguaggio comune, per calcolare le distanze, si diceva più semplicemente: un giorno di cammino... una giornata a cavallo... o frasi del genere. Talvolta, anche se erano valutazioni grossolane, si faceva riferimento alle ballate dei luoghi e si diceva: "Il tempo che ci metti a cantare o a narrare la storia di Elesian, ad esempio..."

parte cominciare! E tu?»

L'Urwain rispose di rimando: «Se mi aiuti. In fin dei conti qualche figlio l'hai avuto, o mi sbaglio?»

L'Adamant brontolò subito senza mezzi termini: «Dannazione Gherson! Un affare è concepirli, un altro farli nascere!»

«Andiamo, coraggio!» Tagliò corto l'amico e insieme si misero a correre verso la dimora del contadino, che solo ora cominciava ad avere qualche perplessità su quegli sconosciuti.

Entrati nella casa, si trovarono nel bel mezzo di un'ampia cucina con un tavolo ovale al centro e un ingombrante camino sulla destra. Di fronte a loro c'erano tre bambini: la più grande, una ragazzina di circa dieci anni, teneva in braccio il fratellino minore che piagnucolava. Alla vista dei nuovi arrivati, i piccoli si spaventarono ancor di più.

«Non temete, siamo qui per aiutarvi.», disse Garund.

Teirios accarezzò il capo del secondo cercando di farselo amico ma ottenne l'effetto contrario: anche quello si mise a piangere. Gherson diede un'occhiataccia al compagno che cercò di scusarsi, agitando lievemente le mani.

Da una stanza a fianco provenivano delle grida: era la donna in preda alle doglie del parto.

«Dai!» Intimò Gherson facendo cenno a Teirios e al contadino di entrare.

Arvaj nel frattempo cercò di intrattenere i bambini con Garund portandoli a vedere i cavalli. Poco dopo venne alla luce una nuova vita: era una femminuccia.

Gherson la posò commosso sul grembo della madre.

I due genitori si rivolsero verso di lui e con gratitudine gli domandarono: «Come vorresti che si chiamasse?»

Il contadino, vedendo che Gherson esitava, lo sollecitò di nuovo: «Coraggio! Se non fosse stato per te questa bimba non sarebbe mai nata e mia moglie probabilmente sarebbe morta.»

L'altro allora prese il fagottino tra le braccia e disse semplicemente: «Rhiannon... se avessi una figlia, oggi la chiamerei così.»

Una lacrima ne rigò la guancia destra scivolando giù lungo la barba appena accennata.

I genitori annuirono mentre l'Urwain riconsegnava loro la piccola. Poi uscì dall'abitazione e si recò al pozzo per sciacquarsi pensando ad alta voce: «In fin dei conti la vita avrà sempre l'ultima parola insieme alla speranza... anche là, dove l'uomo ha portato distruzione e morte.»

«Hai ragione, è proprio così!» Confermò Teirios dandogli una pacca sulle spalle, così vigorosa che il giovane rischiò di finire nel pozzo. I due allora si abbracciarono e cominciarono a ridere come non avevano più fatto da tanto tempo.

Arvaj li raggiunse.

«Certo, di te potrei dire tutto... ma levatrice! Questo non me lo sarei mai aspettato, pensa a quando lo racconterò a mio fratello.»

I quattro rimasero ospiti fino al mattino seguente, infine ripresero lieti il loro cammino fra le colline ondeggianti. Giunti nel primo pomeriggio in prossimità della città di Afdhal decisero di separarsi nei pressi di un campo di grano biondeggiante, chiazzato qua e là da papaveri rossi.

Il burbero Adamant lo strinse forte.

«Cerca di usare la testa... e non essere avventato come al solito! Tu Arvaj controllalo! Di te mi fido! È lui che mi preoccupa... ormai è per me quasi come un figlio, anche se purtroppo non ho avuto modo di educarlo come si deve.»

«Stai tranquillo, te lo riporterò a casa sano e salvo.»,

replicò Arvaj sorridendo.

Gherson si avvicinò poi a Evalion e gli sfiorò il muso con una carezza. Il purosangue in tutti quei giorni aveva continuato a rimanere silenzioso, immerso in chissà quali oscuri pensieri. Ora fissava il compagno con i suoi occhioni scuri, quasi volesse imprimerlo nella mente, sembrava temesse di perderlo per sempre; Gherson percepì quella strana sensazione e si sentì a disagio.

«Coraggio, amico mio, non starò via per molto tempo; presto ci rivedremo.»

Si accomiatò così dal destriero con il sorriso sulle labbra, come se volesse esorcizzare qualche fosco presagio.

Il cavallo scosse nervoso il capo, poi fuggì via seguito dallo sguardo di Gherson, ora non più così certo del suo domani.

Mentre Teirios e Garund tornavano verso Elevar insieme al Lamash di Arvaj, Evalion da lontano, in cima a una collina, osservava con apprensione il lento incedere del suo cavaliere e nitrì al vento disperato.

«Non sarà come credi giovane principe... Stai attento, perché il tuo destino seguirà una strada irta di pericoli.»

Quel lamento insieme alle lacrime che colavano giù dagli occhi, furono portati via da un vento improvviso e si dispersero nell'aria, simili a foglie secche strappate ai rami nelle gelide notti di Noldair[8].

L'Urwain e il suo compagno, a pomeriggio inoltrato,

---

[8] Le stagioni dell'anno sono quattro: Eivan (Primavera; inizia il 15 di Nainur), Solesan (Estate: inizia il 15 di Avar), Othgar (Autunno: inizia il 15 di Kistar), Noldair (Inverno: ha inizio il 15 di Elidar).

raggiunsero il porto di Afdhal attraverso una strada mattonata che si dipanava sinuosa tra i dolci pendii delle verdi colline circostanti. Davanti ai loro occhi si apriva la baia demarcata da terrazzamenti e dislivelli rocciosi. Una lunga lingua di sabbia, finissima e bianca quasi come la neve, era delimitata da alte e scure pareti di arenaria. La fitta macchia verde che le ricopriva era vivacizzata da candidi gigli e orchidee selvatiche e il loro intenso profumo giungeva fino al mare. Il panorama già di per sé suggestivo, era ancor più seducente al tramonto; la spiaggia e il costone roccioso circostante si tingevano di un rosso intenso a causa dei raggi del sole calante, facendo risaltare ancor di più il verde smeraldo e l'azzurro delle acque circostanti. L'aspetto più caratteristico della cittadina era la vivacità dei colori delle piccole abitazioni, ognuna di una tinta diversa, separate tra loro da una miriade di stradine e viuzze; le case, costruite lungo le impervie salite e le ripide discese del pendio, contribuivano con la loro presenza a rendere più incantevole la vista di quel paesaggio.

In quel momento regnava ovunque una gran confusione. C'era infatti un viavai di marinai, alcuni ubriachi, altri intenti a raccontare storie incredibili su paesi sconosciuti. In ogni angolo spuntavano taverne, negozi, mercati a cielo aperto o semplici bancarelle, dove si vendevano il pesce e i frutti di mare appena raccolti. Gherson e Arvaj procedevano in un pullulare di colori, odori, profumi intensi, schiamazzi, risate e grida. Era difficile orientarsi in quel turbinio, ma dovevano cercare quanto prima un'imbarcazione per le isole Ghelàos, a forza di chiedere finalmente, vennero a sapere che la prima nave utile sarebbe salpata da lì a due giorni. Non rimaneva che cercare un alloggio decoroso, dove poter sostare senza dare troppo nell'occhio. In una strada laterale, trovarono quel che faceva al caso loro. La locanda "Il drago di mare" si sviluppava su due piani, costruita per intero con il legno degli scarti di vecchie imbarcazioni. L'insegna in prossimità dell'ingresso raffigurava un grosso drago verde che vomitava fiamme di fuoco. Superata un'intricata rete da pesca che fungeva da tenda, si trovarono in un salone rettangolare con una ventina di tavoli. La stanza era illuminata da alcune lampade a olio: al centro dominava un enorme bancone quadrato, al cui interno erano stipate bottiglie di alcolici di ogni qualità. Sulle pareti si alternavano quadri di velieri e grossi pesci imbalsamati, alcuni di aspetto davvero mostruoso. In quel momento gli unici presenti erano due marinai seduti a un tavolo; uno in realtà era accasciato in avanti del tutto ubriaco con ancora in mano il bicchiere ormai vuoto. In fondo poco oltre, c'era una donna, assidua frequentatrice della stamberga, che sventolava noiosamente un ventaglio davanti al volto in attesa di qualche forestiero.

Gherson sospirò tra sé: "Insomma, se tralasciamo qualche altro piccolo particolare... lo sporco, i topi, l'aria pesante carica di salsedine, alcol e sudore... direi proprio che non ci possiamo lamentare. In fin dei conti, non ci dovremo passare il resto della vita."

Si diresse quindi con decisione verso il banco, dove nel frattempo era comparso il proprietario: era di sicuro un ex marinaio, dalla pelle scura e spessa, solcata da numerose rughe. L'uomo non si perse in molte chiacchiere: li squadrò da capo a piedi e li portò di sopra mostrando loro una stanza. I due accettarono e dopo aver contrattato sul prezzo, scesero nuovamente al piano terra per cenare le specialità della casa; una discreta zuppa di pesce, accompagnata da qualche fetta di pane non troppo secco. Terminato il pasto, uscirono rifiutando con garbo le proposte della donna ancora seduta al tavolo.

Era da poco calato il sole quando si recarono al porto per conoscere il comandante della nave; ovviamente, questi non si trovava a bordo, diedero di sfuggita uno sguardo all'imbarcazione; si chiamava "Nicanor".

"Un nome di donna è appropriato per gente superstiziosa come i marinai...", rifletté Gherson.

Aveva tre alberi con vele chiare quadrangolari. La prua era concava per la presenza di un tagliamare, dispositivo destinato a migliorare le qualità nautiche del natante. La poppa terminava con una testa di cigno rivolta all'indietro. Le murate erano protette da cinte e presentavano una cassa laterale per difendere il governo dell'imbarcazione. Le cabine erano situate a poppa e sul tetto come di consueto vi prendeva posto il timoniere.

Dopo aver chiesto un po' in giro, vennero a sapere che il comandante si trovava alla taverna di Khantor. Si recarono allora di buon passo verso il locale situato vicino al molo di attracco delle navi; intanto le due lune già splendevano nel cielo blu della notte, circondate da miriadi di luminose stelle.

La locanda era in legno su tre piani: l'interno dell'edificio, cupo e buio, riceveva la luce da due minuscole finestre e da alcune lampade a olio sistemate in alto lungo le travi. Una volta dentro notarono subito a sinistra un bancone sporco con tagli e graffi sulla superficie, dietro il quale si accedeva alla cucina.

"Le risse devono essere frequenti da queste parti...", considerò Gherson.

A destra invece, c'era la mappa della città appesa alla parete e più avanti una rampa di scale conduceva ai piani superiori. Al centro della stanza i piccoli tavoli con le sedie di legno non potevano ospitare più di quattro persone.

L'odore di pesce fritto saturava l'ambiente. Il proprietario, un uomo di mezza statura con la barba incolta e una vistosa cicatrice sulla guancia sinistra, stava finendo di servire a un tavolo. Tornando verso il bancone li squadrò di sottecchi.

«Cercate da mangiare?» Chiese senza troppi salamelecchi asciugandosi le mani sudate sul grembiule macchiato d'unto.

«Cerchiamo una persona!» Rispose a tono Arvaj.

L'altro mugugnò qualcosa tra sé e subito dopo domandò: «E chi sarebbe questo qualcuno?»

Gherson gli si avvicinò porgendogli una moneta in mano e aggiunse: «Il comandante della Nicanor! Abbiamo bisogno di contattarlo per un viaggio.»

Il locandiere si grattò un attimo la testa pelata e indicò in fondo a destra tre persone sedute che stavano giocando a carte. I due si avvicinarono rimanendo in piedi dietro il tavolo, mentre quegli uomini continuavano nel loro passatempo come se niente fosse.

Gherson, preso coraggio, domandò: «Scusate il disturbo... stiamo cercando il capitano della Nicanor.»

«E per quale motivo lo desiderate?» Rispose uno dei tre, un tipo alto, magro, con una benda sull'occhio, la carnagione raggrinzita e scurita dal sole.

Gherson per nulla intimorito riprese: «Dobbiamo recarci a Xantios nell'arcipelago delle Ghelàos. Sappiamo che salperà tra due giorni e volevamo contrattare con lui il prezzo per il viaggio.»

Quelli seguitarono a giocare in silenzio, finché l'uomo di schiena, un tipo robusto sulla quarantina con la folta barba nera, smise per un istante di fumare la pipa e disse: «Non per farmi gli affari vostri... Siete per caso dei fuggiaschi o avete problemi con qualcuno?»

Gherson negò.

«Come vi chiamate?» Continuò lo sconosciuto.

«Gherson e Arvaj: siamo due commercianti in viaggio per affari.», rispose l'altro indicando l'amico.

Il marinaio, dopo averli squadrati con attenzione, articolò qualcosa d'appena comprensibile. «La faccia da mercanti non l'avete, mi sembrate Urwaian, specialmente il tuo compagno! Il falco che hai sul tuo braccio poi…», continuò fissando Ierax, «…mi fa pensare più ad avventurieri. Comunque io non vi farò storie, sempre che non siate voi a crearmi problemi; quindi… benvenuti a bordo!»

Si alzò dalla sedia e strinse loro la mano, mentre gli altri due annuirono con un cenno del capo.

«Sono il capitano Ruvion, comandante della Nicanor. La mia è senza dubbio la nave più veloce e meglio equipaggiata da queste parti e può raggiungere anche i sei nodi. Salperemo tra due giorni e… se il tempo regge come sembra, ce ne vorranno al massimo quattro per arrivare a Xantios.»

CΛPI†OLO III

Partirono così di buon mattino alla volta di Xantios. Il viaggio fu tranquillo: il tempo si mostrò clemente e una leggera brezza di vento favorevole spinse la nave verso Soren[9]. Gherson e Arvaj alloggiarono in una cabina a poppa appena sotto il livello dell'acqua. Il Lachvain soffrì il mare e non poco: abituato da sempre alle sue pianure e ai suoi lamash, è superfluo dire che non si trovò per niente a suo agio in quel nuovo ambiente. Spesso si recava a prua alla disperata ricerca di un qualsiasi segnale che lasciasse presagire la vicinanza della terraferma.

Gherson dal canto suo era sulle spine. Presto avrebbe visto suo figlio per la prima volta e s'immaginava come sarebbe stato quell'incontro. Che cosa avrebbe detto al bimbo? Come avrebbero reagito entrambi? Gli avrebbe dovuto tacere la morte della madre? E poi, che cosa sarebbe stato giusto raccontargli della sua vita? Il piccolo infine, sarebbe stato disposto a seguirlo o sarebbe voluto rimanere con chi lo aveva accudito per tutto quel tempo? In ultimo si convinse che la soluzione migliore sarebbe stata di parlare prima con Eleanor, la cugina di Rhiannon: lei lo avrebbe sicuramente consigliato sul da farsi.

Il comandante della nave era ben voluto dai suoi uomini. Preparato e dal polso fermo, si faceva sempre trovare al posto giusto quando occorreva e questo era un bel sollievo per i due passeggeri. Il quarto giorno come previsto, con le prime luci dell'alba avvistarono Xantios, l'isola più grande dell'arcipelago: già un marinaio di vedetta ne aveva dato notizia poco prima dalla cima dell'albero maestro.

---

[9] I punti cardinali su Arvhèia sono: Noren (Nord), Soren (Sud), Garth (Est), Donau (Ovest)

Il capitano, salito in coperta, cominciò quindi a impartire gli ordini necessari per l'approdo nel porto. Ciò che meravigliò Gherson fu la vista del faro prima ancora di entrare nella baia: alto una trentina di diacron, di forma cilindrica, generava una fiamma così luminosa che si distingueva anche a lunga distanza. In vita sua non aveva mai visto niente del genere.

Ruvion, che aveva scorto un lampo di meraviglia negli occhi del giovane, si accostò dicendogli: «È acceso notte e giorno. Per noi marinai è fondamentale: ci aiuta a orientarci al pari delle stelle, specialmente quando il cielo è coperto.»

Il principe domandò sbalordito: «Dove troveranno tutto quel legname per tenerlo sempre illuminato? Dovranno sradicare foreste intere e non penso che ve ne siano da queste parti.»

«Giusta osservazione...», rispose il comandante della Nicanor. «...in realtà so che utilizzano un olio nero facilmente infiammabile, che estraggono da un pozzo situato in un'altra isola dell'arcipelago.»

Gherson annuì interessato. Quante cose non sapeva e non sarebbe bastata una vita intera per conoscere tutti i segreti del loro mondo.

Il centro abitato era l'unico dell'isola ad avere un vero e proprio assetto urbano. La cittadina, situata lungo l'insenatura del porto, si sviluppava ai piedi di un'imponente rocca in cima alla quale sorgeva il castello del re, dimora attuale di Eleanor e di suo marito. Le case, unite le une alle altre, erano tutte costruite con la caratteristica pietra rossa del luogo. Gli abitanti, considerando anche le piccole frazioni, non superavano le diecimila unità. L'isola era chiaramente di origine vulcanica, anche se il cratere alto circa tre galacron doveva essere ormai inattivo da molto tempo. A memoria d'uomo, infatti, nessuno si ricordava di aver assistito a una qualche eruzione. Pur tuttavia, a testimonianza dell'attività pregressa, oltre alla presenza di rocce del tipico colore rubino, vi erano alcune sorgenti termali, dove le persone s'immergevano per sfruttare le proprietà benefiche delle acque. Nella rada in quel momento non videro molte barche, per lo più erano pescherecci rientrati dalla notte in mare.

Una volta sbarcati, Gherson e Arvaj salutarono il capitano e i membri dell'equipaggio e si diressero senza indugio verso il maniero. Ierax li seguiva dall'alto come un segugio. Per le vie del centro abitato notarono subito una strana atmosfera; la gente, infatti, sembrava preoccupata. Ovunque ai crocicchi delle strade si formavano assembramenti di persone che si disperdevano subito dopo per poi ricostituirsi poco più avanti.

«Che cosa starà mai succedendo?» Si domandò Gherson.

« A giudicare dai volti degli abitanti, niente di buono!» Rispose Arvaj di rimando.

Allora decisero di avvicinarsi con cautela e vennero a sapere che nei giorni precedenti un consistente numero di pirati si era diretto contro Artinia, una delle isole più periferiche dell'arcipelago, mettendola a ferro e fuoco. Il re Nevious era subito corso in aiuto della popolazione aggredita con due navi della sua flotta e da lì, una volta sopraggiunti i rinforzi, era iniziata una vera e propria caccia all'uomo. Non c'era da stare allegri però, i filibustieri di solito attaccavano e depredavano le piccole imbarcazioni. Il fatto che si fossero spinti ad assalire un'isola, seppur piccola e distante da Xantios, significava che non si facevano più scrupoli e questo non era un buon segno. I pirati vivevano di solito molto più a Soren in territori sconosciuti o nelle isole di Draonia, dove potevano nascondersi con facilità fra migliaia d'insenature. La maggior parte erano assassini, uomini senza pietà fuggiti dalle prigioni di Urwan, o detenuti costretti a remare su vascelli catturati in seguito da altri predoni. Di rado navigavano da soli, più spesso in gruppo. Chi li osava sfidare in mare aperto aveva quasi sempre la peggio; se poi riusciva a batterli, non era però in grado di catturarli perché i pirati avevano imbarcazioni molto veloci.

Mentre si allontanavano dalla calca, Arvaj sogghignò rivoltò all'amico: «A volte mi chiedo se non sia la tua presenza a chiamare le disgrazie...»

Gherson lo fulminò con lo sguardo e lo invitò ad accelerare il passo in vista della fortezza.

S'inerpicarono in silenzio lungo la via che saliva sinuosa verso il castello e raggiunsero così il corpo di guardia adiacente alla grande torre che ne difendeva l'ingresso. Le rosse pietre vulcaniche con cui era costruito conferivano alla magione un'aria ancor più austera. Il sole era ormai alto nel cielo; doveva essere quasi l'ottavo siklin del mattino e già faceva caldo, sebbene una lieve brezza proveniente dal mare rendesse la temperatura più gradevole.

Si presentarono alle sentinelle di turno, chiedendo udienza presso la regina. Subito fu inviato un messo ad annunciarli. Tuttavia le guardie nutrivano molte perplessità: la sovrana non avrebbe mai ricevuto quei due strani individui che avevano tutta l'aria di essere tipi poco raccomandabili. Si dovettero però ricredere poco dopo, quando un'ancella coperta da un velo arrivò in tutta fretta, ordinando a gesti di farli passare subito. I due si trovarono così nel piazzale antistante alla reggia, delimitato dagli alloggiamenti dei militari, dall'officina del fabbro e dalle stalle, con un ampio pozzo esagonale al centro. Lungo le pareti del palazzo si arrampicavano in modo ordinato dei profumati gelsomini intercalati a delle buganvillee fucsia. Prima di entrare, il falco planò posandosi sul braccio destro di Gherson che lo accolse con un sorriso. Varcato il breve ingresso, si trovarono nel salone delle udienze. Era lungo una quindicina di diacron con il pavimento composto dalle minuscole tessere di un mosaico, che nella parte centrale riproduceva in maniera realistica una nave in balìa dei flutti. Lungo i lati correvano due file di colonne che sostenevano altrettanti ballatoi, utilizzati solitamente da quei ritardatari che non avevano trovato posto nella sala durante le udienze. La luce filtrava attraverso una serie di finestre colorate situate in alto lungo le balconate. In fondo risaltavano i due troni vuoti dei sovrani; in quel momento, infatti, non c'era nessuno a parte loro e le guardie che li scortavano. Attesero in silenzio.

All'improvviso un'ombra apparve dietro una colonna.

«Gherson?»

Il principe si voltò in quella direzione e vide una donna di circa trent'anni. Era alta, dai lineamenti gentili, vestita con un lungo abito verde smeraldo e si stava avvicinando a piccoli passi.

Si girò perplesso verso Arvaj, come per chiedergli conforto.

«Non può essere lei...», bisbigliò nell'orecchio dell'amico.

È vero, erano passati quasi dieci anni dall'ultima volta che si erano frequentati ed Eleanor era ancora una ragazzina, però il tempo non poteva aver modificato così i suoi lineamenti!

Pur tuttavia Gherson annuì in modo educato: «Sono io.», ma non s'inchinò.

Poi, preso coraggio, continuò: «Perdona la mia confusione ma è passato molto tempo da quando ci siamo visti e ti ricordavo diversa.»

«Potrei interpretare le tue parole come un'offesa!» Replicò lei.

«Non intendevo questo, mia signora.», riprese l'Urwain, sempre più fermo nelle sue posizioni.

«Anche tu sei cambiato...», una voce tranquilla li raggiunse questa volta alle spalle.

Subito Gherson si voltò e si trovò di fronte l'ancella che li aveva accompagnati nel salone. Il volto era ancora coperto dal velo ma quel timbro era inconfondibile.

«Eleanor... Tu sei Eleanor!» Esclamò il principe sorpreso rivolgendosi alla serva.

Lei scoprì il viso sorridendo e davanti a Gherson apparve come d'incanto lo sguardo della moglie. In effetti, la cugina era leggermente più alta e più florida, con i capelli scuri e i lineamenti delicati; i suoi occhi però ricordavano in modo impressionante quelli di Rhiannon.

La regina fece cenno alla sua dama di allontanarsi così come alle guardie, poi esordì: «Perdona questa messa in scena ma la notizia del tuo arrivo mi ha lasciato costernata! Eri dato per morto da anni! E ora, eccoti qui... non offenderti se ti ho messo alla prova, dovevo verificare i miei dubbi sulla tua identità. Tra l'altro, questo non è un momento semplice...», continuò lei come un fiume in piena, «...le nostre isole sono state attaccate alcuni giorni fa dai pirati. Mio marito è partito per dargli la caccia ed io sono rimasta sola; devo essere cauta in ogni mia azione.»

Gherson per tutta risposta si avvicinò e le s'inchinò davanti baciandole la mano; quindi le presentò Arvaj, che Eleanor aveva scorto in passato a Valaur solo di sfuggita.

«Purtroppo, ti porto tristi notizie...», disse Gherson dopo quei primi convenevoli e così, mentre passeggiavano lentamente per il salone, il principe la informò su quanto accaduto a sua moglie e sulle ultime vicende riguardanti l'assedio di Elevar.

Quando la regina seppe della morte della cugina, si sedette malinconica sullo scranno e le s'inumidirono gli occhi mentre scuoteva il capo sconsolata.

Ci fu una pausa che durò qualche attimo, infine Gherson riprese la parola: «E mio figlio come sta? Lo posso vedere?»

L'altra rimase a bocca aperta. «Tuo figlio?! Ma non è più qui!»

«Come non è più qui!» Esclamò Gherson e il mondo parve crollargli addosso.

«Dove si trova? Dimmelo, ti prego!»

«L'avevo rimandato sul continente con una mia fedele ancella alcuni mesi or sono, perché non era più al sicuro da noi.»

Eleanor cominciò così a raccontare di quando il piccolo, ancora in fasce, fu portato di nascosto a Xantios. Era cresciuto sotto la sua protezione ed era stato fatto credere a tutti che fosse il figlio illegittimo di una sua serva; pochi nel castello conoscevano la verità.

«Tuttavia, come tutti i segreti anche questo alla fine fu scoperto...», continuò la regina nella narrazione.

«...Una delle mie domestiche, che consideravo fidata, s'invaghì di uno straniero giunto da poco sull'isola. Di fronte alle continue e pressanti richieste sulle origini del bambino, messa alle strette, rivelò la verità. Quell'uomo in realtà era una spia di Urwan. L'insensata se non altro ebbe l'accortezza di raccontarmi l'accaduto ma era ormai troppo tardi perché il forestiero era già fuggito. Decidemmo, quindi, di riportare Elazar sulla terraferma. Dalìa, la mia ancella più fedele, doveva recarsi dai suoi lontani parenti insieme al figlio. Con l'occasione ne approfittai per chiederle, una volta visitati i suoi cari, di condurre il bimbo a Khareem Vasta. A mio parere solo gli awox vaimer avrebbero potuto proteggerlo... Ma da allora non abbiamo saputo più nulla.»

«E dove abitavano i parenti della tua serva?» La incalzò Gherson.

«In un piccolo calasin[10], a sud delle rovine di Volturion.», rispose Eleanor.

Gherson sbiancò in volto. «Non è possibile... Non è possibile!» Ripeté, perdendo per un attimo l'equilibrio di fronte alla regina stupita dalla sua reazione.

«Non può essere vero... Non può essere vero!» Continuava a dire con gli occhi fissi nel vuoto.

Subito dopo esclamò: «Dimmi! Che aspetto ha mio figlio? È scuro di capelli, con gli occhi azzurri e le guance rosso fuoco?» Però in fondo al suo cuore già immaginava la risposta.

L'altra annuì, sempre più perplessa.

"Salvate mio figlio! Salvate Elazar!"

La frase risuonò nella mente di Gherson come il rullo di un tamburo. Improvvisamente gli fu tutto chiaro: la povera donna morente che aveva soccorso tempo prima, non aveva due figli ma uno solo. La sua ultima disperata richiesta era stata di mettere in salvo il suo ragazzo e quello di Rhiannon. Ora l'ingarbugliata matassa gli si dipanava davanti agli occhi, mostrando tutte le sue variegate sfumature.

Varanis! Sempre Varanis lungo il suo cammino! Il tiranno aveva saputo che l'odiato nipote aveva un figlio ancora vivo e l'aveva mandato a cercare. Nel tentativo di

---

[10] Così venivano chiamati i minuscoli agglomerati urbani delle grandi pianure.

raggiungere il suo scopo non si era fermato davanti a nulla; aveva persino autorizzato i suoi uomini a massacrare gli awox vaimer e quegli innocenti contadini. Quale terribile scherzo del destino... era stato per tanto tempo con suo figlio senza neppur saperlo.

Fu colto da un impeto di rabbia. «Basta! Non c'è tempo da perdere! Devo ripartire subito per Elevar!»

La regina lo frenò: «Aspetta Gherson... Ma che cosa sta succedendo?»

Il principe allora la mise al corrente in modo concitato sul resto delle sue avventure.

«Quello che mi hai appena detto è terribile e mi riempie di angoscia...», disse infine Eleanor sconsolata, portando la mano alla fronte e scuotendo mestamente il capo.

Di nuovo calò il silenzio sulla sala.

Poi la donna riprese a parlare. «Ascoltami Gherson, prima di partire è bene che tu sappia alcune cose su Elazar. Come avrai già notato, lui non parla. È sempre stato così sin da piccolo... D'indole tranquilla è veloce nell'apprendimento, molto intelligente, ubbidiente, oltremodo sensibile, però si rifiuta di parlare. È come se avesse subito un trauma... una profonda sofferenza che l'ha sconvolto, ma non so dirti cosa. In questi anni gli siamo stati vicini e gli abbiamo voluto bene cercando di non fargli mai mancare nulla. Quando è andato via, non ti nascondo che mi si è lacerato il cuore. Per me non era un nipote, lo consideravo un figlio, però non siamo mai riusciti a comprendere il motivo di questa sua chiusura; era schivo e spesso nei suoi disegni c'era l'immagine di un bambino che giocava con lui. Forse desiderava avere un fratello... eppure, compagni di gioco qui non ne mancavano.»

Gherson, ancora avvilito, la ringraziò e si congedò da lei.

Una volta nel piazzale, Arvaj gli domandò: «Che facciamo ora? Partiamo subito?»

«Appena possibile amico mio, la nostra presenza qui è ormai superflua.», rispose l'altro triste in volto.

Il destino però aveva già in serbo altre sorprese.

Dopo aver pranzato con Eleanor, fecero una passeggiata lungo le mura respirando la brezza proveniente dal mare. Scorsero così una nave che da poco era approdata in porto. Ne erano subito scesi alcuni marinai che stavano ora salendo di corsa verso la fortezza; attorno all'imbarcazione si erano invece radunati parecchi individui.

La regina capì all'istante che doveva essere accaduto qualcosa di molto grave e si recò in fretta nel salone delle udienze, chiedendo a Gherson e ad Arvaj di seguirla. Poco dopo il capitano della nave appena attraccata fece irruzione nella stanza tutto trafelato, accompagnato dal comandante delle guardie.

Giunto nei pressi del trono, s'inchinò.

Eleanor lo invitò a parlare. «Coraggio, dimmi, quale messaggio mi porti?»

L'altro, sempre in ginocchio e a capo chino, iniziò a esporre i fatti con voce titubante: «Mia regina, non avrei mai voluto essere qui per comunicarti queste notizie... Stamattina con le prime luci dell'alba la nave del re ancorata presso l'isola di Nerinos è stata attaccata alla sprovvista dai pirati. Il vascello è affondato e il suo equipaggio catturato; il re purtroppo è caduto in battaglia. Mia regina... il sovrano non è più tra noi!»

Eleanor impallidì come una statua di marmo, i suoi occhi erano sbarrati; le mancò il respiro e il cuore le rotolò a terra. Avrebbe voluto gridare, urlare al mondo intero la sua disperazione. Suo marito non c'era più... inaudito! Si sentì venir meno. No! Non poteva crollare davanti a tutti! Non così! Doveva reagire! Doveva reagire in qualche modo... Ma come!?

Si portò una mano alla fronte, mentre rivoli di sudore freddo le scendevano lungo le tempie.

«Continua! Tu allora, perché sei qui?» Domandò, facendo forza su se stessa.

L'altro, tutto tremante, riprese: «Noi stavamo pattugliando la parte opposta dell'isola. Quando giungemmo, era ormai troppo tardi. Siamo dovuti fuggire perché eravamo soli contro cinque navi nemiche. Mia signora...», si arrestò un istante ansimando, il tono della voce sempre più incerto, «...non è ancora finita: pare che i pirati siano intenzionati a dirigersi verso Xantios e potrebbero essere qui già domani con le prime luci dell'alba!»

Eleanor si ammutolì. Nella stanza era calato un silenzio irreale, Gherson fece un cenno verso la regina nel tentativo di darle coraggio.

«Basta! Fuori, fuori tutti ho detto!» Urlò lei, alzandosi di sorpresa dal trono.

Il marinaio obbedì subito e si allontanò dal salone, così come le guardie e il loro comandante.

«Andatevene anche voi! Lasciatemi sola! Sola con il mio dolore!» Strillò in direzione degli altri due.

«Eleanor, ascolta...», prese a dire Gherson, ma lei lo fissò con due occhi così sgomenti che l'altro non riuscì più a parlare.

Poi, all'improvviso, la regina perse conoscenza. Per fortuna Arvaj, temendo un suo possibile mancamento, le si era già accostato e così la sorresse prima che cadesse rovinosamente sui gradini. La prese in braccio già priva di sensi e chiamò a gran voce le ancelle perché accorressero in aiuto. In men che non si dica due serve entrarono da una porta laterale e fecero strada al Lachvain.

Eleanor fu così portata nella sua camera. Solo dopo che ebbe ripreso conoscenza, Gherson e Arvaj si ritirarono lasciandola alle cure dei suoi domestici.

Tornati nel salone, il Lachvain dette sfogo ai suoi pensieri: «Sei sempre dell'idea di voler andare via di qui? Che facciamo adesso?»

Gherson si portò la mano al mento.

«Bella domanda... Intanto, andiamo a sentire il comandante delle guardie.»

Questi, un tipo di mezz'età in lieve soprappeso con la barba brizzolata ben curata, si trovava in quel momento sulla torre del castello che dava a oriente e scrutava pensieroso l'orizzonte.

«Come pensi di affrontare la situazione?» Esordì Gherson senza tanti convenevoli.

L'altro rispose sconsolato: «Non ne ho la più pallida idea mio signore... Noi non siamo guerrieri urwaian, qui per lo più vivono pescatori; tra l'altro, i migliori uomini a nostra disposizione erano andati col sovrano. Per non parlare del fatto che ci resta poco tempo, non so proprio se riusciremo a organizzarci per fermare il nemico. Sono davvero molto preoccupato per tutti noi...», terminò guardando in direzione del porto, mentre si grattava la testa calva.

Arvaj chinò il capo sempre più depresso. Quanto avrebbe desiderato la presenza del suo lamash e dei suoi compagni...

Gherson sospirò lisciandosi la barba; fissò assorto Ierax che ricambiò il suo sguardo. «Quel liquido nero che brucia all'interno del faro... quanto ne avete stipato nei vostri magazzini?»

«Non saprei: Novanta... forse cento botti. Perché?» Rispose il comandante incuriosito.

«Ho una certa idea che mi frulla per la testa!»

Arvaj, subito intrigato, si voltò verso l'amico: "Quando gli brillano gli occhi in quel modo, c'è da aspettarsi di sicuro una bella pensata."

Gherson invece, guardò il soldato fisso negli occhi e riprese: «Ascoltami, non c'è tempo da perdere! Fai evacuare subito la città! Non deve rimanere nessuno! Scorta tutta la gente all'interno dell'isola verso le pendici del vulcano; questa notte dormiranno là al sicuro. Poi fai salpare la Nicanor insieme alla nave attraccata nel pomeriggio e nascondetevi al riparo in qualche insenatura. Forse riusciremo a vendicare il tuo re… ma tutto dipende dalla tua condotta. Dovrai fare quello che ti dico!»

Arvaj sentì il calore scorrergli di nuovo nelle vene: Vartaxar era nato per essere un guerriero!

Il giorno seguente come previsto, sul far del mattino cinque imbarcazioni cariche di pirati entrarono indisturbate nel golfo senza incontrare alcuna resistenza. Una volta approdati, i filibustieri si trovarono di fronte una città deserta; in giro non si vedeva anima viva. Quelli che entravano nelle case sbatacchiando gli usci aperti, ne uscivano con la faccia scoraggiata. La notizia del loro arrivo li aveva preceduti: in fondo se lo dovevano aspettare.

«Saranno tutti corsi a nascondersi nella fortezza!?» Azzardò uno dei predoni a Zonthar, il loro capo, un uomo alto e nerboruto con la lunga barba nera.

Questi, mostrando un ghigno feroce sulle labbra, indicò la rocca esortandoli: «Vorrà dire che li andremo a scovare lassù in cima, questi topi di fogna… poi metteremo tutto a ferro e fuoco. Coraggio, andiamo!»

Ma ecco sbucare da un vicolo due figure conosciute.

«Ehi voi… Siamo qui!» Gridò Gherson facendo cenno con la mano.

Un attimo dopo una freccia partì dall'arco di Arvaj e colpì in pieno petto un pirata, poi i due fuggirono nel dedalo delle viuzze, mentre gli altri erano ancora attoniti.

Dopo un primo momento di esitazione Zonthar, rosso in volto, urlò: «Diamogli addosso!» Tutti si misero a rincorrerli.

Una seconda e una terza freccia fendettero l'aria e altrettanti predoni caddero a terra senza vita. Per Arvaj era un gioco da ragazzi, i pirati invece erano sempre più inferociti. Gherson e il suo compagno infine raggiunsero la strada che portava al castello e corsero su per la salita, inseguiti da una schiera disordinata che ora contava almeno un'altra decina di vittime tra le sue file: anche Gherson, infatti, aveva deciso di cimentarsi con il suo arco.

Rispetto a quella moltitudine le perdite subite erano irrisorie ma l'intenzione di Gherson non era decimarli, bensì farli innervosire ancor di più. I due infine entrarono nella fortezza senza curarsi di far chiudere il ponte levatoio, anche perché non c'era nessuno a difesa delle mura e si diressero verso l'ingresso del palazzo. Pure i pirati oltrepassarono la cinta ma si fermarono stupiti. In giro non si vedeva neanche un cane; che fosse una trappola?

Allora si guardarono intorno circospetti, Zonthar con un cenno della mano ne inviò alcuni ai vari angoli del piazzale. Tutti però, tornati indietro, gli rivolsero lo stesso sguardo perplesso: non c'era proprio nessuno.

«Sono fuggiti pure da qui? E dove sono scappati? Su per la montagna?» Si domandò Zonthar pensieroso grattandosi la testa.

"Dopotutto…", continuò a riflettere, "…non avranno avuto il tempo di portarsi via tutto l'oro e le ricchezze. In fin dei conti potremo anche ricavare un buon bottino senza faticare troppo."

Allora, un po' più rasserenato, s'incamminò verso la reggia seguito dai suoi ed entrò nella stanza al pianterreno. Le porte erano spalancate. Seduto sulle scale, appena sotto lo scranno del defunto re Nevious, c'era un uomo. I predoni, riconosciutolo come uno dei fuggitivi, si mossero subito verso di lui sebbene il pavimento fosse cosparso di un liquido scuro e melmoso. Giunti a poca distanza si fermarono; in quel momento all'interno del salone c'erano almeno un centinaio di pirati. Quello strano individuo non sembrava aver paura di loro; reggeva l'arco nella mano destra come fosse un bastone, mentre un falco nero, poggiato sulla spalla, li osservava truce.

«Benvenuti alla festa! Vi stavamo aspettando...», disse infine Gherson alzando gli occhi che brillavano di un'insolita luce.

Zonthar rimase attonito a bocca aperta. «Festa? Quale festa?»

«La vostra!» Rispose Vartaxar levandosi in piedi.

L'altro lo guardava con l'espressione del volto ancor più sbigottita, aspettando ulteriori chiarimenti da quello sconosciuto. Invece un attimo dopo sbucò Arvaj, nascosto fin allora dietro al trono; aveva una freccia incendiaria già inserita nell'arco.

«Salutatemi Darkos o chi per lui quando lo incontrerete oggi... Il vostro viaggio su Arvhèia si conclude qui!»

Queste furono le ultime parole che Zonthar udì da Gherson.

Un istante dopo la saetta partì diretta verso il liquido nero che prese subito fuoco.

Dai ballatoi laterali che si affacciavano sul salone, comparvero una trentina di soldati. Alcuni gettarono addosso ai pirati il greggio ancora rimasto nei barili, mentre altri li bersagliarono con numerose frecce incendiarie. In pochi

istanti l'ambiente si trasformò in un vero e proprio infer-no. I più fortunati morirono subito trafitti dalle frecce; gli altri andavano correndo qua e là come torce umane scontrandosi l'un l'altro e aumentando così il numero degli ustionati. Poi a un comando di Gherson altre quattro guardie sbucate dalle porte laterali chiusero l'ingresso della sala, mentre Vartaxar e il suo compagno svicolarono da un passaggio sul retro. I pirati ancora vivi nella sala non ebbero più scampo: l'aria era divenuta irrespirabile per il calore rovente e per il fumo asfissiante che nascondeva ogni cosa; l'odore di carne bruciata poi era nauseante. Con il passare del tempo le urla di quei disperati andarono a scemare. Le fiamme si erano ormai affievolite e solo allora Gherson fece riaprire le porte. Tuttavia ci volle del tempo prima che riuscisse a rimettere piede all'interno a causa dell'elevata temperatura e del cattivo odore. Alla fine si trovarono davanti uno spettacolo davvero raccapricciante; l'intero pavimento era disseminato di corpi bruciati, la maggior parte già cadaveri, solo alcuni ancora agonizzanti. La sorte non fu migliore per i predoni che erano riusciti a fuggire dall'androne: infatti, furono subito accerchiati dai soldati dell'arcipelago. Questi ultimi, seguendo le indicazioni di Gherson, erano rientrati nel porto con le due navi salpate la sera precedente. Innanzitutto avevano liberato i prigionieri scampati alla battaglia navale e tenuti in ostaggio da un esiguo gruppo di pirati. Quindi, ora in numero più consistente, erano corsi alla rocca per fronteggiare il resto dei predoni e lo scontro si era ben presto concluso.

Poco dopo Gherson uscì di nuovo sul piazzale. In quel mentre una figura picea come il carbone, nascosta dietro una colonna, sbucò barcollante e cercò di colpirlo alla schiena con un pugnale. Arvaj si frappose d'istinto e fu ferito sopra la clavicola destra. Gherson si girò fulmineo, ma due frecce scoccate da altrettanti soldati della guarnigione avevano già ucciso il malintenzionato. Arvaj però era a terra e si lamentava con i lunghi capelli corvini sparsi dietro il capo.

Subito Gherson gli scoprì il torace, poi tirò un sospiro di sollievo.

«Te la caverai anche questa volta... ci vorrà un po' di tempo ma non morirai.»

Gherson rimase quasi una settimana al capezzale di Arvaj, fintanto che fu sicuro dello scampato pericolo. Per la guarigione vera e propria ci sarebbero voluti almeno un'altra ventina di giorni: davvero troppi, perché il principe scalpitava in cuor suo; desiderava tornare a Elevar e riabbracciare suo figlio.

Fu Arvaj stesso che lo convinse a rientrare. «Io sto bene qua, tutti mi sono vicini...anche oltremodo per i miei gusti. So benissimo che per me è prematuro mettermi in viaggio, ti sarei solo d'impiccio; tu parti pure, ti raggiungerò prima possibile, tra l'altro sono preoccupato per la regina che non dà assolutamente alcun cenno di ripresa, si è chiusa in se stessa.»

Gherson rimase sconcertato da quell'insolita affermazione. Da quando Arvaj si dava pensiero per i sentimenti di una donna? Preferì però non approfondire la questione. Ringraziò l'amico per avergli dato la possibilità di anticipare il rientro e si recò subito al porto. Venne così a sapere che una nave, la Mantinea, sarebbe salpata alla volta di Afdhal quel pomeriggio stesso. Tornato un'ulti-

ma volta nella fortezza, preparò il suo zaino e si congedò da Eleanor. Giunto poi di fronte all'imbarcazione, ebbe appena il tempo di accordarsi con il capitano per il prezzo del viaggio.

C'era una gran folla di persone: venditori d'acqua, pane, olive e pesce secco stavano caricando le loro merci. Alla fine tutto fu issato a bordo e sistemato ai lati dei banchi di voga.

Anche la Mantinea era una tre alberi, sebbene più piccola della Nicanor. Aveva uno scafo tondeggiante che si restringeva alle estremità; lo slancio di prua era ben sagomato, la poppa, leggermente inclinata all'indietro, sosteneva il timone.

Gli fu destinata una stanza dal soffitto basso con le pareti che scendevano oblique. C'erano due finestre con vetri spessi sotto la linea di galleggiamento e la luce che penetrava sfumava dal giallo del sole al verde scuro del mare.

Una volta tolti gli ormeggi, la nave prese il largo. Gherson guardò un'ultima volta il faro rimpicciolirsi in lontananza e ripensò ai recenti avvenimenti e alle tante sofferenze patite dalla povera regina; chissà se si sarebbe più ripresa dal lutto... ma il cuore di Gherson già vibrava per il piccolo Elazar, avrebbe finalmente avuto modo di rivederlo?

CΛPITOLO IV

Il giorno seguente, nel primo pomeriggio, Gherson si trovava a poppa e guardava pigramente la scia biancastra lasciata della nave in movimento: ancora una volta ragionava con apprensione in merito a come rivelare la verità al piccolo Elazar, cercando di provocare meno traumi possibili. Suo figlio sarebbe stato in grado di capire? Come raccontargli della morte della madre e in ultimo, come sarebbe stata la loro vita? Si sentiva smarrito.

Non era mai stato padre e non aveva mai conosciuto il suo; ora all'improvviso si trovava con un bimbo di sette anni da crescere senza l'aiuto di una figura materna. Era sempre assorto nelle sue preoccupazioni, quando, alzati gli occhi, vide in lontananza un gruppo di nuvolette che andavano formandosi rapidamente. Nel giro di poco tempo le onde, dapprima regolari, cominciarono ad assumere forme insolite; l'aria si stava raffreddando e si alzò il vento, cosicché anche le vele cambiarono aspetto e, da flosce che erano, iniziarono a gonfiarsi. Il comandante, un uomo ancora abbastanza giovane, basso, tarchiato, con i capelli brizzolati rasati quasi a zero, si muoveva avanti e indietro sul ponte agitandosi in maniera sempre più nervosa; l'equipaggio si mise al lavoro freneticamente e alcuni marinai si arrampicarono sugli alberi per legare le vele. Il cielo si coprì completamente di nubi minacciose.

Quello che più i naviganti temevano li raggiunse in un batter d'occhio: una tempesta in alto mare come Gherson non aveva mai visto prima. Fulmini e saette illuminarono il cielo a giorno, mentre gigantesche muraglie d'acqua investivano l'imbarcazione e la scuotevano pericolosamente, scagliando i marinai da una parte all'altra.

"È la fine...", pensò il giovane più volte scaraventato su

e giù dalla forza del mare. Cascate di schiuma s'infrangevano sul ponte, tanto che sempre più spesso la prua e la poppa sembravano atolli separati dai cavalloni vorticosi. La nave ormai in balia dei flutti s'incrinava ora a babordo ora a tribordo in modo preoccupante. Gherson, reggendosi al corrimano della murata, riuscì con qualche difficoltà ad avvicinarsi alla scaletta che portava alle cabine di poppa. Mentre stava scendendo, un'ondata lo sommerse fino alle spalle e lo scaraventò sul pavimento; si rialzò a fatica e, dopo essersi sincerato di non aver subito ferite, si ritirò sottocoperta. Anche qui la situazione non era confortante: si udivano gemiti e cigolii ovunque e ogni tanto schianti di oggetti che cadevano a terra; il fragore ininterrotto di tuoni e boati rendeva l'atmosfera terrificante.

Quella situazione durò per tutta la notte e gran parte del giorno seguente e non accennava a migliorare; anzi, nel corso degli ultimi siklein due uomini erano finiti in mare e altrettanti erano rimasti gravemente feriti nel tentativo di sbarazzarsi dei resti dall'albero di prora crollato sul ponte. Il timone ora doveva essere manovrato da più persone che in quelle condizioni avverse però non riuscivano a mantenere la rotta. Lo stesso capitano non sapeva dove si trovassero; probabilmente il poderoso vento di settentrione li aveva rispediti indietro oltre l'arcipelago delle isole Ghelàos.

Nessuno poteva riposarsi e tutti erano bagnati fradici. Gherson cercava di dare una mano seguendo gli ordini che gli venivano impartiti e ogni tanto si recava sottocoperta dai feriti per vedere se era in grado di aiutarli in qualche modo. Tuttavia aveva notato che l'atteggiamento dei presenti nei suoi confronti stava diventando alquanto sospetto, per non dire ostile. A tutti, infatti, è noto che i marinai sono persone molto superstiziose e pochi di loro ricordavano di aver affrontato un uragano simile in passato. Qualcuno cominciava a chiedersi se all'origine di quella tempesta ci fosse una maledizione comminata da qualche divinità marina contro uno dei passeggeri. Intorno all'ora sesta della sera la situazione precipitò, un fulmine colpì l'albero maestro che si squarciò in due fracassandosi sul ponte. L'urto generò il caos e dappertutto era un groviglio di funi e pezzi di legno frantumati; ovunque si udivano le urla dei feriti rimasti intrappolati sotto le macerie che chiedevano di essere liberati. Il comandante strillava come un forsennato, cercando di riportare una parvenza di ordine in quel marasma. Oramai la situazione era allo stremo; poi ci fu il tracollo: all'improvviso nel buio più nero comparve in lontananza una lingua di fuoco. Alcuni marinai indicavano atterriti in quella direzione.

«Un drago!» Qualcuno gridò terrorizzato, «Un serpente marino!»

Tutti correvano sul ponte brancolando, chiudendosi gli occhi o tappandosi le orecchie. «C'è una maledizione su questa nave! Finiremo dritti in bocca al mostro!»

In effetti, la burrasca li stava spingendo proprio verso quell'ultima sciagura.

Anche Gherson era preoccupato. "Che cosa sarà mai quella strana lingua rossastra comparsa dal nulla?"

La ciurma al completo, ormai nel panico più totale, tirò a sorte per capire chi fosse la causa di quelle calamità ma uno di loro, scuro in volto, gridò indicando malevolo Gherson: «È inutile perdere tempo! Sappiamo tutti di chi è la colpa! Da quando è salito su questa nave niente è andato come doveva. Prima la tempesta, ora il mostro marino! Gettiamolo in mare, forse il drago si placherà e non saremo divorati dalle sue fauci.»

Gli altri si convinsero subito e si avvicinarono ostili al

principe mentre il mare infuriava sempre più.

«Sbrigatevi! Che cosa aspettiamo?» Sbraitò l'uomo e in sei gli furono addosso. Gherson cercò di divincolarsi dalla loro presa e alla fine riuscì anche a liberarsi ma una nuova onda colpì l'imbarcazione di traverso. L'Urwain barcollò all'indietro e fu scaraventato tra i flutti con il suo zaino, mentre il falco, sbatacchiato dal vento furioso, fu separato da lui.

Gherson cercò di resistere all'impeto dei flutti ma presto si dovette arrendere in balia della tempesta: si aggrappò allora a un grosso tronco che galleggiava in mare. Sentendo che le forze gli venivano meno, conficcò Altair nel legno assicurandosi a essa con la cinghia dei pantaloni; infine stremato, perse conoscenza.

Si risvegliò il giorno seguente con le prime luci dell'alba: si trovava su una spiaggia deserta dalla sabbia chiarissima; alle sue spalle erano sparsi qua e là alcuni massi color ocra e poco oltre, dietro delle palme d'alto fusto, aveva inizio una folta vegetazione.

Il mare aveva esaurito la sua furia durante la notte e le onde dense di schiuma sciabordavano lente sul bagnasciuga: l'aria era permeata da un forte odore di salmastro e le nuvole ormai sbiadite si stavano allontanando indolenti verso l'orizzonte.

Si alzò con calma, tutto coperto di sabbia e di alghe, si guardò intorno circospetto e notò poco oltre il suo zaino.

Dove diamine era finito? Si accorse subito che quello non era l'unico isolotto, perché a breve distanza si scorgevano almeno altre quattro lingue di terra: quella dove si trovava lui, però era senza dubbio la più vasta.

"Beh… per lo meno sono ancora vivo e tutto intero.", ragionò tra sé, cercando di consolarsi in qualche modo.

Certo, era ricoperto di graffi e scalfitture ma niente di serio. Poco più in là scorse Altair ancora conficcata nel tronco cui si era aggrappato e corse subito a riprenderla. Il suo pensiero allora andò al falco; di lui non c'era alcuna traccia. Non lo aveva più visto dal momento in cui era stato gettato tra i marosi.

All'improvviso la terra rumoreggiò e Gherson avvertì un forte tremolio sotto i suoi piedi, tanto che quasi perse l'equilibrio. Dalle sue spalle giunsero un gran trambusto e strepiti provocati da diversi animali impauriti: poi uno stormo disordinato di uccelli uscì fuggendo dal folto della vegetazione. Gherson fece alcuni passi verso sinistra seguendo con curiosità la direzione dei volatili e scoprì con gran sorpresa la vera natura della misteriosa lingua di fuoco che aveva terrorizzato i membri dell'equipaggio compreso lui. Un vulcano dominava l'isola in cui era approdato e stava eruttando una fine colata di lava lungo la dorsale a circa due verocron di distanza; in parte era nascosto dalla collina che sovrastava la spiaggia.

Gherson non aveva mai visto uno spettacolo del genere e rimase estasiato alcuni istanti a osservare il fiume di magma che scendeva lento fino a gettarsi nel mare, creando una nube di vapore d'acqua tutt'intorno. Della sua imbarcazione invece non c'erano tracce all'orizzonte.

"Solo come un cane…", pensò, tornando sui propri passi. Poi vide alcuni gabbiani che volavano radenti sul profilo dell'acqua in caccia di qualche pesce sprovveduto.

"E se l'isola fosse abitata e i residenti in questione non avessero poi intenzioni così amichevoli?" Considerò quest'altra eventualità subito dopo.

Il dubbio era legittimo, così, nel timore di essere spiato, si nascose all'interno della boscaglia e a questo punto decise di esplorare il luogo dove era capitato. I vestiti erano ridotti a brandelli, si tagliò pertanto i calzoni appena sopra le ginocchia. Fece alcune bende con i resti della camicia e coprì le ferite più evidenti sulle braccia. Infilò lo zaino a tracollo e iniziò ad avanzare con prudenza, aiutandosi di tanto in tanto con la spada per districarsi nel groviglio di piante che lo circondavano. Poneva soprattutto attenzione a non calpestare accidentalmente qualche rettile malintenzionato. Mentre saliva lungo la collina non poté far a meno di notare la varietà di alberi presenti: pini marittimi, palme tropicali, banani, piante grasse, aloe vera e cactus gli erano noti... ve ne erano altri però sconosciuti; uno in particolare destò la sua attenzione, era alto almeno una decina di diacron e aveva il tronco di diametro variabile, il che faceva supporre che fosse particolarmente longevo e la sua linfa era di un colore sanguigno. All'improvviso, mentre osservava alcune guaiak[11], che passavano il tempo a scorrazzare tra gli alberi mangiando banane, sentì un sordo brontolio allo stomaco.

«Hai ragione pure tu...», disse, sorridendo malinconico mentre guardava il proprio ombelico.

Quindi si arrampicò anche lui su un albero cercando di non urtare la suscettibilità delle scimmiette che lo studiavano incuriosite; poi estrasse un paio di frutti da un casco e li divorò con voracità.

Riprese dunque il cammino guardingo sperando di non far brutti incontri, per ora era stato fortunato, a parte le guaiak, si era imbattuto solo in volatili e pappagalli dalle vivaci piume multicolori. A un certo punto, salendo

---

[11] Piccole scimmie dal manto beige

su per la collina, si trovò sopra una scogliera che si gettava a picco sul mare con un dislivello da vertigine; a occhio la distanza tra il punto di osservazione e le onde che
s'infrangevano con fragore sugli scogli doveva essere di
circa settanta diacron. Si avvicinò al dirupo e, guardando meglio in basso, gli parve di scorgere in lontananza i
resti di una nave frantumatasi sui faraglioni. Forse essere
stato gettato in mare non era stata la peggiore delle sorti.
Continuò ad avanzare verso la cima del colle ma si trovò
di fronte una sorpresa che avrebbe voluto evitare volentieri; un sentiero ben curato che si addentrava nella foresta.
Gherson si gettò a terra d'istinto cercando la spada con
la mano destra, quasi per sincerarsi della sua presenza,
mentre un brivido gli percorse la schiena. "Occhio… il
luogo dove ci troviamo è abitato!"

La stradina seguiva il corso di un rivolo, che zigzagava
lento tra la vegetazione. Gherson si ripulì della salsedine
mista a sudore cautelandosi di non esser visto e percorse il viottolo contornato da orchidee, sterlizze e lacrime
d'angelo. Raggiunse così un piccolo pianoro in fondo al
quale una cascatella si gettava in un minuscolo laghetto
che dava origine al corso d'acqua. Si fermò a osservare
tutt'intorno, non c'era nessuno, si udiva solo il cinguettio
confuso degli uccelli. Quand'ecco comparire un'ombra
dal nulla sotto la cascata. Gherson si nascose dietro una
palma nel timore di essere scoperto e guardò meglio, ora
che il suo corpo non era più velato dalle acque pareva una
donna e in quell'istante il suo cuore ebbe un sussulto e
rimase a bocca aperta.

Non era possibile! Era identica come una goccia d'acqua a sua moglie Rhiannon, rivestita solo da una ghirlan-
da di fiori colorati dal profumo intenso. La donna ricambiò il suo sguardo ma non sembrava altrettanto stupefatta

e, come se stesse attendendolo già da un po', si diresse verso di lui con calma, il sorriso sulle labbra.

«Non è possibile!» Continuava a ripetere l'altro impietrito lasciando cadere Altair al suolo.

«Ti ho visto morire tra le mie braccia! È forse un incantesimo?»

La sconosciuta infine gli fu di fronte e, posandogli le braccia intorno al collo, gli disse con voce melliflua: «Non è un sogno amore mio... questa è la realtà! Seguimi, ti stavo aspettando per stare sola con te.»

Gherson, imbambolato, si arrese all'evidenza. Avrebbe voluto replicare con un'infinità di domande ma quegli occhi che lo fissavano così ardenti riuscirono a far breccia nella sua volontà. Erano troppo forti per lui... cercò di distogliere lo sguardo ma non vi riuscì.

La donna riprese: «Andiamo, Gherson, non tardare... lascia qui le tue cose e vieni con me. Ho tanto da raccontarti.»

Questi abbandonò la spada a terra mentre lei lo conduceva per mano lungo una scalinata in pietra che s'inerpicava a destra della cascata. Raggiunsero così un patio ovoidale delimitato da una balaustra di marmo bianco: era lungo una decina di diacron e ricoperto da un mosaico raffigurante le profondità marine con miriadi di pesci delle più svariate forme e dimensioni. Da quella posizione quasi in cima al poggio si godeva una vista superba sul mare; girandosi poi a destra, si poteva ammirare il vulcano attivo, che continuava a spandere senza posa il suo magma rossastro sul versante orientale. Di fronte al cortile si apriva la dimora costruita su tre livelli e incassata nella collina: le pareti dell'ingresso e le finestre erano decorate con piante rampicanti, i cui fiori sbocciati dalle molteplici sfumature erano simili a quelli che portava la donna al collo.

Infine varcarono la soglia dell'abitazione e si trovarono di fronte a un ampio salone con due file di cinque colonne ai lati attorcigliate in spire lungo l'asse verticale che, oltre ad avere un ruolo estetico, dovevano anche reggere il peso dei piani superiori. Il pavimento all'interno era di marmo bianco con venature rosa e verdi e il mobilio, in legno di color ciliegio, aveva rifiniture intarsiate in oro. Al centro del salone c'era un tavolo, anch'esso finemente decorato, con sopra vassoi d'argento traboccanti frutta delle più svariate qualità; c'era pure un calice d'oro colmo fino all'orlo. Due sedie ornate con gli stessi fregi del tavolo facevano bella mostra di sé ai lati. Le pareti erano affrescate con scene di feste e di amori erotici.

Gherson lasciò per un attimo la mano della donna e si guardò intorno; l'ambiente che lo circondava assomigliava più a un sogno che alla realtà.

Lei intanto prese il calice e lo porse al principe. «Che fai, non mi parli? Che cosa turba il tuo cuore?» Gli chiese con voce suadente.

L'altro, tra mille dubbi e perplessità, abbozzò un tentativo di risposta: «Ancora non riesco a crederci… Chi sei realmente?»

Lei di nuovo lo invitò con un cenno della mano. «Coraggio, bevi! Io sono quello che tu vuoi che sia… bevi mio principe e ristora le tue membra; è giunto il momento di dare tregua alle tue fatiche, dimentica i tuoi dolori. Io sono tutto ciò che ti è stato tolto… Avrai da me tutto quello che vuoi.»

Gherson bevve adagio guardandola negli occhi, quegli occhi che l'attraevano ma allo stesso tempo l'intimorivano.

Non erano di Rhiannon, lo aveva intuito ormai, ma

ne era del tutto soggiogato; non riusciva a distogliere lo sguardo. La bevanda era dolce, simile al miele e piacque al suo palato; lei allora, voluttuosa, si distese sul divano sapendo di essere desiderata. Oramai qualsiasi volontà umana, anche la più ferrea, non sarebbe più riuscita a contrastare l'effetto del roson, la sostanza scarlatta estratta dalla linfa di quegli alberi sconosciuti notati da Gherson nella foresta. Il suo succo alterava la coscienza di chi l'avesse assaggiato, provocando poi incubi terribili e dolori lancinanti al capo fino ad annullarne la personalità. Alla fine quei malcapitati si riducevano a essere solo dei poveri disgraziati dominati dal proprio istinto.

Gherson si avvicinò bramandola nel cuore; quella bevanda cominciava a dargli alla testa e si sedette accanto a lei.

«Di che hai paura mio principe? Da quanto tempo non senti più il piacere dei miei baci?» Chiese la donna accarezzandogli il viso.

Il suo profumo era inebriante, ogni suo tocco un brivido; ma quegli occhi... quegli occhi che lo fissavano erano una tortura!

I suoi capelli poi... quelle chiome lo avvolgevano in modo quasi innaturale come spirali, sembravano una regnatela tessuta dal ragno attorno alla sua preda.

Gherson, i sensi completamente annebbiati, stava scivolando in un vortice senza ritorno ma non gli importava più. Questo ora desiderava e questo voleva! Poi lei avvicinò la bocca alle labbra del principe e lo baciò. L'Urwain assaporò il gusto della sua saliva, un dolce veleno che lo avrebbe ucciso lentamente.

Tutto si fece buio... e quell'atmosfera incantevole fu rotta da una stridula risata.

Z

Gherson si risvegliò nel tardo pomeriggio: gli scoppiava la testa come se una mandria di cavalli vi fosse passata sopra, era solo, disteso sul divano. Si alzò ma subito si sentì venir meno, tutta la stanza gli girava intorno. Si avvicinò allora a una sedia accanto al tavolo, quasi arrancando con le mani avanti per cercare un appoggio sicuro; qualcuno ci aveva messo sopra dei vestiti. A fatica si tolse lo zaino che aveva ancora dietro la schiena e l'avvicinò al camino; quindi decise di cambiarsi togliendosi gli stracci che aveva indosso e si diresse poi sempre con difficoltà verso la terrazza. Fuori il sole stava ormai tramontando dietro le nuvole, colorandole di sfumature violacee.

Si trattenne a respirare l'aria densa di salmastro proveniente dal mare, quando all'improvviso si aprì la porta nel salone. Si voltò adagio rientrando circospetto nella stanza. Un'anziana inserviente fece il suo ingresso e dopo un inchino posò sul tavolo dei vassoi con frutti di mare, calamari, aragoste e altre prelibatezze ittiche che emanavano un profumo invitante; erano preparate con una cura tale da far invidia anche ai più esperti cuochi di corte. Poi, dopo averlo ossequiato di nuovo, l'ancella si allontanò senza dire una parola. Gherson notò che la sua mano destra era bendata come se avesse subito un'ustione importante, infine uscì di nuovo sul patio: si sentiva soffocare all'interno della stanza e aveva bisogno d'aria, una terribile fame d'aria; le sue membra glielo chiedevano disperatamente.

«Che cosa mi sta succedendo?» Si domandò stringendosi la testa con entrambe le mani, nel disperato tentativo di allontanare la cefalea e quelle dannate vertigini che lo stavano torturando. Poco alla volta i ricordi si riaffacciarono alla sua mente: Rhiannon innanzitutto e la sua comparsa improvvisa su quell'isola misteriosa. Ancora non le aveva detto come faceva a trovarsi lì: era stata uccisa da Sartanis, ne era sicuro, l'aveva visto con i propri occhi e allora... se non era sua moglie, chi altro poteva essere? Non aveva mai saputo che Rhiannon avesse una sorella gemella. Gemelli, già come i suoi figli; di sorprese in quegli ultimi tempi ce ne erano state anche troppe per i suoi gusti. Questa donna però, diceva di conoscerlo.

Mentre cercava di raccapezzarsi invano tra tutti questi dilemmi, notò una nuova luce e un piacevole aroma di legno bruciato provenire dal salone. Si ricordò del camino dietro al divano e guardò all'interno: in effetti, era stato acceso un fuoco scoppiettante che illuminava parte del salone e nella penombra scorse il corpo sinuoso di una donna. Era di nuovo lei che lo fissava con i suoi occhi accesi e ne ebbe quasi timore. Rhiannon, vestita solo di un telo rosso trasparente, che ne lasciava intravedere tutta la sua infinita bellezza... Era lei, come l'aveva sempre desiderata.

Gli si avvicinò. «Che hai Gherson, stai male? Su, vieni dentro, la cena e pronta.», mostrando il tavolo imbandito.

«Serviti pure.», gli disse prendendo lei stessa un frutto di mare.

I due assaporarono le prelibate vivande servite da due ancelle che ogni tanto facevano capolino portando via i resti delle pietanze e accendendo le lampade a olio che ora illuminavano la stanza di una luce soffusa; il sole, infatti, era ormai calato.

Gherson aveva timore a parlare, di rado alzava gli occhi quasi imbarazzato, per guardare la donna seduta dall'altra parte del tavolo. Di fronte c'era tutto quello che aveva sognato e che non aveva mai potuto realizzare.

Terminata la cena, la sconosciuta si alzò e si adagiò fuori su una panchina di marmo, appoggiata a dei cuscini.

«Gherson, cosa fai, mi lasci sola?»

Così lo invitò a sedersi accanto a lei. Era già notte e le due lune di Arvhèia si rispecchiavano nel mare, propagandovi chiare scie ondeggianti.

La donna gli offrì nuovamente una coppa del dolce vino già gustato quella mattina, che Gherson aveva apprezzato tanto. Poi gli accarezzò i capelli lentamente e mentre lui si accoccolava sul suo seno, gli chiese: «Parlami ancora di te. Prima mentre sognavi, vaneggiavi di un figlio ancora vivo. Gherson... Parlami di lui.»

Un improvviso boato e una brusca scossa del terreno risvegliarono Gherson di soprassalto; era ancor disteso sul piccolo divano fuori della terrazza. Il vulcano continuava a lanciare messaggi di un inconsueto e sempre più pericoloso nervosismo. Era quasi l'alba e il bagliore dell'eruzione illuminava le tenebre della notte. Si guardò intorno, non c'era nessuno; la sua testa, però, scoppiava e non si ricordava di aver mai avuto fitte così lancinanti al capo: per non parlare poi di quegli incubi che lo avevano assalito tutto il tempo lasciandolo stremato senza forze... Ombre nere, ossessive, che lo ghermivano da ogni parte, minacciando di portarlo con loro in un regno senza speranza, perché per lui non c'era alcuna speranza...

Fu centrato da una ventata d'aria inaspettata; Ierax era planato di fronte a lui.

Gherson lo guardò con un misto di curiosità e timore:

che cosa ci faceva un falco da quelle parti? Sembrava ricordargli qualcosa del passato… Frugò allora nella nebbia che offuscava la sua mente.

«Finalmente ti ho trovato!»

Il principe percepì queste parole dentro di sé e si girò confuso intorno, perché non capiva da dove provenissero.

«Sono io, Ierax, il tuo falco… Non ti ricordi di me?»

In un attimo gli fu sopra il braccio e lo graffiò con i suoi artigli.

Gherson cercò di divincolarsi ruggendo per il dolore, ma la sorpresa fu ancor più grande quando vide che il gemizio di sangue comparso sopra la ferita aveva uno strano colore verdastro.

«Sei stato avvelenato!» Stridette il rapace nella sua testa.

«Che cosa sto facendo qua? Perché sono vestito così?» Domandò allora Gherson turbato, mentre cominciava a rientrare in sé stesso.

«Eri in balia di un incantesimo!»

La risposta del falco raggiunse la sua mente con chiarezza facendo breccia tra le nubi che ora stavano svanendo, man mano che il sangue sgorgava dalla ferita.

Si toccò la testa cercando di ricordarsi, rimuginando tra sé. "Stavo salendo lungo la scogliera dell'isola dopo il naufragio… poi ho incontrato una donna che somigliava in maniera impressionante a Rhiannon, se non fosse stato per quegli occhi vermigli…" si soffermò un attimo, "…è lei che mi ha condotto qui, mi ha versato quella strana bevanda e da allora è come se fossi caduto nell'oblio, non ricordo più nulla."

Il falco si girò intorno, poi, con un battito d'ali, rag-

---

[12] Uomo sacro conosciuto a Khareem Vasta tempo prima.

giunse lo zaino del principe vicino al camino e lo invitò a seguirlo, picchiettandoci sopra con il becco.

Gherson si alzò, mentre nella memoria si affacciarono vividi il ricordo di Valdor[12] e dei consigli che gli aveva impartito il giorno della partenza da Khareem Vasta. Prima di salutarsi l'awax vaimar gli aveva donato una boccetta, raccomandandogli di portarla sempre con sé. D'istinto guardò Ierax che annuì con la testa.

«Sì, l'ampolla!» Esclamò Gherson.

La aprì e ne bevve il contenuto tutto d'un sorso, poi si sedette di nuovo per riprendere fiato. Passarono alcuni interminabili istanti. La terra tremò ancora rumoreggiando, questa volta in maniera molto forte, tanto che vibrarono anche le colonne del salone. Gherson si alzò portandosi verso il patio: stormi di uccelli erano volati via dalla foresta, mentre in lontananza nuove schiere di nubi si affacciavano all'orizzonte e il mare si stava agitando; notò anche che verso occidente le due lune di Arvhèia, Mineas e Lantàra, stavano lentamente allineando i loro assi.

"Un'eclissi...", pensò.

Intanto il vulcano continuava a traboccare lava dal cratere sempre più abbondante. Gherson ora cominciava a sentirsi meglio e le ombre che l'avevano attanagliato si stavano diradando dalla sua mente: respirò a pieni polmoni l'aria proveniente dal mare, un vero e proprio balsamo per il suo corpo ancora convalescente.

«Andiamo via di qui! Questo posto puzza di morte!»

L'ordine perentorio del falco fu percepito da Gherson che si girò verso di lui, toccandosi il fianco destro in cerca di Altair; ma la spada non era più lì da tempo.

«Dannazione! Dove sei finita?» Esclamò agitato.

Un verso di disapprovazione uscì anche dal becco di Ierax.

Il giovane portò le mani alla testa per riordinare le idee, infine proruppe sollevato: «Ora ricordo… l'ho lasciata vicino al lago, proprio qua sotto.», si diresse correndo in quella direzione seguito dal falco.

Raggiunto il corso d'acqua, si accorse con disperazione che la spada non c'era più. Cercò attorno come un forsennato ma senza alcun esito.

«Eppure ero convinto di averla poggiata proprio qui!» Esclamò sconsolato.

Gli occhi profondi del rapace scrutarono l'area circostante; alla fine emise uno stridio e, battendo frenetico le ali, si portò verso il centro del laghetto.

Gherson guardò meglio verso il fondo e notò un bagliore: Altair era stata gettata là dentro.

«Chi diamine sarà mai stato?» Si chiese.

Solo allora si ricordò dell'inserviente con la mano fasciata e gli tornarono alla mente le parole proferite da Elaiar tempo prima. «Chiunque altro proverà a toccarla, attirerà su di sé l'ira del suo metallo!»

Senza indugiare oltre si gettò nell'acqua per recuperarla. Era ormai quasi nelle sue mani, quando si sentì attanagliare in modo inaspettato da qualcosa che lo stringeva sempre più intorno al corpo. Si girò di scatto e si accorse con orrore che un gigantesco viscido serpente lungo circa quattro diacron e con una testa enorme lo aveva avvinghiato e lo stava avvolgendo tra le sue spire per stritolarlo. Gherson, raschiando il fondo del lago con i polpastrelli della mano, riuscì con un ultimo sforzo a raggiungere l'elsa della spada e l'afferrò: negli occhi del rettile balenava quello stesso sguardo malvagio che il principe aveva già avuto modo di osservare in passato nei Raukaur uccisi nella valle di Isador. Cercò di divincolarsi ma non ne fu capace, quella stretta era davvero vigorosa. I due si dibattevano così nelle acque profonde, Gherson tentava di risalire in superficie, mentre l'animale lo riportava sempre più giù.

Il falco strideva agitando nervosamente le ali: «Calma! Usa la spada.»

Il serpente stava ormai avendo la meglio, anche perché Gherson si trovava sott'acqua da troppo tempo; non aveva più aria nei polmoni e presto sarebbe morto soffocato. Con la forza della disperazione il giovane conficcò Altair nel corpo della bestia, mentre questa, spalancando le fauci, si era portata sopra la testa di Gherson nel tentativo di staccargliela dal tronco con un solo morso. La lama s'illuminò di uno strano bagliore cremisi nel momento in cui entrò nella carne del rettile. Questi si dimenò come una furia lasciando libero Gherson, che poté così riemergere per rimanere poi disteso sulla riva alcuni istanti a riprendere fiato, mentre il falco gli si rannicchiò accanto. Infine Gherson si sedette a guardare il centro del laghetto; le acque apparivano ora torbide e vorticose per il continuo contorcersi della creatura ferita. In un ultimo impeto il serpente si slanciò contro l'avversario cercando di afferrarlo ma Gherson questa volta non gli dette scampo e gli staccò di netto la testa dal collo; poi si fermò a osservare i resti del rettile che galleggiavano inerti nell'acqua.

«Che stregoneria è mai questa?» Domandò al falco poggiatosi sul braccio sinistro, come se parlarci fosse la cosa più naturale del mondo.

«Devo tornare lassù e capire chi ha organizzato questa follia!»

Ierax gli rispose di rimando nella sua mente. «No! Andiamo via, il posto è intriso di una magia cattiva che ancora non sei in grado di affrontare. Non hai neppure l'armatura di Elaiar.», ma il principe già stava correndo verso la scalinata che portava al patio.

Questa volta la terra tremò di nuovo per alcuni istanti, mentre il vulcano emise un boato fragoroso. Gherson scivolò lungo i gradini procurandosi qualche contusione ma fu un bene: la scossa aveva provocato un'incrinatura nel pavimento e alcune colonne dell'abitazione erano crollate portandosi dietro parte della struttura. Il giovane si rialzò e si trovò avvolto in una nube di polvere che nascondeva un nugolo di macerie. Tossì in mezzo a tutto quel pulviscolo, poi, man mano che questo andava diradandosi, scorse un corridoio oltre le rovine: si spingeva dall'interno della casa fin dentro la collina. A quel punto la curiosità era troppa...

Il falco si frappose fra lui e il cunicolo battendo violentemente le ali per impedirgli di entrare ma Gherson, superati i mucchi di detriti, decise di seguire il suo istinto. Si addentrò così nel tunnel buio e umido scavato nella nuda terra e lo percorse per una cinquantina di diacron finché vide un bagliore in lontananza, mentre la galleria andava ora allargandosi poco alla volta. Camminava con circospezione cercando di non far rumore; giunto alla fine del cunicolo si trovò in una grotta spaziosa che riceveva la luce da un'enorme apertura quasi al centro della volta. All'interno c'era la donna misteriosa che stava parlando con il viso rivolto verso un grosso vetro ovale circonfuso da una nebbiolina verdastra. Il linguaggio gli era oscuro, non aveva mai sentito pronunciare parole simili.

«Prendi Altair in mano!» Gli ordinò il falco.

Questa volta il giovane ubbidì ricordandosi delle parole di Elaiar: «La spada ti aiuterà a discernere il bene dal male. Quando sarai in difficoltà, capirai da solo come usarla.»

Gherson si concentrò allora sulla lama e subito comprese nel suo animo quell'idioma ostile.

Dallo specchio una voce malvagia disse: «Malion, sei riuscita a compiere la tua missione?»

Lei rispose: «Sì mio signore. L'uomo chiamato Gherson è in mio potere.»

«E suo figlio?» Domandò lo sconosciuto.

«So tutto anche di lui. Ormai il padre non ci serve più... Questa notte lo ucciderò e berrò il suo sangue dopo averlo fatto a pezzi.»

Terminò la frase con una risata graffiante e s'inchinò di fronte allo specchio, mentre la sagoma dell'oscuro individuo svaniva nella nebbia.

Un brivido gelido corse lungo la schiena del principe.

Poi Malion si voltò tornando sui suoi passi ma questa volta fu lei a rimanere sorpresa: di fronte si parò Gherson insieme al fedele Ierax. Dapprima il demone ebbe un sussulto; subito però, si riprese e cercò di ammaliarlo con le sue doti incantatrici fissandolo negli occhi.

«Amor mio, sono la tua Rhiannon. Che cosa stai cercando qui?»

«Rifletti il suo viso nella lama di Altair! La spada ti mostrerà chi è in realtà.», gli ordinò il falco, poiché il sortilegio stava di nuovo incantando il giovane.

Gherson obbedì anche se controvoglia e alzò Altair davanti ai suoi occhi frapponendola tra lui e Malion. L'orrore trasfigurò il suo viso: sul metallo era riflessa l'immagine reale dell'essere che gli si parava dinanzi. Malion, la pelle viscida color smeraldo, aprì la bocca e digrignò i denti acuminati.

«Allora principe... sei venuto da me per farti uccidere? Hai tutta questa voglia di morire?» Sibilò, mostrando la lunga lingua biforcuta in tono di sfida.

Il falco lo ammonì subito: «Stai attento! Non è una creatura di questo mondo! Non puoi vincerla solo con le tue forze!»

Subito al fianco di Malion comparvero le due ancelle.

«Guardale meglio!» Stridette il rapace.

Gherson portò la lama davanti alle domestiche, che si rivelarono per quello che erano realmente: due esseri orrendi dalla pelle olivastra, le sclere gialle, in cui spiccavano tre fameliche pupille rosse. Si avvicinarono a lui con le gambe divaricate e le braccia aperte, simili a un ragno quando si avventa contro la preda.

Attaccarono all'unisono da entrambi i lati. Gherson fece appena in tempo a gettarsi sulla sinistra, affondando la spada nell'addome della creatura più vicina. Un urlo stridulo lacerò l'aria, mentre Altair al contatto con quel corpo rifulse di luce propria. L'essere si polverizzò all'istante, emanando lo stesso fetore che aveva permeato l'aria quando furono bruciati i resti dei Raukaur a Isador. Quella superstite lo raggiunse come un fulmine da destra avvinghiandosi alla sua gamba; cercava di morderlo e di graffiarlo con le unghie nere acuminate. Gherson si divincolò e riuscì a scaraventarla contro una roccia con il braccio libero; nello stesso momento il falco, avventatosi dall'alto, l'artigliò cavandole l'occhio sinistro fuori dalle orbite. Gherson le fu subito addosso e la colpì al ventre, mentre la creatura maligna, con il viso ancora coperto dalle mani, stava ululando per la ferita infertale da Ierax; anche lei svanì in un attimo esalando un lezzo nauseabondo.

Malion però non si perse d'animo e, agitando le braccia, pronunciò delle parole incomprensibili. Dalle sue dita esplose una luce verdastra che lacerò l'aria in direzione di Gherson, ma il falco, nel tentativo di proteggerlo, vi si frappose.

«Ierax, no!» Gridò disperato Gherson.

Il rapace fu colpito in pieno da quel flusso malefico e cadde a terra; le ali si agitarono ancora per qualche istante e infine si quietarono, mentre una tenue scia fumosa salì verso il cielo dalle penne riarse.

Gherson fu subito su di lui e lo prese delicatamente tra le mani ma il fedele compagno non dava segni di vita; emanava solo un insolito gradevole odore simile all'incenso.

«Maledetta!» Urlò allora alzando gli occhi verso Malion ricurva su di sé, lo sguardo risoluto su Gherson; era già pronta a saltargli addosso come una pantera, con l'istinto omicida negli occhi.

«Me la pagherai!» Tuonò Gherson, posando il falco a terra docilmente.

Non aveva ancora terminato la frase che accadde qualcosa di sorprendente: dal corpo di Ierax si sprigionò una luce chiara che s'irradiava in tutte le direzioni e le sue stesse spoglie divennero splendenti. Poi il suo aspetto cominciò a mutare in modo straordinario e crebbe, fino a raggiungere le dimensioni di un enorme volatile dall'apertura alare di almeno cinque diacron. La sua testa ricordava vagamente quella di un'aquila reale con il becco affusolato e due lunghe piume, una rosa e l'altra azzurra, scivolavano giù lungo il capo; il collo aveva il colore dell'oro, mentre il piumaggio del corpo e delle ali erano in parte rosso porpora ma per lo più di uno splendido dorato. Aveva tre lunghe piume che pendevano dalla coda, una gialla, una azzurra e una rubino; le due zampe erano longilinee con artigli possenti ed emanava tutt'intorno un alone luminoso.

Gherson rimase ammutolito di fronte a quella prodigiosa trasformazione.

Infine, preso coraggio, esclamò: «Ierax non è possibile! Che cosa ti è successo?»

La nuova creatura si voltò verso di lui e parlò: il tono della voce era simile a una melodia e incredibilmente Gherson lo comprendeva. «Non temere… sono io, Ierax, rinato a nuova vita. Sono l'emblema sul tuo scudo, l'Aldeivar, il simbolo della sconfitta di Darkos e di tutti i suoi servi. In altri mondi sono chiamato in modi diversi, ma la mia immagine ha sempre simboleggiato la facoltà di Yrshar di far nuove tutte le cose, di poter generare il bene dal male.»

Malion era impietrita di fronte all'inaspettata metamorfosi; trovandosi ora a dover fronteggiare questa nuova realtà, fu colta dal timore.

Ierax si girò verso di lei in tono minaccioso: «Tornatene nel tuo mondo di tenebra e smettila di tessere le tue orride trame su Arvhèia, strega, prima che per te sia troppo tardi.»

Si udì allora un boato imprevisto: il vulcano aveva deciso di esplodere. Dal cratere principale schizzarono in aria getti di lava e lapilli insieme a un'enorme nuvola di gas e cenere che oscurò il cielo; la terra tremò di nuovo e ne fu scossa.

Malion approfittò di quell'attimo di confusione e con una mossa felina corse verso il corridoio tenebroso svanendo in un istante.

Ierax allora esortò il compagno: «Coraggio, sali su di me e fuggiamo!»

Gherson obbedì e subito spiccarono il volo attraverso l'enorme foro sopra la grotta con una leggiadria che mai il giovane si sarebbe aspettato da una creatura del genere.

All'inizio Gherson rimase terrorizzato da questa nuova esperienza. Si avvinghiò al collo dell'Aldeivar chiudendo gli occhi e cercando di trovare un equilibrio. Poi, col passare del tempo, mentre Ierax si librava nell'aria sfruttando le correnti ascensionali, aprì gli occhi e si trovò sopra un mare di nubi. In basso in lontananza, negli sprazzi lasciati liberi dalle nuvole, scorse per l'ultima volta il vulcano ancora in piena attività.

CAPITOLO V

P oco alla volta Gherson si sentì sempre più a suo agio, il tempo si era annullato e i pensieri erano scomparsi; rimaneva solo il fruscio delle ali di Ierax che lo facevano galleggiare nell'aria. Si libravano ora sull'immensità del mare come i gabbiani.

L'animo di Gherson era un caleidoscopio di sensazioni; sicurezza, semplicità, leggerezza ma soprattutto libertà e gioia, mentre una lieve brezza gli sfiorava il viso.

«Sto volando… sto volando!» Continuava a ripetere ancora incredulo.

In preda all'eccitazione incitò Ierax gridando. «Più veloce, più in alto!»

Scivolavano entusiasti nell'aria, quasi fossero entrati a far parte di un'altra dimensione.

Ciò che più lo entusiasmava, era trovarsi sopra quella creatura fantastica di un'ineguagliabile bellezza; Ierax fluttuava nello spazio con sicurezza disarmante, come se un manto invisibile lo abbracciasse, proteggendolo anche dalle folate di vento più impetuose.

L'Aldeivar infine tornò a comunicare con lui: «Hai ancora paura Gherson? Non è meraviglioso vedere il mondo da quassù?»

«Sì, è bellissimo!» Urlò lui ancora sbalordito.

«Ma ora parlami di te! Chi sei in realtà e che cosa è successo al mio povero falco?»

«Sono una delle antiche creature plasmate dal Signore dei mondi all'inizio dei tempi ed ero compagno inseparabile di Elaiar. Quando il tuo antenato discese su Arvhèia, decisi di seguirlo per condividere anch'io la vostra realtà, pur sapendo che avrei cambiato fisionomia. Vissi insieme a lui, finché mi affidò a te: la sua permanenza su Arvhèia stava volgendo al termine e lui lo sapeva; per questo venne a cercarti con il consenso di Yrshar. Ti ha parlato di una missione che devi compiere e ora temo che la situazione stia precipitando: il fatto che abbia ripreso il mio aspetto originario, significa che i tempi sono ormai maturi; è probabile che dovremo lasciare Arvhèia molto presto.»

L'altro lo ascoltava con attenzione.

«Dove andremo allora?» Domandò come un bambino curioso che deve ancora imparare tutto dalla vita.

«Pazienta Gherson, porta pazienza… anch'io non sono certo di quel che accadrà.»

«Pazienza?» Ripeté lui quasi protestando. D'altro canto si stava parlando della sua vita e di eventi straordinari che nessuno avrebbe mai accettato a cuor leggero.

Però, rapito dai vortici d'aria in cui andavano gettandosi come folli, non pensò più nulla, se non a godersi quegli attimi d'infinita euforia.

Sorvolarono per non si sa quanto il mare sempre più burrascoso; aveva anche iniziato a piovere e in quota si agitava un forte vento.

Ierax non dava segni di stanchezza ma decise di planare, non tanto per lui, quanto per timore che il giovane, ancora inesperto, potesse perdere l'equilibrio. Fu allora che intravidero la terra in lontananza; per non essere scorti da occhi indiscreti, salirono di nuovo sopra le nubi e continuarono il loro viaggio in direzione di Elevar.

Gli scenari sottostanti cambiavano di continuo e Gherson non faceva in tempo a mettere a fuoco e a trattenere nella sua mente le immagini dei paesaggi che scorrevano veloci sotto i suoi occhi: i rilievi delle montagne, i boschi, i fiumi e molto altro che si poteva vedere da quell'altezza. Tutto scivolava via con una rapidità impressionante, quelle cime innevate che sembravano irraggiungibili alcuni mesi prima durante il viaggio a Khareem Vasta, ora le aveva sfiorate e sovrastate; alla fine si fermarono a riposarsi nei pressi di un minuscolo lago, al riparo tra i monti.

Nel cielo continuavano a muoversi minacciosi cumuli di nuvole grigie che sfogavano di tanto in tanto i loro malumori su Arvhèia; la temperatura era calata in modo repentino e il vento, sempre più fastidioso, alzava qua e là mulinelli di polvere.

«Non è il solito temporale… si prepara una notte tempestosa.», constatò Ierax.

Gherson si girò verso oriente; Mineas e Lantàra si stavano levando in cielo, ormai quasi allineate su un unico asse.

"Già, l'eclissi…", pensò.

Superati gli ultimi rilievi, intravidero la città da lontano. Le tenebre della sera erano ormai calate, tuttavia preferirono rimanere al coperto. Si diressero così alle spalle delle cime che circondavano Elevar a levante, protetti anche dalle nubi scese sotto le vette. A notte fonda atterrarono sopra il mastio, disturbati dalle forti raffiche che spazzavano l'aria. In quel momento erano di guardia alcuni soldati che, alla vista dell'Aldeivar splendente nell'oscurità, fuggirono via terrorizzati nonostante i tentativi di Gherson di rassicurarli. Ierax rimase sul torrione ad attenderlo, mentre il giovane entrò con passo spedito nel palazzo. Era solo questione di poco e alla fine avrebbe rivisto suo figlio per abbracciarlo e riconoscerlo davanti a tutti.

Una volta all'interno della fortezza notò dappertutto un gran subbuglio: doveva essere successo qualcosa di molto grave; c'era, infatti, un continuo andirivieni di persone. Gherson chiese di Teirios e gli fu detto che era a rapporto

dalla regina nelle sue stanze. Si avviò pertanto in quella direzione e, giunto davanti alla porta, chiese il permesso di entrare; i soldati lo fecero passare senza discutere. Scorse subito Ainousa circondata da alcuni ufficiali, tra cui lo stesso Teirios.

Lei si girò verso di lui e, quasi infastidita gli rivolse la parola: «Ah sei tu… alla fine sei tornato!»

«Che cosa è successo qui? Vedo un gran movimento ovunque.», domandò lui.

«Oggi sono accadute molte cose Gherson e tu come al solito non c'eri!» Rispose Ainousa senza celare il suo disappunto nel tono seccato della voce.

«Ma ora sono qui! Potrei avere allora qualche spiegazione?» Replicò lui cercando di mantenere la calma.

«Questo pomeriggio Darida, la moglie di Drusan[13], che è anche una delle mie ancelle, ha accompagnato suo figlio alla fortezza per farlo giocare con Elazar.»

«Elazar? Che cosa centra Elazar ora?» Domandò Gherson preoccupato.

«Se avrai la pazienza di ascoltarmi, forse riuscirò a finire il discorso!» Rispose lei piccata.

L'altro, sebbene in ansia annuì, d'altronde Ainousa, non era al corrente delle ultime novità.

La regina allora continuò: «Sono stati nei giardini e poi sono usciti a passeggio per la città; ma da allora non sono più rientrati.»

Il viso di Gherson si sbiancò mentre Ainousa proseguiva il suo resoconto. «Circa un'ora fa, Darida è stata trovata morta all'interno delle cantine: all'apparenza sembrerebbe sia caduta rompendosi l'osso del collo, ma non si riesce a capire come sia possibile. Secondo tutti i testimo-

---

[13] Ufficiale Adamant che detestava Gherson.

ni, la donna non era più rientrata. Inoltre, anche Drusan è scomparso; doveva prestare servizio già da questa sera ma pare essersi volatilizzato, non si trova da nessuna parte. Pochi minuti fa è giunto il capitano della guardia alla porta della città.», indicando il giovane biondo alla sua sinistra «L'ufficiale ci ha riferito che Drusan era uscito prima del tramonto con Elazar. A casa è rimasto solo il figlio ad aspettare il ritorno dei genitori che, a quanto pare, non avverrà più.»

La regina appariva davvero turbata in volto.

Gherson, sempre più pallido, continuava a ripetere a bassa voce: «Non è possibile... non è possibile...», scuotendo la testa senza senso.

Poi all'improvviso ebbe un impeto e urlò tutta la sua disperazione. «Come Elazar scomparso! Che storia è mai questa?»

Ainousa si voltò verso di lui contrariata.

"Perché si sta comportando come uno squilibrato?" Pensò.

Allora, aprendosi un varco tra gli ufficiali, gli fu davanti e, puntandogli il dito contro in un crescendo di emozioni, gridò: «Sei impazzito? Che significa questa condotta? Spero tu abbia un valido motivo per giustificare tutta questa foga o giuro che ti faccio scorticare vivo!»

«Gherson, che hai?» S'intromise Teirios preoccupato. Non si erano ancora salutati e non era da lui quell'improvviso scatto d'ira che non lasciava presagire nulla di buono.

«Elazar è mio figlio! Elazar è mio figlio, non capite?» Rispose Gherson sempre ad alta voce.

Questa volta fu Ainousa a rimanere di sasso. «Che cosa stai dicendo Gherson? Hai perso il lume della ragione?»

«No, non sono diventato matto!» Continuò l'altro in

preda all'angoscia.

«Elazar è mio figlio! Dove accidenti è finito?»

La regina si mise le mani nei capelli stringendoli con forza. «Ma com'è possibile? Che storia è mai questa? Sei sicuro di quello che stai dicendo?»

«Sì, Ainousa...» Rispose lui affranto e così sedendosi, li ragguagliò subito sugli ultimi avvenimenti. La regina lo ascoltò con attenzione e rimase affascinata dalla ricostruzione delle sue avventure decisamente fuori dall'ordinario; ma ciò che la incuriosiva di più era questa nuova creatura alata con cui era giunto fino a Elevar.

Nonostante facesse di tutto per obbedire alla promessa pronunciata a suo padre sul letto di morte, era ben consapevole che rimanere indifferente a Gherson le costava un enorme sforzo di volontà; sarebbe stata un'impresa difficile da sostenere. Cercò pertanto di dominare le sue emozioni e si costrinse a rivolgere le sue preoccupazioni sulla sorte del piccolo Elazar.

«Che cosa hai intenzione di fare adesso?» Gli domandò.

Lui, alzatosi di nuovo in piedi, rispose risoluto: «Devo ritrovarlo... è l'unica certezza che ho! Partirò subito! Non posso permettermi di perdere altro tempo.»

«Verrò con te.», disse Ainousa.

«No, mia signora, non puoi... Questa volta è affar mio!» Esclamò Gherson.

«Non è solo un tuo problema; pure io mi sento responsabile per quanto accaduto.», ribatté la regina, ben determinata anche lei.

«Non è possibile, non puoi venire con me. Non andrò a cavallo.», replicò lui ancora una volta.

Disarmata di fronte all'evidenza, Ainousa annuì a malincuore. Allora lo fece condurre nel salone, dove era custodita la sua armatura. Dopo averla indossata, Gherson risalì immediatamente sul mastio; Ierax lo stava già aspettando.

Anche Teirios era lì e gli brillavano gli occhi.

«Per tutti i fulmini di questo mondo! Non ho mai visto niente del genere!»

Fissava sbalordito l'enorme volatile, le cui ali erano poggiate al suolo in posizione di riposo; la bellezza e l'eleganza delle sue forme erano straordinarie.

Pieno di stupore si rivolse infine all'amico: «Il giorno in cui t'ho incontrato non avrei mai pensato di entrare a far parte di una leggenda...»

L'altro abbassò il viso quasi schernendosi. Un improvviso colpo di vento li colse alla sprovvista turbinando tutt'intorno; da lontano si sentì ululare un lupo e un brivido attraversò la loro schiena. Le due lune si stavano disponendo una dietro l'altra.

«È una notte maledetta... stai attento! Anche se la magia ti difende, sono in ansia per te.»

Gherson assentì; portò una mano al volto dell'amico e l'accarezzò sorridendo.

«Ci rivedremo Teirios... non pensare a me, proteggi invece la tua regina.»

Detto questo, si voltò verso Ierax e salì sopra di lui; insieme si alzarono in volo, nonostante la corrente sempre più impetuosa fosse loro contraria.

Ainousa, nascosta dietro la porta della fortezza che dava sul torrione, aveva osservato tutto. Il principe nella sua armatura splendente si stava librando nel cielo sul bellissimo Aldeivar, parevano due fulgidi astri che sorgevano per illuminare con il loro bagliore quella fosca notte; al suo cuore mancò un battito. Si morse il labbro tremando, era dilaniata nel suo intimo, quel calore sopito a lungo sotto le braci di un fuoco mai spento, aveva ripreso vigore.

«Dove stiamo andando?» La voce di Ierax raggiunse il suo compagno.

«A caccia!» Rispose Gherson, mentre cavalcava il volatile sempre più sicuro. «Dobbiamo trovare Drusan che è fuggito da Elevar con mio figlio.»

«Allora tieniti forte e aguzza lo sguardo, perché non gli daremo tregua!»

In un batter d'occhio Ierax si portò all'altezza delle nubi per scrutare meglio il paesaggio sottostante; il lupo continuava a ululare in lontananza rivolto verso le due lune, mentre il vento soffiava tutta il suo furore.

Poco prima dell'alba Ierax notò un uomo seduto a capo chino vicino a un cavallo pezzato dietro un ammasso di rocce; era Drusan. Il piccolo Elazar dormiva sereno sotto una coperta.

Planarono immediatamente in quella direzione. Una volta a terra Gherson si diresse con la spada sguainata contro il suo avversario.

«Ti stavo aspettando.», mormorò l'altro a denti stretti.

«Drusan! Come hai potuto farmi questo? Ridammi mio figlio!» Gridò Gherson, il volto livido di rabbia.

«Prima di averlo dovrai passare sul mio cadavere! Ma non ti sarà facile… Ricordi quello che ti dissi un tempo? Tra noi non era finita quella notte a Elevar. Oggi è la resa dei conti!»

La voce dell'Adamant era carica d'odio. Così detto, sguainò la spada anche lui.

«Di quale colpa mi accusi?» Replicò Gherson, sperando per un momento di farlo ragionare.

Drusan gli si pose minaccioso davanti: «Quale colpa?

Io ti odio! Ti ho sempre odiato, perché tu hai avuto tutto, tutto quello che io ho sempre desiderato: un rango, una posizione, il coraggio, la gloria! Non ti bastava l'amore della tua gente? E allora ti sei preso pure quello della mia! Tu sei l'uomo che io avrei voluto essere. Per questo ti odio! Per questo oggi morirai!»

Mentre parlava, i suoi occhi erano spiritati, fuori dalle orbite.

Gherson ribatté allibito. «Ma che cosa stai dicendo! Tu sei pazzo... Non ho mai ambito agli onori del tuo popolo; un tempo ho desiderato la fama tra i miei concittadini ma ho sperimentato a mie spese che la gloria è effimera. Io voglio solo riavere mio figlio, del resto non m'importa nulla. Lui è l'unica ragione della mia vita.»

«Per questo non l'avrai!»

Drusan livido di furore, gli fu subito addosso con una mossa fulminea ma Gherson parò il colpo e passò al contrattacco. I due contenenti si fronteggiavano ora in un feroce corpo a corpo, senza esclusione di colpi. Drusan combatteva forte di un astio mai provato prima che aveva centuplicato le sue energie; l'altro, con l'unico desiderio di liberare il bambino dalle grinfie di quel folle.

Elazar nel frattempo, svegliato dal clangore delle spade, si era seduto vicino a un masso osservando terrorizzato i due avversari.

«Dove avresti voluto portarlo?» Chiese Vartaxar nell'impeto della lotta.

«A Valaur.», rispose l'altro, schivando un fendente sulla destra.

«A Valaur!? Ma sei pazzo! Da Varanis? Sei diventato così folle da consegnarlo ai tuoi nemici?» Gridò Gherson.

«No, tu non capisci! Varanis mi ricolmerà d'oro appena gli avrò consegnato tuo figlio.», replicò Drusan ansimante, menando a sua volta un altro fendente.

«Ma così tradiresti il tuo popolo!» Ribatté Gherson.

«Non m'interessa più la mia gente… non m'importa più di nessuno! Mi hanno considerato un traditore, un loro nemico! Ebbene, io vi odio! vi voglio tutti morti!» Così dicendo, allungò la lama verso il fianco destro dell'avversario.

Gherson però, questa volta fu più rapido e si scansò centrando poi con Altair l'anca dell'altro; il colpo provocò uno squarcio nella maglia e aprì una ferita nella carne. Subito ne scaturì un fiotto di sangue. Drusan cadde a terra urlando di dolore e si portò d'istinto la mano al gluteo, poi la guardò inorridito: era completamente macchiata di rosso. La ferita non era letale, tuttavia faceva davvero male. Cercò di rialzarsi ma cadde di nuovo a terra. Gherson, vedendolo in quelle condizioni, lo lasciò stare e corse dal bambino.

«Dove credi di andare?»

Una nuova voce squarciò l'aria e giunse come una stilettata sul viso di Vartaxar, che, avendola subito riconosciuta, si sentì perso. Una figura comparve da dietro le rocce, offuscata in parte dalla polvere sollevata dal vento. Era lei, Malion, rivestita di un'armatura scarlatta; l'elmo le copriva il volto, lasciandone fuoriuscire la chioma fluente che turbinava nell'aria come aspidi. Appariva terrificante nel suo incedere.

«Alla fine ci incontriamo di nuovo, principe!» La voce ricordava il sibilo di un serpente.

La testa dell'Urwain cadde all'indietro per lo sconforto.

«Pensavi davvero che mi fossi dimenticata di te? Ebbene ti stavi sbagliando; ti ho fatto condurre qui da questo idiota per ucciderti.», mostrò il forcone a tre punte che aveva nella mano sinistra.

Anche Drusan ascoltava quelle parole e forse solo ora in condizioni di non poter più nuocere, cominciava a comprendere la sua enorme stoltezza.

«Fissa nella tua mente questo giorno Gherson... perché sarà l'ultimo! Oggi io ti ucciderò!» Continuò lei imperterrita con le sue minacce. Roteò la forca nell'aria e avanzò verso di lui.

«Vedi, all'inizio avrei dovuto portarti dal mio padrone Darkos per educarti a una nuova visione della vita; ma ora che tu ci hai fatto conoscere la verità su tuo figlio, non abbiamo più bisogno di te. Useremo lui per i nostri scopi.», terminò la frase con una fragorosa risata raccapricciante.

«No!» Gridò l'altro disperato.

Subito Gherson le fu addosso ma lei si difese parando il colpo con una spada fiammeggiante che comparve all'improvviso nella sua mano destra. Questa volta era lui a combattere con furore: il timore di perdere Elazar di fronte a quel nuovo nemico molto più temibile di Drusan era sacrosanto. Gherson sapeva che l'avversaria era più astuta di lui, lo aveva già sperimentato a sue spese ma tale circostanza, invece di frenarlo, lo aveva reso impulsivo; non voleva più privarsi del figlio ora che lo aveva ritrovato.

Ierax lo incalzò: «Domina il tuo ardore! Non combattere in maniera avventata o sarai sua preda in men che non si dica. Ci sono io con te!» In un batter d'occhio si frappose fra i due.

«Che cosa stai cercando tu? Guai?»

Malion, gettato a terra il forcone, agitò la mano contro la creatura alata. Subito ne uscì lo strano flusso verdastro ma il volatile lo schivò facilmente; la scia colpì invece una roccia che si sgretolò all'istante con un boato.

Allora soffiò anche col suo alito e dalla bocca uscì un fumo nero che lei plasmò con le mani. Nell'aria poco alla volta prese forma un essere mostruoso, simile a un grosso felino con enormi mascelle dai denti aguzzi e con lunghi artigli acuminati che raschiavano la terra.

«Stolti! Credevate davvero che mi sarei fatta trovare sola a un appuntamento del genere? Vai Gormor, saziati del loro sangue!»

Rise beffarda e il suo ghigno riempì di terrore lo spazio circostante. Anche il piccolo Elazar fino a quel momento in disparte urlò per lo spavento e tutti si voltarono verso di lui.

«Elazar, piccolo mio! No! Non lo avrai!» Gridò Gherson con tutta l'angoscia di un padre verso il figlio in pericolo e si gettò di nuovo contro il demone.

Attorno a loro si agitavano vortici ululanti di polvere sollevati dal vento impetuoso, simili a guerrieri intenti a osservare quel duello all'ultimo sangue. Malion alzò di nuovo la mano e lanciò ancora una scia verdastra contro Gherson che riuscì a proteggersi con lo scudo. Ierax nel frattempo si era sollevato rapidamente da terra per difendersi dall'attacco della nuova immonda creatura. Dopo averla elusa, le ricadde sopra, uncinandola al collo con i suoi artigli; cercava di colpirla sulla testa con il becco mentre quella si divincolava nel tentativo di morderlo sulle ali.

Gherson tornò all'attacco di Malion e tra i due volarono colpi di ogni genere.

«Combatti bene principino; ma non servirà a niente. Questa volta ti ucciderò!» Continuava a deriderlo cercando di irritarlo ulteriormente.

«Tutta la tua vita non è servita a nulla! Non è stata altro che lutti e dolori. Per cosa stai lottando? Per chi e per quale ragione poi!!! Arrenditi all'evidenza; tutti i tuoi sforzi, tutte le tue fatiche sono state vane. Tua moglie è morta per colpa tua, ti sei macchiato pure del suo sangue!»

Le parole di Malion erano come altrettanti colpi di spada che fiaccavano poco a poco il suo avversario.

«Lasciati vincere; almeno da morto potrai riposare in eterno. Non proverai più nulla!»

«Non dargli ascolto!» Intervenne Ierax accortosi che Gherson stava venendo meno.

Malion continuava a schernirlo, mentre colpiva di nuovo lo scudo con la spada. «Pensi davvero di salvare il mondo? Ma chi ti credi di essere; tu non sei nessuno!»

Lacrime di disperazione solcavano il volto di Gherson, anche perché sentiva le forze venir meno. «Io voglio solo riavere mio figlio!»

«E allora, togliti l'armatura e sottomettiti a me!» L'ordine di Malion era perentorio, lei stessa in quel momento sembrò crescere a dismisura in tutta la sua potenza.

«No, non lo fare!» Gridò Ierax ma era troppo tardi: il felino si divincolò dai suoi artigli e scaraventò il volatile con violenza contro una roccia. Ierax cadde a terra inerme per alcuni istanti, quelli purtroppo necessari alla belva per scagliarsi con un balzo fulmineo contro Gherson; lo azzannò al ventre con le fauci acuminate, lo gettò con ferocia al suolo e lo bloccò. Vartaxar urlò di terrore; l'armatura lo aveva protetto ma la bestia lo teneva comunque sempre serrato con le sue zanne. Malion esultò raggiante per la vittoria; si avvicinò al suo avversario e gli assestò un calcio sulla mano destra, allontanando così Altair che fu scaraventata via. Poi si erse in piedi sopra di lui che si divincolava inutilmente per liberarsi dalla presa dell'ani-

---

[14] Gherson figlio di Tanis

male.

Malion rise sarcastica: «Sembri un verme Gherson... è inutile che ti dimeni, non servirà a nulla, anzi... più ti agiti più godo nel vederti così alla mia mercé.»

Infine gli schiacciò con il piede il braccio destro, bloccandolo al suolo in una posizione quasi innaturale. «Gormor, allontanati da lui e finisci quell'insulso volatile! Vartaxar è mio!»

La belva allargò le fauci ubbidendo alla sua padrona, mentre una saliva gialla e nauseabonda, scivolando dalla sua bocca, colava addosso all'Urwain.

Malion si avvicinò portando il viso all'altezza del giovane e, estroflettendo la sua lingua viscida simile a quella di un rettile, gli leccò avidamente la faccia. «Chi ti credevi di essere Gherson Tanisdar tindaril!?[14] Elaiar? Solo perché hai indossato la sua armatura, tra l'altro in modo ridicolo, pensavi di essere invincibile? Ebbene ti sbagli di grosso! Sei finito stupido mortale... e ora muori! Mi hai già fatto perdere troppo tempo!»

Così dicendo, gettò a terra la spada ed evocò il fascio di luce contro il principe con entrambe le mani; la scia si dipartì subito dalle sue estremità e investì Gherson che si contorse per il dolore, sebbene l'armatura riuscisse ancora a proteggerlo.

«Muori!» Urlò di nuovo Malion, il viso contratto dalla sua ferocia demoniaca.

Ierax non poteva intervenire, era ancora trattenuto da Gormor e non riusciva a liberarsi da quella scomoda posizione: tutto ormai sembrava volgere alla fine. L'Urwain era esanime, sfinito e senza energie, Malion gli tolse l'elmo, lo sollevò da terra con entrambe le mani e lo scaraventò poco oltre. Poi raccolse la spada, gli si avvicinò brandendo l'arma e con la mano sinistra lo tirò su per i capelli, mentre con la destra roteò la lama sul suo capo per staccargli la testa dal tronco.

Fu in quell'attimo che Drusan, dimenticato da tutti fino a quel momento, si alzò in piedi e colpì Malion alla giuntura dell'anca gridando ad alta voce: «Perdonami Gherson, perdonami... Ho sbagliato! Sono stato ingannato; non avevo capito.»

Malion urlò più per lo stupore che per il dolore e si girò furibonda verso l'Adamant: «Tu! Piccolo inutile uomo; che cosa credi di poter fare? Combattere contro di me?»

Lasciò per un istante la presa e sventrò il poveretto con un sol colpo di spada. Vartaxar, nel cadere a terra, si trovò accidentalmente vicino ad Altair. Si rese conto che quella era l'ultima occasione di salvezza e raccolse l'arma; volteggiandola in aria, colpì Malion alla gamba destra. La spada brillò al contatto con l'armatura nemica che s'infranse nel punto colpito; la ferita inferta era profonda e all'istante sgorgò abbondante un liquido nerastro. Questa volta il demone accusò il colpo e cadde riverso a terra; il suo volto lasciava trasparire un caleidoscopio di emozioni che andavano dalla paura al terrore puro. Gherson si rialzò mentre Malion stava ancora una volta sollevando le mani contro di lui. Vartaxar però fu più veloce; il colpo andò a segno e la mano destra di Malion cadde al suolo: lei guardò inorridita il suo moncherino. Era questo il momento; la strega era inerme ai suoi piedi e avrebbe dovuto finirla; Gherson però scorgendo Ierax in difficoltà, si discostò dall'avversaria per aiutare l'Aldeivar braccato in un angolo da Gormor. In un attimo balzò sul felino. Altair brillò di nuovo quando incontrò il collo del mostro e gli staccò la testa di netto. Gormor si contorse su di sé e alla fine cadde a terra pesantemente. Un istante dopo si dissolse nell'aria in un fumo nero così come era stato creato, mentre Ierax guardava il compagno con riconoscenza. Poi i due si voltarono verso Malion ma era troppo tardi: approfittando di quella breve disattenzione, il demone si era rialzato e aveva raggiunto Elazar avvinghiandolo al collo.

«No!» Gridò Gherson disperato.

Dalla bocca del fanciullo per la prima volta proruppe un urlo che lacerò il cuore dell'Urwain: «Padre, padre, non mi lasciare!»

Il tempo si fermò, le due lune in cielo si erano sovrapposte in un'unica immagine; il vento soffiava impetuoso scuotendo raffiche di terra sul corpo di Gherson rimasto in piedi ammutolito. Dal cielo si aprì un turbine che avvolse Malion e il ragazzo; anche il padre vi si gettò subito dentro. Per un istante riuscì ad afferrare le gambe di Malion, percependo lo strillo di Ierax che, sgomento, tentava di distoglierlo da quell'azzardo. All'interno del vortice Gherson si trovò a viaggiare a una velocità inaudita, mentre innumerevoli astri e mondi scorrevano davanti ai suoi occhi come fossero chimere. Chi mai avrebbe potuto immaginare uno spettacolo del genere? Poi, inaspettato, avvertì uno strattone: Malion divincolandosi era riuscita a liberarsi della sua presa e a farlo ruzzolare all'indietro verso il fondo della spirale. Gherson scivolò via urlando tutta la sua frustrazione in quell'angolo di universo e precipitò vertiginosamente sempre più in basso. Stramazzò al suolo con violenza. Ancora una volta aveva perso la battaglia più importante e ora si trovava riverso a terra in mezzo ad un deserto di rocce.

A oriente il sole appena destatosi si accingeva a riscaldare quelle lande desolate. Chiuse gli occhi desiderando che tutto finisse.

CAPITOLO VI

Malion uscì dal turbine che l'aveva avvolta insieme al piccolo ed entrambi furono scaraventati sopra un'immensa distesa di ghiaccio, circondata da bianche cime innevate: di fronte a loro alcuni scalini dal profilo irregolare davano accesso a un antro scuro come la pece; quell'ingresso ricordava le fauci aperte di un gigantesco felino. Il cielo era plumbeo, tirava un forte vento da settentrione e faceva molto freddo.

Malion si alzò subito in piedi barcollando; la ferita alla gamba le doleva e continuava a sanguinare ma in quel momento il suo problema più grande era un altro.

Allora guardò con orrore il moncherino tumefatto.

«Maledetto, umano maledetto!» Gridò al vento, che sembrò rispondergli con un tetro ululato.

Strinse l'arto destro con forza. «Ti ucciderò! Ti ucciderò! In un modo o nell'altro ti ucciderò! Tornerò su Arvhèia, te lo giuro!»

Il suo viso era divorato dall'ira. Si volse poi verso Elazar, ancora accasciato a terra privo di sensi e imprecò contro di lui, sfoderandogli un calcione nel fianco. Il bimbo trasalì per il dolore e si svegliò tutto tremante con gli occhi sbarrati. Malion sbraitò qualcosa in un linguaggio incomprensibile verso due servi che nel frattempo si erano avvicinati. Subito i due Urghuir, alti circa la metà di un uomo, scuri di carnagione e rivestiti solo da una folta irsuta peluria, presero il piccolo per le spalle e lo trascinarono all'interno della caverna con la loro caratteristica andatura ciondolante, noncuranti delle sue urla disperate. Dopo aver percorso una serie di gallerie umide, buie e fetide, raggiunsero le prigioni; oltre le grate delle celle spuntavano qua e là i resti scheletrici di qualche povero sventurato. Elazar gridò di nuovo terrorizzato.

«Stai zitto, piccolo verme! Dove pensavi che ti avremmo portato? Se non stai attento, farai presto la stessa fine!» Gracchiarono le orride creature che lo rinchiusero in uno di quei buchi.

Malion intanto si era diretta a fatica nella sua grotta raggiungendo la lastra vitrea. Evocò strane formule magiche e quasi subito comparve la nera figura di Darkos.

«Ebbene Malion, che cos'hai da dirmi?» Lei s'inchinò all'istante, stringendo con forza l'arto amputato.

«Il figlio di Gherson è con me.», rispose.

«Bene Malion, molto bene! Ora sarà tuo compito addestrarlo nelle arti oscure. Dovrà divenire anche lui un mio fedele servitore. Sono sicuro che non mi deluderai.», commentò soddisfatto il suo padrone.

Lei dopo un attimo di esitazione sollevò lo sguardo e mostrando l'arto offeso, riprese: «Ma mio signore, io devo tornare su Arvhèia! Devo vendicarmi di quell'uomo; lo voglio ammazzare tra i più atroci tormenti.»

Si udì allora una stridula risata. «Pazienta Malion, pazienta… tutto avverrà a suo tempo; l'umano avrà quello che si merita e tu la tua vendetta. Intanto instilla nel cuore del figlio l'odio verso suo padre, questo sarà già per te una rivincita.»

«Sì, mio padrone…», rispose lei a denti stretti, poi la visione sparì.

Malion si voltò furibonda. «Pazienta? Quale pazienza devo avere?! Guarda come mi ha ridotta quel maledetto! Non sarò più in grado di usare la mia magia come una volta!»

Portò d'istinto l'avambraccio destro davanti agli occhi e urlò di nuovo piena di furore, tanto che tutto l'antro tremò. I servi presenti, che già si tenevano a debita distanza, si allontanarono subito temendo per la loro sorte.

Malion allora, rimasta sola, cadde a terra in ginocchio singhiozzando. «Perché a me, perché proprio a me; non sarebbe stato meglio morire che ridurmi così? Umano maledetto, hai rovinato la mia vita. Giuro che distruggerò la tua per sempre! Darkos ha ragione; comincerò con l'avvelenare l'anima di tuo figlio, te lo metterò contro e godrò soddisfatta quando ti strapperà il cuore dal petto e me lo porterà su un vassoio d'oro.»

Così dicendo, si alzò e pronunciò misteriose parole, evocando un flusso verdastro che dal braccio destro scese verso l'estremità amputata e poi verso la gamba ferita. Un nuovo orribile urlo echeggiò nelle oscure caverne: le lesioni si erano cauterizzate. Infine stremata, cadde a terra priva di forze.

Si svegliò più tardi e il suo primo pensiero fu di controllare l'arto reciso: le faceva male. Per un attimo il dolore che provava le dette l'illusione che la mano fosse ancora al suo posto. Forse era stato tutto un terribile incubo; ma subito distolse lo sguardo, inorridita dalla visione della carne bruciata, così tra un'imprecazione e l'altra fasciò la ferita, mentre il fuoco dell'ira divorava le sue viscere. Poi si diresse con decisione alle prigioni dove era stato rinchiuso il bimbo. I suoi lamenti si sentivano già da lontano e la innervosirono ancor di più.

Si accedeva alla cella attraverso una porticina di legno con una piccola apertura nella parte superiore, che permetteva ai carcerieri di controllare lo stato di salute del detenuto. All'interno l'ambiente era angusto e cupo: le pareti rugose erano umide, il pavimento sconnesso e sudicio; dei piccoli insetti, alcuni di aspetto sconosciuto, vi camminavano sopra senza una meta apparente. Un forte odore di muffa permeava l'aria e la luce penetrava fioca attraverso una finestrella in alto con delle sbarre arrugginite. A sinistra, vicino alla parete, giacevano alcune coperte consunte.

Elazar era steso prono a terra e piangeva; un paio di volte aveva alzato gli occhi e aveva scorto dalla parte opposta della stanza qualcosa che si muoveva tra i cumuli di paglia che dovevano servire da branda.

"Devono essere topi...", aveva pensato o almeno così sperava in fondo all'animo e subito aveva riabbassato lo sguardo per la grande paura che lo attanagliava; infatti, tremava come una foglia.

Tra un singhiozzo e l'altro riusciva a fatica ad articolare queste parole: «Mio Dio, aiutami, sono piccolo e infelice; tu già mi conoscevi quando ero nascosto nel grembo della mia mamma... ascoltami... fammi scappare da questo incubo. Ti prego, ho tanta paura... ho tanta paura. Ti prego, aiutami!»

Infine si addormentò stremato sotto gli occhi di Malion giunta nel frattempo senza farsi notare.

Uditi i suoi lamenti, ghignò tra sé in modo sprezzante. «Che fai, ancora preghi? Te la farò passare io la voglia, piccolo bastardo!»

Così dicendo, sollevato il mantello sopra la testa, si allontanò per tornare nelle sue stanze.

Per tutto il giorno seguente il piccolo non toccò cibo. Gli Urghuir che lo controllavano riferirono la cosa a Malion, immersa nei suoi cupi pensieri; non girava più nuda come prima ma indossava una veste scura e un mantello nero per nascondere a tutti la sua infermità.

«Se non vuole mangiare, che crepi!» Fu la sua furiosa risposta che fece fuggire via i fedeli servitori, ma la sera stessa tornò a visitare il bimbo.

Questi era seduto accucciato, con il viso sulle ginocchia; appena udì i suoi passi, si rannicchiò ancor più terrorizzato.

«Beh, che fai, non mangi?» Proruppe lei sibilando una volta entrata in quel tugurio. Lui fece cenno di no con il capo.

«Devi nutrirti, sennò morirai.», ruggì Malion.

«No! Tu mi vuoi avvelenare.», replicò lui con forza.

Malion rispose sdegnata: «Non c'è veleno nel cibo, se ti avessi voluto uccidere, lo avrei già fatto, non ti pare?»

«Allora mi vuoi drogare.», insistette il bimbo.

Malion aveva già esaurito quel poco di pazienza che aveva e lo guardò truce. «E se anche fosse?»

«Io non le mangio quelle cose; mi fanno schifo!» Alzò timidamente il viso per sincerarsi della sua reazione.

«Piccola serpe! Non costringermi a farti entrare quel cibo in bocca con la forza, alzati e mangia!»

«No!» Rispose lui a tono.

Malion allora si avvicinò e lo tirò su per i capelli sollevandolo da terra.

Elazar cominciò a sbraitare dimenandosi, finché lei lo sbatacchiò al suolo vicino al piatto. Prese poi la testa del piccolo e ce la ficcò dentro mentre lui tentava invano di divincolarsi.

«Mangia!» Ordinò nuovamente, premendo il capo nella scodella.

Il piccolo aprì la bocca a fatica e ingurgitò un boccone, quindi cominciò a tossire come se qualcosa fosse andato per traverso.

Lei allora allentò la presa, lui alzò la testa e le sputò il cibo addosso.

La reazione di Malion fu immediata, gli dette un manrovescio così forte da spostarlo di quasi un diacron; il piccolo cadde a terra rovinosamente e vi rimase ansimante, mentre un rivolo di sangue gli uscì dalla bocca.

«Tu sei solo un piccolo bastardo, ma io ti domerò!» Sibilò lei mentre si puliva il viso. Elazar, ancora a terra per il dolore, gemette. «No! Non ci riuscirai, quando scapperò da qui, andrò da mia madre e ti farò vedere.»

L'altra sbottò in una risata sarcastica: «Tua madre? Tua madre è morta!»

«Non è vero! Non è vero!» Gridò il bambino alzatosi all'istante e mostrandole minaccioso i pugni.

«Ora basta! Mi hai proprio stufato.», replicò lei e lo percosse di nuovo due, forse tre volte sul viso.

Il piccolo cadde di nuovo nella polvere colpendo il suolo con il volto; l'urto fu violento e procurò nuovi lividi e scalfitture sulla sua tenera cute, tanto che il bimbo cominciò a singhiozzare per il dolore.

Malion allora continuò senza più remore: «Anzi ti dirò di più, tua madre è morta a causa di tuo padre, come ho già detto pure a lui durante il duello.»

Il bimbo piagnucolava: «Non è vero! Non è vero!»

Col passare del tempo però, la sua reazione divenne sempre più flebile.

Malion lo guardava sprezzante dall'alto in basso, infine gli rifilò un calcio sul fianco dicendo: «Va bene, continua pure a dimenarti come un verme, tanto sai fare solo questo! Sta' pur certo che ti domerò; sarai mio, avrò il tuo cuore, la tua mente e tutte le tue forze! Con il tempo diventerai il mio servo più fedele.»

Rimase ancora un poco a godersi quella scena e, dopo

avergli affibbiato un'ultima pedata, se ne andò via digrignando i denti e lasciando Elazar solo e tremante. Le lacrime rigavano le sue gote rosse per bagnare poi le pietre del pavimento, i suoi gemiti impregnavano di dolore e disperazione le pareti dell'oscuro antro.

«Sono solo… sono solo! Nessuno mia aiuta… nessuno mi aiuta.», continuava a ripetere, nella vana speranza che qualcuno potesse venire in suo soccorso.

La storia andò avanti così per almeno un paio di siklein: poi, quando ormai stremato stava per addormentarsi, percepì all'improvviso una brezza soave. Si girò verso il pertugio da cui filtrava l'aria. In un angolo nascosto alla vista dei carcerieri, apparve una figura bellissima avvolta di luce: era alta quasi un diacron, in candide vesti, i capelli chiari e il viso splendente.

«Chi sei?» Fece lui singhiozzando e stropicciandosi il naso.

«Salute a te, piccolo Elazar.», esordì lo strano individuo con una voce melodiosa.

«Chi sei?» Domandò di nuovo il bimbo stupefatto, a bocca aperta.

«Il mio nome è Mishael; Yrshar ha ascoltato le tue preghiere e mi ha inviato qui.»

Il piccolo alzò timidamente la mano destra verso di lui, coprendosi il volto con la sinistra; si trovava in quel luogo buio da quasi due giorni e non era più abituato a tutto quel fulgore. «Che cosa sei?»

«Un angelo.», rispose lui.

Il bimbo trasalì: «Un angelo? Ma che dici! Gli angeli hanno le ali; non si dicono le bugie!»

«Non ti sto mentendo Elazar! Mi sono separato da loro per un tempo, per stare qui con te.»

«Dici davvero?»

Mishael annuì scuotendo il capo.

Il bambino si avvicinò incuriosito, portando l'indice tra il naso e la bocca e sussurrò: «Parla piano, qui è pieno di mostri cattivi.»

«Stai tranquillo, loro non mi possono vedere.»

Elazar lo squadrò scettico, non era per nulla convinto delle sue parole; poi annusò l'aria. «E neanche sentire il profumo che emani?» Domandò.

«Nemmeno.», rispose Mishael avvicinando la sua lunga mano lucente per accarezzare il viso del bimbo.

«Allora sei venuto per aiutarmi a scappare?» Chiese il ragazzino, rassicurato da quel gesto d'amore nei suoi confronti.

«No! Sono venuto per rimanere con te, sarò tuo compagno e amico in questo tempo.», replicò l'angelo dolcemente mentre continuava a coccolarlo.

Elazar lo fissava per nulla persuaso.

«Perché non possiamo fuggire via?» Ribatté infine disperato.

Mishael imperturbabile continuò: «Non ti andrebbe di fare un gioco?»

Elazar rispose incredulo. «Un gioco? Che tipo di gioco si potrebbe mai fare in un posto simile?»

Mishael si sedette di fronte al bimbo. «Convincere Malion a cambiare idea.»

Elazar scosse triste la testa. «Ma questo non è un gioco, ed io voglio andar via di qui!»

L'angelo riprese: «Bene, siediti vicino a me, è necessario che ti racconti una storia; non è una favola, credimi, è un fatto realmente accaduto tanto, tanto tempo fa.»,

Elazar non era per niente convinto, tuttavia decise di obbedirgli. Si sentiva così solo e non voleva che quello sconosciuto giunto all'improvviso, svanisse via com'era venuto; inoltre era curioso e voleva saperne di più.

Mishael riprese: «Devi sapere che una volta anche Malion era un angelo come me.»

Il bimbo stupito lo interruppe subito facendo un cenno di diniego con la testa: «Ma che dici... è impossibile! Quella è una strega!»

«Invece è proprio come ti dico, piccolo mio.»

La voce di Mishael era musica per le orecchie di Elazar che ascoltava rapito e, in fondo al cuore, non voleva che smettesse mai di parlare: il suo interesse, però, era più forte di tutto e lo portava a fare domande di continuo.

«Com'è possibile che quel mostro possa diventare buono? Mi fa venire i brividi solo a guardarla.»

Mishael rispose: «Ubbidendole e facendo quello che ti comanda.»

«Ma è assurdo!» Replicò l'altro.

L'angelo riprese: «No, se ti fiderai... ricordati che non sei più solo, io ti sarò sempre accanto, anche se in alcune occasioni non mi vedrai.»

Elazar si guardò intorno incerto, poi adocchiò la ciotola col cibo.

«Allora dovrò mangiare anche queste schifezze?»
L'altro assentì.

«No, questo proprio non mi va!» Mettendo le braccia conserte.

Mishael lo esortò: «Suvvia piccolo, non fare i capricci! Ascoltami... se farai come ti dico, saremo fuori di qui prima di quanto tu possa immaginare.»

«Saremo?» Domandò lui perplesso.

«Sì, perché anch'io, come ti ho già detto, sarò prigioniero con te: non ti lascerò solo... te l'ho promesso.», rispose l'angelo.

«E se la strega mi chiedesse di fare delle cose cattive,

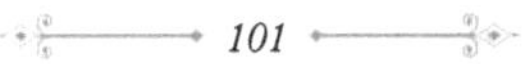

anche allora le dovrei obbedire?» Chiese Elazar.

Mishael sussurrò di nuovo: «Io sarò con te, ti aiuterò a discernere il bene dal male.»

Il piccolo aveva ancora tanti dubbi ma Mishael accarezzò di nuovo il suo capo e il bimbo lo guardò adorante, felice per tutte quelle attenzioni.

«Ti voglio bene.», disse infine l'angelo.

«Anch'io.», gli rispose Elazar.

Questa volta furono lacrime di commozione a inumidire le sue palpebre.

Mishael allora prese la ciotola del cibo e, dopo averci passato la mano sopra, forse per esplorarne il contenuto, la avvicinò al piccolo.

«Tieni, mangia pure, non ti farà del male.»

Elazar la afferrò e, dopo averla annusata, ne assaggiò qualche boccone, storcendo ogni tanto le labbra.

«Suvvia, fai il bravo.», continuò l'angelo.

Il fanciullo seppur controvoglia alla fine svuotò la scodella, poi si riavvicinò a Mishael che lo accolse tra le sue braccia.

«Dormi ora... hai bisogno di riposare.», bisbigliò l'angelo e, mentre cantilenava una dolce nenia, il piccolo si assopì finalmente sereno dopo tanto tempo.

L'indomani Elazar si svegliò; aveva dormito profondamente come un sasso. Aprì gli occhi e non vide nessuno intorno; si girò e non c'era anima viva. Subito sentì una stretta al cuore.

"E stato tutto un sogno...", pensò triste abbassando lo sguardo, le ciglia si umettarono di nuovo.

"Sì… è stato un sogno… bellissimo, ma pur sempre un sogno!"

Strinse i pugni con amarezza e si sedette accucciato a terra con le mani sopra la testa.

«Non è stato un sogno.», sussurrò un vento leggero alle sue orecchie.

D'istinto Elazar girò il capo e alla sua destra comparve di nuovo Mishael; il volto del piccolo riprese colore illuminato da un candido sorriso.

«Dovevamo continuare un discorso ieri sera, non ricordi?» Riprese l'altro.

Il bimbo annuì e gli si avvicinò sedendosi ai suoi piedi.

Fu così che Mishael iniziò a raccontargli la storia della creazione dell'universo, l'origine di Ghenesia, la caduta dell'uomo e il successivo esilio su Arvhèia. Narrò anche di come alcuni angeli, tra i quali la stessa Malion, fossero stati sedotti dall'oscuro signore del male e avessero deciso di schierarsi dalla sua parte. Il tempo trascorreva lento ed Elazar ascoltava con attenzione, assorbendo ogni parola con avidità. Senza tralasciare alcun particolare, Mishael gli raccontò anche di Elaiar e del suo desiderio di scendere sulla terra per vivere con gli uomini, del suo amore per Antalia e della sua discendenza fino agli ultimi avvenimenti. «Capisci ora bambino mio, dentro di te scorre il sangue degli angeli… anche tu sei come me.»

Il piccolo scuoteva la testa a bocca aperta sognante. «Allora anch'io un giorno avrò le ali e potrò volare?» Domandò lui ingenuo.

L'altro sorrise. «Sì Elazar, un giorno pure tu volerai… il tuo corpo acquisterà altre caratteristiche che oggi ancora non ti appartengono.»

Il bimbo portò i gomiti sulle ginocchia e le mani al mento e si fermò a riflettere. La curiosità dei fanciulli tuttavia non ha mai fine e per questo azzardò ancora una domanda: «Dunque è vero, mia madre è morta?»

Mishael lo guardò negli occhi: «Tua madre, piccolo mio, riposa nelle braccia dell'Altissimo e il suo volto risplende davanti a Lui come la più luminosa delle stelle del cielo. Ti assicuro che un giorno la incontrerai e sarete insieme per l'eternità.»

«E mio padre? Dove si trova ora? Malion mi ha detto che è lui il responsabile della sua morte.»

L'altro rispose: «Questo non è vero Elazar! Darkos ha ordinato a Malion di instillare nel tuo cuore l'odio verso Gherson. Nei suoi piani tuo padre doveva diventare il comandante del suo esercito su Arvhèia ma ora ha te nelle sue mani; così ha pensato che sarebbe stato più facile manipolare la mente di un bambino che non quella di un adulto per i suoi infimi scopi. Nell'intento dell'oscuro signore tu dovresti divenire col tempo il suo più fedele scudiero.»

Il bimbo fece una smorfia, disgustato.

«Tuo padre è un guerriero Elazar, un uomo abituato a combattere, forse il più valoroso tra la sua gente. Una volta lo faceva per sé stesso, per la sua gloria; ora sta cominciando a lottare per Yrshar, mettendo da parte il suo egoismo, per questo è stato scelto. Ognuno di noi ha un compito, anche tu. La tua nascita non è avvenuta per caso, tu esisti perché Yrshar esiste e ha pensato a qualcosa d'importante, anche per te.»

Elazar alzò gli occhi e lo fissò, replicando candidamente: «Ma io sono solo un bimbo!»

Mishael rispose: «Non è questione di età ma di cuore… forse con la tua innocenza riuscirai ad arrivare dove altri hanno fallito. Yrshar vede più lontano di noi e sa quello che fa; comunque, non preoccuparti, non è questo il momento di parlare di simili argomenti, accucciati vicino a me e riposati.»

Le guardie fuori dalla porta udivano soltanto la voce del bimbo che sembrava parlasse da solo a bassa voce; spiarono attraverso la grata ma all'interno non videro altri se non il piccolo e sghignazzarono tra loro, pensando che era bastato poco per fargli perdere il lume della ragione.

ELAZAR

Il giorno seguente il rumore sinistro di passi purtroppo conosciuti lungo il buio corridoio che portava alle prigioni ruppe la grigia monotonia di quei luoghi: Malion stava tornando alla cella, già pronta in cuor suo a maltrattare il bambino. Il suo stato d'animo era pieno di dubbi e contraddizioni: più passava il tempo a rimuginare sulle sue disgrazie, meno accettava di dover accudire quell'essere insulso, per giunta figlio di quell'uomo maledetto; d'altra parte conosceva bene quali fossero gli obblighi verso il suo padrone, anche se in questo momento non la pensava come lui. Era poco raccomandabile contrariare Darkos, lo aveva già sperimentato a sue spese. Una volta entrata, si accorse con somma meraviglia che la ciotola era vuota e il cibo non era sparso a terra; Elazar era seduto alla sua sinistra a capo chino.

Rise sarcastica. «Bene... sembra proprio che non sia poi così difficile domarti, cucciolo d'uomo, forse nella tua zucca c'è qualcosa di buono, altrimenti, sarebbe stato peggio per te; avresti solo sperimentato altro inutile dolore.»

Gli si avvicinò poi minacciosa. «Alzati!»

Elazar obbedì. Malion l'afferrò subito per il mento, lo

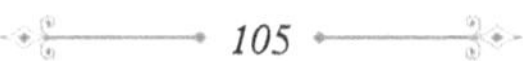

sollevò e lo scaraventò contro la parete; il piccolo cadde a terra con un tonfo e cominciò a piangere.

«Perché mi fai così? Perché... non ti ho fatto nulla di male.»

«Perché devi conoscere che cos'è la sofferenza... perché devi imparare a essere come me, anzi mi dovrai superare! Solo allora potrai presentarti a Darkos... solo allora avrò portato a termine il mio compito.»

Si avvicinò di nuovo al bambino per colpirlo ancora una volta ma si fermò; percepì nell'aria un'insolita fragranza; le pareva di averla già sentita in passato, molto tempo prima, ne era sicura, ma non ricordava dove. Si guardò intorno scrutando ogni angolo della cella ma non vide nessuno: infine si avvicinò a Elazar che si stava trascinando per il dolore e lo tirò su per i capelli mentre il bimbo cercava invano di dimenarsi.

«Allora piccolo verme... ho visto che hai mangiato ieri sera, non hai paura a stare qui da solo al buio?»

Elazar negò scuotendo il capo, mentre una smorfia ne deformava il viso; Malion mollò la presa lasciandolo libero. Questi allora si sedette di nuovo a terra con la testa china sulle ginocchia incrociate, asciugandosi le lacrime con le mani.

«In verità sì, ho paura! Ho paura della solitudine. Vuoi stare un po' con me?»

Malion strabuzzò gli occhi, di tutto si sarebbe aspettata ma non quella richiesta, si girò di spalle stringendo il pugno; poi dopo alcuni istanti rise sarcastica. «Con me? Per quale motivo poi, io non ho tempo da perdere in inutili smancerie, se è questo che credi.»

«Tu non hai dei bambini?» Domandò Elazar alzando timidamente la testa.

Lei si voltò di nuovo verso il piccolo, gli occhi rossi come il fuoco e gridò. «No! Io sono sola! Non ho figli e sono contenta di non averne mai avuti! Voi piccoli vermiciattoli siete solamente un peso.»

Un silenzio glaciale li divise.

Elazar, preso coraggio, riprese: «Mia madre non diceva così.»

«Tua madre? Ma se non l'hai neanche conosciuta!» Tuonò Malion con la bava alla bocca. Lui, con gli occhi chiusi rivolti in alto come se stesse sognando, sussurrò: «Ho ricordi dell'universo in cui sono stato concepito... vivevo unito a mia madre che mi nutriva dentro di sé insieme a mio fratello, lei ci trasmetteva gioia e amore, poi, all'improvviso tutto cambiò. Precipitai nell'angoscia e gemetti di paura e il mio cuore batteva forte nel petto; il mondo era diventato grigio e percepii urla di disperazione... è stato molto tempo fa.»

«Ma che razza d'idiozie vai dicendo!» Esclamò Malion sprezzante.

Elazar, per nulla intimorito, continuò: «Poi si creò un vuoto e mio fratello scomparve... Anch'io poco dopo entrai in un tunnel buio... Alla fine ne uscii e feci appena in tempo a sfiorare mia madre... ma mi fu tolta. L'ho cercata per tanto tempo... Ho cercato anche mio fratello nei sogni, nel mondo intorno a me, ma non li ho più ritrovati; allora mi sono chiuso in me stesso.»

Malion ebbe un fremito al basso ventre: qualcosa nel suo intimo le sussurrava che Elazar dicesse il vero; una smorfia di disapprovazione le comparve sul volto.

«Che hai? Ti senti male?» Domandò Elazar, accortosi di quel cambiamento d'umore.

«Non è niente! Non è niente...», mormorò Malion a denti stretti ma non era così. Una nuova fitta la trafisse e si piegò in due per il dolore. Decise allora di uscire dalla cella e si rifugiò nella sua tana, nessuno doveva vederla in quel modo!

CAPITOLO VII

Il confine del regno di Urwan era delimitato a occidente dalla vasta distesa delle paludi insalubri, che nessun essere umano a memoria d'uomo era mai riuscito ad attraversare: non a caso erano considerate il limite estremo delle terre conosciute. Estese a perdita d'occhio, erano una congerie di acquitrini melmosi e maleodoranti. Chiunque vi si fosse addentrato e avesse avuto poi la fortuna di tornare indietro, le aveva sempre descritte allo stesso modo: scure, ostili, inquietanti, troppo grandi e umide per sembrare reali; un territorio immenso, destinato a non finire mai, avvolto in una nebbia grigia e soffocante. La calma e il silenzio erano irritanti così come la miriade di piccoli insetti che ti ronzavano attorno punzecchiando le carni. L'aria aveva un sapore strano, come se fosse contaminata da un qualche veleno invisibile. Si poteva camminare per giorni e giorni in un infinito squallore sempre uguale a sé stesso, dove anche le piante erano immobili. Ovunque acquitrini melmosi si sviluppavano a perdita d'occhio; quel liquido torbido sembrava ungerti i piedi in modo indelebile e spesso celava insidie nascoste come le sabbie mobili. Si doveva poi stare attenti a non sprofondare in qualche oscuro anfratto. Il sole era un pallido ricordo e qualsiasi esploratore, per quanto esperto, avrebbe faticato a trovare dei sicuri punti di riferimento; gli animali poi…

Si narrava di strani rettili con grosse mascelle, alcuni muniti di zampe con lunghi artigli, che si aggiravano infidi in cerca delle loro prede, agitando la lingua biforcuta. Per non parlare di tutti quei serpenti che strisciavano ovunque insidiando le caviglie dei viaggiatori; oppure, se ne stavano attorcigliati ai rami degli alberi fissandoli ostili. Chi era sopravvissuto a quella desolazione, aveva poi contratto di solito malattie sconosciute, che ne avevano causato il decesso nella maggior parte dei casi. Ogni tanto per le terre di Arvhèia si vedevano vagare alcuni superstiti senza una meta apparente, il corpo deturpato da orribili cicatrici. Qualcuno farneticava frasi sconnesse prive di senso su creature malevole; sembrava aver perso l'intelletto, di solito viveva appartato e chiuso in sé stesso. Qualcun altro invece, ancora sano di mente, giurava di aver intravisto delle ombre tra la folta vegetazione, sagome di strani individui dalle sclere gialle e ostili, che scrutavano maligni chiunque fosse stato così temerario da sfidare la sorte.

All'improvviso da quella fitta nebbia comparve un individuo dalle sembianze umane: alto, scarno, vestito con un saio marrone scuro e coperto da un mantello grigio che ne oscurava parzialmente il volto. Aveva gli occhi neri e profondi infossati nelle orbite; i lunghi capelli scuri gli scendevano giù lungo le spalle. Era accompagnato da un serpente dalle squame rosse e verdi.

«Calmo, stai calmo!» Sorrise lo sconosciuto afferrandolo con la mano sinistra e all'istante il rettile si trasformò in un bastone.

«È tempo di andare.», riprese a dire e s'incamminò con passo spedito nelle terre di Urwan in direzione di Valaur.

Un vento improvviso si alzò ululando, trascinando con sé la tetra risata del viandante.

Alcuni siklein più tardi quando ormai il sole volgeva al tramonto, quattro soldati urwaian scorsero un falò nella pianura oltre un muretto in pietra e si avvicinarono circospetti. Giunti nei pressi del bivacco scesero da cavallo e si trovarono di fronte lo strano individuo seduto vicino al fuoco, immerso in chissà quali pensieri. Sempre avvolto nel suo mantello, non fece alcun movimento nonostante i militari gli si fossero parati davanti.

«Chi sei?» Domandò minaccioso il più alto in grado, un uomo robusto sulla quarantina con la barba lunga.

Lo sconosciuto non rispose, anche se più d'uno dei presenti ebbe la netta sensazione che sul suo volto si fosse dipinto un ghigno inquietante.

«Chi sei?» Ripeté di nuovo l'ufficiale, indispettito dall'atteggiamento dello strano personaggio.

«Non hai sentito? Sei forse sordo o solo stupido?» Gli si avvicinò cercando di scuoterlo con le braccia.

«Non mi toccare! Potrei ucciderti per molto meno!» Sibilò il forestiero alzando gli occhi: le sue pupille erano simili a braci ardenti.

Il soldato, di fronte a quella minaccia, portò la mano alla spada ma l'altro si alzò all'istante e fece scivolare a terra il manto. Rivolse poi la mano sinistra contro lo sventurato ufficiale che cadde al suolo gesticolando; sembrava volesse divincolarsi da una forza invisibile che gli impediva di respirare. Le altre guardie allora si gettarono sullo straniero ma questi lanciò il bastone contro il più vicino. Mentre era ancora in aria, il legno si tramutò in serpente e morse al collo lo sfortunato Urwain. Alla vista dell'accaduto, gli altri due, colti da improvviso terrore, fuggirono via. Lo sconosciuto riprese il mantello, poi si avvicinò al poveretto avvelenato dal rettile, accarezzò la serpe e infine la riprese in mano; questa tornò ad assumere le sembianze di prima. Si diresse quindi dall'ufficiale che nel frattempo si era rialzato, continuando però a boccheggiare e l'apostrofò in tono minaccioso: «Ascoltami bene! Non ti ho ucciso perché hai un compito; corri a Valaur dal tuo re e digli di aspettarmi. Presto sarò da lui, ho urgenza di parlargli; è inutile che mi diate la caccia, non mi farò più vedere. Il mio nome è Asman.»

Detto questo, lo tirò su per il collo e lo guardò fisso in viso con i suoi occhi fiammeggianti. «Hai capito?»

Il soldato, tutto tremante, annuì scuotendo la testa.

Allora Asman lo gettò lontano da sé come fosse un fuscello.

L'Urwain fuggì via barcollando senza voltarsi più indietro, inseguito solo dal riso maligno del misterioso forestiero che continuava a risuonargli nelle orecchie.

Era quella una notte afosa su Valaur, la capitale di Urwan, la stagione estiva era ormai alle porte e da giorni non si vedeva una goccia di pioggia, né tantomeno una nuvola che lasciasse presagire un possibile cambiamento delle condizioni atmosferiche. Non era questo però il motivo per cui Varanis faceva fatica a prendere sonno; camminava pensieroso nel suo appartamento con il capo chino. La morte di Arcadis[15] era stata per lui un duro colpo e come sempre le brutte notizie non capitavano mai da sole; al suo personale lutto si era anche sommata la disfatta dell'esercito sotto le mura di Elevar e l'umiliante ritirata. Neanche a dirlo la causa di tutti i suoi guai era sempre la stessa, quella stramaledetta serpe del nipote! Non gli bastava essere scampato alla trappola ordita da Sartanis, No! Ne era uscito pure incolume e aveva anche organizzato le difese degli Adamaint. Efaialtos[16] lo aveva

---

[15] Primogenito di Varanis ucciso da Gherson durante l'assedio di Elevar.
[16] Ex consigliere del defunto re degli Adamaint e traditore del suo stesso popolo.

ben ragguagliato sulla vicenda e, pensare che la città era quasi caduta… se non fosse stato per la superbia di suo figlio; Sì, anche questo era imperdonabile. L'arroganza di Arcadis era stata uno dei motivi principali della disfatta. In fondo però, era comprensibile; anche lui sarebbe andato su tutte le furie se avesse avuto di fronte quello scarto di fogna. Come non dargli torto? Ringhiò e avvicinandosi al tavolo vi sferrò un pugno sopra.

Ora il problema era riorganizzare l'esercito e prepararsi per una nuova campagna militare. Gli Adamaint dopo quella vittoria schiacciante, avrebbero alzato la testa e insieme ai loro alleati sarebbero stati una bella gatta da pelare. Non bisognava poi abbassare la guardia nemmeno a oriente; le contee soggiogate anni prima, avrebbero potuto ribellarsi dopo quella sconfitta. Per stroncare qualsiasi disordine, aveva già fatto uccidere chiunque avesse ritenuto responsabile del fallimento; non pochi ufficiali erano stati impalati lungo le strade come monito per tutti.

C'era poi un'altra questione spinosa da affrontare: Arvaj… Il Lachvain si era schierato apertamente con il cane rognoso. Di sicuro il fratello di Silaj[17] aveva ancora estimatori nella sua tribù e quindi c'era il rischio concreto di defezioni anche tra i suoi più fedeli alleati. Poteva fidarsi ancora ciecamente di loro? Silaj in verità non aveva avuto colpe evidenti la notte della disfatta; era stato allontanato da Tarsidis. La mattina prima però quel suo atteggiamento esitante al momento della carica di Gherson aveva fatto storcere la bocca a più di una persona. Le preoccupazioni erano tante, troppe… così come le decisioni da prendere. Anche il suo fisico ne stava risentendo; la schiena più curva, il viso smagrito solcato da rughe profonde, due baffi

---

[17] Comandante supremo dei Lachvaian, etnia alleata con gli Urwaian.

grigi appena accennati incorniciavano le labbra filiformi. Il capo era ormai quasi calvo, a parte i pochi capelli rasati quasi a zero ai lati, gli occhi già da tempo erano infossati nelle orbite. Si guardò nello specchio della sua camera e quel che vide non gli piacque per niente; non aveva desiderato questo quando era divenuto re di Urwan. Mugugnò qualcosa tra sé, poi si avvicinò al tavolo e vi assestò un nuovo pugno che rimbombò per tutta la stanza.

Tornò a riflettere: "Calma Varanis, calmati! Oneri e onori, oneri e onori! Ora devi pazientare ma è solo questione di tempo, è solo una questione di tempo... Prima o poi lo avrai fra le tue mani e lo schiaccerai! Oh, sì se lo schiaccerai..."

Prese un grappolo di ciliegie da un vassoio e invece di mangiarle le stritolò nelle sue mani.

In quel momento un improvviso colpo di vento spalancò le ante ancora semiaperte della porta che dava sul terrazzo; Mineas si trovava proprio davanti a lui in parte nascosta da un'ombra. Guardò meglio, una figura scura avvolta in un mantello fece capolino sul balcone; aveva con sé un bastone nella mano destra.

«Qualcosa di turba, Varanis? Non riesci a prendere sonno?»

Il sovrano era esterrefatto non sapendo che cosa dire, chi poteva essere così folle da presentarsi nei suoi appartamenti privati senza permesso? Dopo quel breve attimo di smarrimento, il re domandò burbero: «Chi sei? Come osi mostrarti al mio cospetto?»

L'altro rispose imperturbabile: «Come?! I tuoi soldati non ti hanno parlato di me?» La frase terminò con una risata sarcastica.

Varanis rimase in silenzio alcuni istanti, poi facendo mente locale, si ricordò delle informazioni ricevute la

mattina precedente da Kouderos, il suo segretario personale. Giorni prima alcune guardie di frontiera in perlustrazione sul confine occidentale avevano incontrato uno
strano individuo che aveva teso loro un agguato, farneti-
cando di voler parlare con il re.

«Chi sei?» Domandò di nuovo Varanis con un pizzico
d'insicurezza nella voce e nel frattempo si allontanò lentamente dallo straniero in direzione dell'ingresso della sua
stanza; la persona che aveva di fronte, infatti, incuteva un
certo timore.

Lo sconosciuto rispose: «Asman... il mio nome è
Asman e, sono qui a proporti un'alleanza per sgominare
i tuoi nemici.»

Il tiranno s'irrigidì all'istante e serio in volto portò la
mano alla bocca. «Chi ti manda?»

Asman abbassò il capo leggermente, nascondendo per
un attimo l'espressione gelida dipinta sul viso, poi alzò gli
occhi verso Varanis per scrutarlo nel profondo.

Sulla stanza era calato un silenzio irreale.

«Hai paura, non è vero? Fai bene ad averne, perché sei
astuto e hai già capito che è meglio non avermi di fronte
come avversario.»

Poi Asman si avvicinò al tavolo e si sedette, portò le
mani avanti e, chiudendole a pugno, riprese a parlare a
capo chino: «Dunque, vediamo di giocare a carte scoper-
te; la tua non mi sembra una situazione particolarmente
felice, giusto? Arcadis è morto e le contee orientali non
paiono più così docili al tuo volere. Il tuo esercito ha il
morale sotto i tacchi e quel che è peggio, pare che Vartaxar abbia intenzione di bussare alla tua porta per chiedere
il conto...», si trattenne un attimo per respirare, poi riprese, «...ma ora la tua difficoltà più grande è capire di chi ti
puoi davvero fidare, sbaglio o hai qualche dubbio anche

sulla lealtà dei Lachvaian?»

Varanis lo ascoltava con interesse, quella disamina sullo stato attuale dei fatti non faceva una piega.

«Ebbene, io posso aiutarti.», riprese Asman congiungendo le mani.

«Come?» Domandò il re avvicinatosi anche lui al tavolo, sempre più attratto da quella conversazione.

«Utilizzando i miei fedeli servitori.», rispose Asman alzando lo sguardo per fissarlo in volto.

«E chi sarebbero?» Replicò Varanis incuriosito.

«Gli Ulauar!»

«Gli Ulauar? E chi accidenti sono?»

«Gli abitanti delle paludi.», ribatté Asman in tono pacato.

Il tiranno aggrottò le ciglia scettico. «Non mi risulta che quelle lande desolate siano abitate...»

Asman lo interruppe subito: «E qui ti sbagli, mio caro; in quei luoghi inospitali vivono nascoste ai vostri occhi le tribù degli Ulauar: sono selvaggi, primitivi, non hanno un bell'aspetto e soprattutto... sono carnivori.», terminò abbozzando un debole sorriso. Varanis al contrario impallidì in volto.

Asman, come se nulla fosse, soggiunse: «Io però sono in grado di controllarli e, sai perché?»

Il re non rispose, era immobile; sembrava un cagnolino che pendeva dalle labbra del suo padrone.

«Essi mi temono, in una parola, sono in mio potere! La più mostruosa macchina da guerra presente su Arvhèia.»

Un silenzio cupo calò tra loro come tenebra.

«Ulauar... Il solo nome incute terrore.», pensò Varanis ad alta voce.

«Davvero stai dicendo la verità?» Aggiunse poi titubante.

Asman colpì il tavolo in modo vigoroso con la mano destra.

«Non mi piace ripetermi!»

Il tiranno trattenne il respiro poi, impressionato da quella reazione, domandò: «Chi sei veramente? Perché vuoi aiutarmi? Nessuno ti regala niente in questa vita...»

Asman a questo punto si alzò dalla sedia e si avvicinò con calma al terrazzo, poi, rimanendo di spalle, riprese a parlare. «Sono... anzi facevo parte di quella confraternita d'individui che voi chiamate awox vaimer, i guardiani...», una smorfia ironica comparve sulle sue labbra.

«...da mesi però non condivido più le loro motivazioni; sono schiavi di vecchie consuetudini e soprattutto sono ottusi. Non hanno mai provato alcun interesse per il potere, non hanno mai compreso che cosa siano realmente il bene e il male, non hanno mai succhiato il gusto della vita. Tra l'altro, ti hanno sempre messo i bastoni tra le ruote, caro Varanis... Forse non lo sai, ma dietro le prodezze di tuo nipote c'è anche il loro zampino. L'hanno salvato anni fa da morte certa e, per quanto ne so, lo stanno addestrando per i loro scopi. Così, se può consolarti, sappi che i tuoi uomini ti hanno reso un bel servigio quando tempo fa ne massacrarono una discreta parte mentre cercavano il figlio di Gherson. Purtroppo qualcuno di loro è ancora vivo e continua ad agitarsi, ma spero che riusciremo a eliminarli quanto prima dalla faccia di Arvhèia, anche grazie al tuo aiuto. Di loro non deve rimanere che un pallido ricordo!»

A quel punto Asman tacque e respirò intensamente l'aria della notte.

Varanis lo aveva ascoltato taciturno a capo chino, riflettendo con molta attenzione sulle sue parole.

Asman allora gli domandò: «Ti basta come spiegazione? Bene, tu prima hai affermato che nessuno offre qualcosa in cambio di nulla… Sappi allora che io scatenerò gli Ulauar e ti agevolerò la strada per sconfiggere i tuoi nemici. Tu però mi aiuterai a liberarmi di quegli insulsi piantagrane.»

Varanis era scettico, per nulla convinto di quelle affermazioni, ma in modo più o meno consapevole aveva timore di quello strano personaggio; era di certo un uomo pericoloso.

«In che modo?» Gli domandò infine lisciandosi nervosamente i baffi.

«Dammi carta bianca!» Rispose Asman imperturbabile.

«E se dovessi rifiutare?» Chiese Varanis esitante.

Asman si girò di scatto e dall'espressione in volto sembrò avesse voluto fulminarlo all'istante, invece accennò subito dopo un sorriso e riprese con voce melliflua: «Ragiona Varanis… non sei in grado di rigettare quest'offerta. Vartaxar è alle porte e il tuo esercito fuggirà via solo al sentirne pronunziare il nome; potrebbe addirittura disertare e passare al nemico.»

Il sovrano disgustato fece una smorfia con la bocca e pensò: "Questo straniero non mi piace proprio ma ha ragione, per ora è meglio tenerselo amico. In futuro vedremo se è il caso di cambiare idea."

Si alzò infine dal tavolo e disse: «Sta bene, collaboreremo insieme per la buona riuscita dei nostri intenti.»

Asman continuava a osservarlo; sembrava volesse leggergli il pensiero o almeno fu questa la sensazione percepita da Varanis che cercò di distogliere lo sguardo; gli occhi di quell'awax vaimar però non glielo permisero; avevano una forte carica magnetica.

In cuor suo allora il tiranno cominciò ad aver paura,

chi dei due era in realtà il padrone dell'altro? Aveva fatto bene ad accettare quell'insolita alleanza? Ormai però avvertiva che non poteva più tirarsi indietro, si sentiva soggiogato.

Asman fissò la parete e, lisciandosi i lunghi capelli neri con la mano destra, riprese a parlare in tono asettico: «Il nostro primo obiettivo sarà eliminare Silaj.»

Il tiranno rimase di sasso. «Silaj? Non è possibile! I Lachvaian sono nostri alleati da sempre... Uccidere il loro capo tribù ce li metterà contro!»

Asman, il viso contratto dall'astio, ribatté ruggendo: «Fa' come ti dico!»

Ci furono alcuni attimi di tensione, poi il suo volto si rabbonì e lo stregone continuò più calmo: «Se non te la senti, me ne occuperò io di persona! Tutti i popoli devono esserti fedeli e non dare adito a dubbi o sospetti. Silaj si è comportato in modo quantomeno ambiguo durante l'assedio di Elevar; inoltre è il fratello di Arvaj, amico di Vartaxar. Pensi davvero che si schiererà dalla nostra parte, dovendo decidere tra te e loro? Eliminalo e metti un altro al suo posto! Uno che ti sia fedele!»

Varanis abbassò il capo e alla fine annuì.

Asman, contento della decisione del sovrano, gli si avvicinò e lo sfiorò con la mano sussurrando: «Ah... quasi dimenticavo... un'ultima cosa; mi serve un luogo tranquillo, dove sistemare i miei servi. Avevo pensato a un posto isolato, poco frequentato, lontano da occhi indiscreti. Le rovine di Volturion per me andrebbero bene. Sei d'accordo? Lì non daremo fastidio a nessuno.»

Il re rimase alcuni istanti a riflettere su quella proposta, grattandosi il mento sempre più inquieto. "Un cumulo di macerie, rifugio di cani randagi e considerato maledetto da tutti. Bah, che razza d'individuo è mai questo? Comunque, meglio così, se è quello che vuole... Che se ne stia pure alla larga! È vero, mi ha proposto il suo aiuto... ma non mi piace per niente, proprio per niente."

In effetti, scegliere Volturion come dimora per costruire un accampamento era quanto mai strano: nessuno vi si avvicinava più da tempo, anche perché girava voce che fosse abitata dai fantasmi; c'era addirittura chi aveva sentito provenire lugubri lamenti da quelle rovine. Probabilmente però era solo il rumore del vento... Sì, doveva essere proprio così!

Alla fine, Varanis assentì scrollando le spalle e borbottando fra sé: "Bah... Le solite assurde chiacchiere di qualche vecchio rincitrullito davanti al camino."

Asman sembrò soddisfatto. «Bene, molto bene... è tempo di salutarci. Convoca il consiglio di guerra e riorganizza le tue truppe! Metti sotto torchio le tue fucine giorno e notte e fai costruire nuove armi! Ordina una mobilitazione generale nelle contee orientali e usa il pugno duro se serve. Nessuno deve pensare che ti sei rammollito! Io mi occuperò di Silaj, ho già un piano in testa. Mi è giunta voce che dalle sue parti vi sia già qualcuno che voglia prenderne il posto. Fa' come ti ho detto e vedrai che prima della fine di Otghar tutta Arvhèia sarà nelle tue mani.»

Varanis strabuzzò gli occhi incredulo. «Ma è impossibile... In così poco tempo!?»

«Fidati di me, non ho mai tradito la mia parola. A proposito... avvisa la tua gente che dai prossimi giorni gli Ulauar varcheranno i confini di Urwan. Non hanno un bell'aspetto... tu però, tranquillizza il tuo popolo. Non vi faranno del male, sempre che non siano importunati.»

Varanis ebbe un fremito nelle ossa.

Asman sogghignò: «Non ti preoccupare, ti ho già detto

che mi obbediscono. Ho anche intenzione di inviarne un po' oltre l'Alaurin per creare scompiglio tra quelle genti.»

Detto questo, riprese il suo bastone e si avvicinò alla porta della stanza, la aprì e uscì indisturbato senza che le guardie si opponessero. Varanis, ammutolito, gli corse dietro ma, varcata la soglia, non vide più nessuno: il misterioso personaggio era scomparso nel nulla senza lasciar traccia.

CAPITOLO VIII

Più tardi Gherson fu destato dal rumore degli zoccoli di un cavallo fermatosi lì accanto. Percepì vagamente qualcuno che, scendendo dal destriero, gli si avvicinò e lo girò sul fianco. Aprì gli occhi un istante.

«No, non è possibile... dev'essere un miraggio. Hai un aspetto familiare... dove ti ho visto?»

All'improvviso il nome riemerse dai meandri della sua mente.

«Tamar! Ma che cosa...», tutto si fece di nuovo buio.

Si risvegliò tempo dopo sempre in quella regione desertica ma in un altro luogo: ora si trovava all'ombra, al riparo di un enorme sperone roccioso; il sole aveva quasi completato il suo arco nell'azzurro cielo senza nuvole. La donna era girata di spalle: indossava una lunga veste beige con due spacchi accennati in corrispondenza delle cuciture laterali. Aveva appena acceso un fuoco e stava preparando qualcosa da mangiare.

«Bevi.», gli disse senza girarsi, indicando con la mano una borraccia.

«Eri disidratato quando ti ho trovato e in pessime condizioni; sono più di sette siklein che dormi! Chi ti ha ridotto così?»

Lui si mise a sedere con calma toccandosi la testa che gli doleva e bevve dalla fiaschetta.

Notò subito che Tamar gli aveva tolto l'armatura di dosso. Si guardò: era pieno di lividi e ferite e alcune erano già state medicate.

«Tamar, sei davvero tu?»

Fu l'unica frase che riuscì a pronunciare il quel momento; era ancora confuso e cercava di raccapezzarsi in qualche modo.

Lei si voltò alzandosi in piedi e spostò il mantello che le copriva il viso. I suoi grandi occhi verdi luccicarono come le stelle che presto sarebbero comparse nel firmamento.

«Si sono io, mio signore, principe Gherson.»

«Dove ci troviamo?» Riprese lui girando il capo intorno, spaesato.

«Alle estreme propaggini occidentali del deserto di Sahin, vicino alla valle degli scheletri, una regione dalla pessima reputazione.», rispose la donna.

Gherson annuì: «Sì, ne ho sentito parlare.», poi si alzò e, avvicinatosi la colpì sulla guancia con uno schiaffetto.

Lei rimase stupita e si toccò il viso lievemente arrossato con la mano.

«Che fai, sei impazzito? Questo sarebbe il ringraziamento per averti salvato?»

Gherson rispose mortificato: «Perdonami ma è una lunga storia… Di sicuro non t'interesserà ma in quest'ultimo periodo ho vissuto esperienze straordinarie davvero fuori del comune, ne ho viste di tutti i colori e, anche se può sembrare assurdo, sono appena scampato agli incantesimi di un demone capace di mutare le sue sembianze; quindi scusami ma volevo essere sicuro che anche tu non fossi un ulteriore abbaglio.»

Tamar lo guardò ancora sconcertata, infine gli si accostò di nuovo porgendogli da mangiare.

Gherson accettò volentieri. «Tu piuttosto!? Che ci facevi sola in questo posto sperduto? Che cosa ti è successo?»

«Mi è stato detto di venire qua, perché avrei dovuto salvarti da un pericolo.», rispose la donna come se nulla fosse.

L'Urwain la squadrò perplesso. «Chi ti ha avvertita?»

«Le scorse notti mi è apparso più volte nei sogni un

awax vaimar di nome Valdor e mi ha sollecitato a recarmi in quest'orrida regione, perché avresti avuto bisogno di me.»

«Sei una veggente?» Domandò Gherson esitante.

«Non sono una strega! Non è facile neanche per me spiegarlo… a volte, quando svolgo le mie consuete faccende quotidiane o mentre dormo, mi capita di avere premonizioni e questo è stato uno dei motivi per cui Arsen[18] mi ha voluto con sé.»

Gherson abbassò il capo sconsolato e si sedette di nuovo. «Qui tutti conoscono il mio futuro tranne il sottoscritto, che di questo non so proprio nulla di nulla.»

Lei alzando il tono della voce, quasi risentita, riprese: «Non mi credi? Allora come avrei fatto a sapere che Arsen ti aveva trattato male la prima volta che ci siamo visti?»

«Sarai stata informata da chi aveva assistito alla scena…», replicò lui titubante.

«E cos'altro sai della mia vita, di cui non sono al corrente?» Continuo sarcastico alzando il capo.

«Non scherzare mio signore, non è come pensi; anche per me non è facile parlare di questi argomenti.»

Gherson l'adocchiò abbastanza scettico e con un pizzico d'ironia nella voce le chiese: «A proposito… e il tuo padrone? Immagino che non sia stato molto felice di lasciarti partire per un viaggio del genere fin qui… Non ha temuto per la tua virtù?»

Tamar, ora un po' seccata per il protrarsi di quell'atteggiamento derisorio, rispose risentita: «Il mio padrone, dopo che tu lo lasciasti in quelle miserevoli condizioni, fu ritrovato dai suoi uomini quasi assiderato. Ha trascorso molti giorni a letto malato e da allora non si è più ripreso

---

[18] Padrone di Tamar, con cui Gherson aveva avuto degli screzi in passato

del tutto. Ha però giurato che te la farà pagare. In quanto a me, sono stata punita grazie alla tua lingua lunga, perché non gli ho raccontato del nostro incontro fuori dalle mura. Fortunatamente mi considera troppo preziosa per lui, quindi non è stato eccessivamente severo e me la sono cavata con qualche scudisciata sulla schiena...»

Si toccò le spalle d'istinto al ricordo di quanto aveva subito.

«...In seguito, non essendo ancora in grado di viaggiare perché troppo debilitato, mi ha ordinato di venire qua al suo posto insieme ai suoi uomini; infatti, è in corso un accordo commerciale con il mio popolo ed io devo fare da tramite. Abbiamo viaggiato via mare e siamo approdati al porto di Sabugal ed è stato proprio durante la navigazione che ho avuto la visione di Valdor. Una volta sbarcati, ci siamo messi in viaggio lungo la costa per poi addentrarci nel deserto. Il terzo giorno, dopo aver sostato in un'oasi, sono fuggita e così ti ho raggiunto. Infine, per quanto riguarda la mia virtù non ti devi preoccupare...»

Così dicendo, estrasse un coltello affilato nascosto sotto la veste mostrando involontariamente le sue lunghe gambe e lasciando l'altro a bocca aperta.

«...so difendermi anche da sola! Comunque, per quel che può interessarti, sappi che sono ancora casta, le mie doti di veggente come tutti ben sanno, svanirebbero qualora ne fossi privata; per questo Arsen, nonostante la sua fama di gran seduttore, ha sempre protetto la mia verginità... gli ero più utile da indovina, così sapeva sempre come trovare rimedio alle sue disgrazie.»

Terminata la frase, Tamar rimise il suo pugnale a posto.

Il sole, rosso scarlatto, stava ormai tramontando dietro le colline per lasciare spazio a una serata limpida, illuminata dalle due lune e da una miriade di fulgide stelle.

Gherson riprese a parlare preoccupato grattandosi il mento: «È probabile quindi, che qualcuno ti stia inseguendo per riportarti a Lamoran...»

La donna rispose sorridendo: «È fuor di dubbio ma non sto in pena più di tanto, perché sono certa che ci sarai tu a difendermi...», strizzandogli l'occhio maliziosa.

Soffiò una brezza soave che accarezzò i loro corpi ed entrambi ne provarono subito un piacevole refrigerio.

Tamar si sedette di fronte a lui con le mani appoggiate sulle ginocchia. «Ora raccontami di te mio signore, la notte è lunga e vorrei sapere come sei giunto in queste lande desolate.»

Per tutta risposta l'altro rimase in silenzio a capo chino alcuni istanti, che parvero lunghissimi.

«Forse non vuoi rendermi partecipe della tua storia perché sono una schiava?»

Gherson si volse verso di lei. «Non è per questo perdonami... ma adesso non me la sento proprio di affrontare certi argomenti, solo a pensarci mi sento male. Forse un giorno ne riparleremo... ma non ora!»

«Come vuoi... aspetterò!» Rispose Tamar un po' seccata.

I due rimasero così a fissare il firmamento finché calarono le tenebre, poi si distesero ai lati del fuoco, riparandosi con i mantelli dal freddo della notte. Gherson, con le mani dietro la testa, continuava a contemplare gli astri pregando in cuor suo Yrshar di far chiarezza nella sua vita, immersa di nuovo nella fitta nebbia dei suoi dubbi.

Non trascorse molto tempo che Tamar gli si accostò raggomitolandosi al suo fianco; appoggiò il capo sul ventre di Gherson, ricoprendolo con i suoi folti capelli corvini.

«Ho freddo, mio signore... ed ho paura... posso stare vicino a te?»

Il giovane annuì posando la mano sulla sua testa e sfiorandone la morbida chioma.

«Ti ringrazio per avermi salvato la vita oggi... che altro hai visto su di me?» Le domandò di nuovo ma questa volta senza sarcasmo. In verità non si aspettava una risposta che appagasse tutte le sue perplessità, poiché brancolava nel buio più nero.

La replica della donna invece lo lasciò di stucco: «Ho visto che ti piaccio mio signore... ma non bisogna essere veggenti per capirlo. Sappi comunque che anch'io ti stimo, però in questo momento non c'è tempo per inutili romanticismi... ci sono cose più importanti da fare.»

I suoi occhi verdi splendevano ora come smeraldi, poi abbassò le palpebre e si addormentò sospirando, accarezzata come non aveva più provato da molto tempo.

"Cose importanti da fare ce ne sono, eccome!" Rifletté Gherson.

Il problema era comprendere da quali cominciare e soprattutto come andar via prima possibile da quella orribile regione; infine si assopì anche lui, stravolto dalle fatiche degli ultimi giorni.

Il mattino seguente dopo colazione, notarono in lontananza una nube di polvere che si dirigeva rapida verso di loro.

Gherson si rivolse a Tamar preoccupato. «Uomini a cavallo! Temo siano i tuoi amici che vengono a riprenderti... Che cosa pensi che accadrà?»,

«Dipende dal tuo valore.», rispose l'altra ridendo.

«Ho capito!» Replicò lui, brontolando poi tra sé alcune espressioni impronunciabili in stretto dialetto urwain.

«Almeno hai qualche arma con te?» Domandò infine.

«Sì, un arco con delle frecce, una lancia accanto alla sella del cavallo e naturalmente il mio pugnale.», ribatté lei per nulla intimorita.

«Meglio di niente!» Borbottò Gherson andandosi a preparare.

Una quindicina di viriklein dopo sette uomini a cavallo, recanti sulla divisa gli stemmi del conte Arsen, giunsero in prossimità del bivacco e trovarono Tamar seduta in un angolo vicina al suo destriero.

Il più alto in grado, un uomo sulla quarantina con la barba incolta, smontò dal suo cavallo e, con un ghigno feroce dipinto in volto, esordì: «Bene, piccola sgualdrina, alla fine ti abbiamo ritrovato... ci hai fatto sudare sette camicie per scovarti... ma non dubitare... sconterai amaramente ogni passo che abbiamo percorso.»

Uno dei soldati, un tipo alto, magrolino di carnagione scura intervenne. «Dì un po' capo... ma è proprio necessario riportarla viva? Se invece raccontassimo che l'abbiamo trovata morta e intanto ci divertissimo un po'? In fin dei conti non è poi così male, no?»

Il comandante corrugò le ciglia, poi si sfiorò il mento e squadrò anche lui la ragazza con malcelato interesse. «Potrebbe anche essere una buona idea... non ci avevo pensato.»

«Sarebbe una pessima idea!»

All'improvviso Gherson comparve dal suo nascondiglio dietro le rocce con l'arco già armato.

«E tu chi saresti?» Domandò sbalordito il loro capo.

«Vartaxar! Così mi conoscono nelle terre del tuo signore.», rispose lui.

Dal gruppo sortì un'esclamazione: «Vartaxar! Ma non è quell'infame che tempo fa ha ridotto il nostro padrone in fin di vita?»

Il comandante guardò Gherson leccandosi le labbra mentre si continuava a grattare la barba: «Proprio una bella coincidenza, due topi nella stessa trappola, come si suol dire... Arsen ci coprirà d'oro quando torneremo con la sua schiava e la testa dell'idiota che aveva osato sfidarlo. Coraggio ragazzi, diamoli addosso!»

Non ebbe nemmeno il tempo di terminare la frase che Gherson scagliò la prima freccia colpendo uno degli avversari in pieno petto e facendolo stramazzare inerte al suolo. Subito ne incoccò una seconda che raggiunse un altro uccidendolo all'istante. Gettato l'arco, prese la lancia nascosta dietro un masso e ne infilzò un terzo passandolo da parte a parte. Tamar dal canto suo, si era gettata a terra per schivare uno dei soldati che le si era scaraventato addosso per immobilizzarla. Senza pensarci troppo gli conficcò il pugnale nella pancia, lasciandolo esanime su di lei. Gherson a questo punto estrasse Altair e avanzò incontro ai tre superstiti. Il primo, accortosi che la situazione stava prendendo una brutta piega, cercò di fuggire come un disperato ma fu ucciso dal suo stesso comandante che minacciò l'altro della stessa fine se non avesse combattuto. Questi, sgomento, guardava ora Gherson ora il suo superiore con gli occhi sbarrati, non sapendo che fare. Alla fine in preda al panico si lanciò contro l'Urwain ma Gherson lo schivò e lo colpì alla nuca con il pugno chiuso che reggeva il manico di Altair. Il poveretto perse l'equilibrio e scivolò a terra; nell'urto batté il capo fra le rocce e si ruppe l'osso del collo.

A quel punto Gherson si rivolse all'ultimo scampato. «Allora prode guerriero... sei sempre dell'intenzione di portare la mia testa al tuo padrone? Vieni a prenderla se vuoi!»

L'ufficiale, vedendosi perduto, come estrema via di scampo si lanciò su Tamar e la prese in ostaggio.

«Lasciala andare e ti risparmierò la vita!» Gli intimò Gherson mentre l'uomo teneva la donna avvinghiata a sé, minacciandola al collo con la lama affilata della sua spada.

«Non sono così stupido, non lo farò finché non sarò in salvo!» Fu la sua risposta: poi si avvicinò lentamente al cavallo con la prigioniera sempre stretta a lui.

Gherson invece fece alcuni passi indietro e raccolse l'arco insieme a una freccia; incoccò il dardo e mirò verso il comandante ormai a cavallo con Tamar al suo fianco.

«Te lo ripeto un'ultima volta, lasciala e non morirai!»

Quello non rispose ma spronò l'animale alla fuga. Un attimo dopo la saetta partì e lo centrò in pieno collo, sfiorando allo stesso tempo il viso della ragazza. Il soldato cadde a terra senza vita insieme a Tamar, mentre il destriero fuggì via. Gherson le corse subito incontro temendo che si fosse fatta male nel ruzzolone; lei però si rialzò con qualche livido in più e gli si avvicinò d'impeto portando le mai avanti.

L'Urwain, d'intuito, s'immaginò che gli avrebbe rifilato un bel ceffone; in fin dei conti se lo sarebbe pure meritato... per poco non l'aveva ammazzata! Senza contare poi lo schiaffetto che le aveva affibbiato la sera prima.

Invece non fu come si aspettava, lei lo raggiunse e lo baciò sulla guancia; alla fine disse: «Vedi che avevo visto giusto? Ero sicura che mi avresti salvata.»

Infine, montò in sella pronta a partire: «Coraggio, andiamo... non abbiamo più nulla da fare qui; il sole tra un po' sarà alto in cielo e se non ci sbrighiamo, ci cuocerà la testa.»

Gherson gettò un occhio sui cavalli e scelse un pezzato che sembrava dargli maggior affidamento; dopo essersi caricati delle provviste necessarie, lasciarono il luogo del bivacco.

«Tu conosci questo territorio, non è vero?» Domandò poi a Tamar.

«Sì, mio signore! Se ci dirigiamo verso Soren, questa sera raggiungeremo le propaggini del deserto e con un po' di fortuna, di buon passo tra due giorni potrò rivedere i miei parenti sull'imbrunire.»

«Comincio a pensare che non sia un caso se ci troviamo in questo posto…», riprese lui rimuginando nella mente.

«Che intendi dire?» Replicò l'altra.

«Ho come un presentimento… Proseguiamo dritti verso quei rilievi alla nostra destra.», indicandole una serie di alture a occidente poco distanti.

Tamar esclamò inorridita: «La valle degli scheletri? È una follia! È un luogo maledetto… e ogni persona con un po' di sale in zucca farebbe bene a starne alla larga! Girano voci inquietanti al riguardo: chiunque vi sia entrato o l'abbia percorsa non ne ha mai fatto ritorno; vi abitano creature pericolose. Dicono che amino nutrirsi di carne umana…»

Gherson rispose: «Forse è come dici tu… ma il mio intuito mi suggerisce di raggiungere quelle colline. Coraggio, andiamo!»

Lei lo fulminò con gli occhi. «Guarda che non sono la tua schiava, mio signore, ricordalo! Non sono obbligata ad accompagnarti nelle tue follie!»

«Se vuoi, puoi anche tornare dal tuo padrone…», replicò Gherson in modo ironico e, serrate le redini, diresse il suo cavallo nella direzione voluta, seguito a debita distanza da Tamar. Questa volta però, fu lei a pronunciare parole irripetibili nel suo dialetto.

Cavalcarono circa un siklin in un ambiente aspro e difficile tra aride distese di sabbia, rocce e strapiombi sotto un sole cocente. In quell'apparente immobilità degli spazi, dove ogni rumore era ben distinto, s'imbattevano ogni tanto in topolini, serpi, scarafaggi o altre strane forme di vita che andavano su e giù per le dune; di rado negli anfratti più riparati capitava di scorgere qualche sorta di vegetazione rinsecchita dai raggi del sole.

Si trovarono infine dinanzi a una enorme conca circolare e Gherson rimase a dir poco senza parole: di fronte ai suoi occhi si parò un'immensa distesa di scheletri di varie grandezze, resti di animali ormai estinti vissuti in un lontano passato prima che l'uomo popolasse Arvhèia. Alcuni avevano dovuto essere di dimensioni mastodontiche a giudicare dalla conformazione delle ossa. Tamar inquieta, gli veniva dietro girando ritmicamente la testa da entrambi i lati. Scesi dai loro destrieri cominciarono a camminare con discrezione in quel cimitero a cielo aperto.

Lei lo supplicò: «Mio signore, ti prego, andiamo via… non c'è niente di interessante qui… ho un brutto presentimento…»

«Parli come una veggente o perché hai paura?» Rispose Gherson mentre osservava con attenzione delle strane orme fossilizzate in una massa calcarea.

Tamar, irritata dal suo atteggiamento, non replicò neppure.

Gherson frattanto si era chinato di fronte ai frammenti di una mandibola; c'erano ancora infissi dei grossi denti acuminati.

"Spero di non dover mai incontrare una bestia del genere...", rifletté.

Continuarono quindi ad avanzare silenziosi in quel tetro cimitero a cielo aperto, accarezzando ogni tanto i loro destrieri, anch'essi nervosi in quell'ambiente lugubre. Di tanto in tanto dei Vundur, uccelli neri come la fuliggine, dall'apertura alare di circa due diacron e con la testa grigia spelacchiata, volteggiavano sopra di loro gracchiando malevoli; erano tristemente considerati gli spazzini del deserto.

Tamar era sempre più inquieta. «Ci mancavano solo loro... sembra che siano venuti apposta qui per banchettare a nostre spese... tutto questo non promette niente di buono.»

Gherson non replicò e continuò ad andare avanti come se nulla fosse, ma i suoi occhi ora erano ben aperti e le orecchie vigili; l'istinto gli suggeriva che presto sarebbe accaduto qualcosa.

Il sole era ormai alto nel cielo e i due avevano percorso metà del loro cammino all'interno della conca, quando all'improvviso alcune creature inquietanti nascoste fra le rocce sbucarono silenziose. Avevano sembianze umane ma la carnagione era cerea; quasi tutti calvi d'aspetto si avvicinarono lentamente con aria ostile. Tamar urlò di spavento, portando le mani alla bocca.

«Stolti, che cosa cercate in questa valle desolata? Non sapete che è proscritta a ogni essere vivente, pena la morte?» Sibilò minaccioso uno dei loschi individui.

«Chi siete?» Domandò Gherson mettendo mano alla spada.

Un altro di loro rispose con voce aspra: «I guardiani di questo luogo, quelli che ti porteranno nella fossa.»

Seguì una risata stridula che si disperse echeggiando nella valle; poi tutti insieme gli furono addosso. Gherson si difese menando fendenti in tutte le direzioni; più di uno cadde sotto i suoi colpi e, ogni volta che la lama andava a segno, s'illuminava di luce propria. Allora comprese che si trovava di fronte a un altro evento sovrannaturale, certamente di natura malvagia e cominciò a preoccuparsi; per di più Ierax non era con lui a difenderlo. L'urlo disperato di Tamar lo gelò: tre figure la avvinghiarono e sprofondarono tutte in una cavità comparsa subitanea sotto di loro. Anche lui, dopo averne ferite altre due, fu risucchiato in una profonda fossa schiusasi sotto i suoi piedi. Fu così inghiottito dal suolo e scivolò verso il basso per non so quanti diacron, finché capitombolò in un'enorme caverna buia sostenuta da colonne naturali di pietra. Per fortuna la sua armatura emanava un bagliore quasi accecante in quelle tenebre e gli permise di vedere tutt'intorno, anche se ci vollero alcuni istanti prima che i suoi occhi si abituassero a quella cupa atmosfera. Ciò che gli si parò dinanzi apparve subito al di fuori di ogni immaginazione: era, infatti, circondato da un esercito imponente armato di tutto punto e ordinato su più file. Gli individui che ne facevano parte sembravano però inerti, simili a statue. Allora, fattosi coraggio, si accostò al più vicino sfiorandolo con le dita.

Non ci poteva credere... Erano davvero sculture di guerrieri in terracotta ad altezza d'uomo, una vera e propria armata pronta alla battaglia: fanti, arcieri, frombolieri... più lontano s'intravedevano anche reparti di cavalleria.

Che cosa significava tutto questo?

Dopo quel primo attimo di smarrimento si ricordò di Tamar: dov'era finita?

Poco più in là alla sua sinistra udì dei lamenti: sì, era proprio lei che singhiozzava disperata, tenuta a terra da quattro aggressori e cercava invano di divincolarsi.

«Ti prego, aiutami! Guarda in che situazione ci hai cacciato!»

Gherson si avvicinò minaccioso tenendo serrata la lama che splendeva anche lei di un bagliore intenso in quel buio funereo.

«Lasciatela!» Ordinò loro.

«Lasciatela!» Esclamò di nuovo, dato che quelli sconosciuti non si erano per nulla curati delle sue minacce. Altair fendette l'aria e andò a piantarsi nel collo di uno degli avversari, che cadde riverso a terra. Gli altri tre si allontanarono malvolentieri portandosi le mani agli occhi e squadrarono Gherson con ostilità. Tamar fu subito da lui e rimase al suo fianco.

Gherson allora, puntando la spada tutto intorno, urlò a squarciagola: «Chi siete? Che cosa sta succedendo qua sotto? Un sortilegio? Una magia? Coraggio, rispondete! Non ho paura di voi!»

«Faresti bene ad averne, invece...»

Si udì una voce cupa in lontananza.

Di nuovo cadde un silenzio spettrale sulla sala. Poi tra le sagome inquietanti di quell'esercito senza vita si percepì lo scalpitio di passi strascicati: una quarantina di ombre si materializzarono fra le statue e lo circondarono da ogni lato. Anche loro erano quasi tutti calve e avevano dipinta sul volto la medesima triste e sconsolata espressione.

Il più alto, armato da capo a piedi, gli si parò dinanzi. «Noi siamo gli Ascaur, i disperati... e tu invece chi sei povero pazzo, che hai il coraggio di attraversare queste terre?»

«Sono Gherson figlio di Tanis, principe di Urwan.», disse lui abbassando la spada lentamente.

Un brusio inaspettato si diffuse tra quegli sconosciuti.

«Tu sei davvero Gherson di Urwan?» L'altro riformulò la domanda incredulo e ottenne come risposta un semplice cenno di assenso da parte di Gherson.

Poi lo sconosciuto, squadrandolo con interesse da capo a piedi, riprese: «Nelle intenzioni di Darkos avresti dovuto essere il nostro comandante... ma sembra che ora i suoi disegni siano cambiati... pare che sia stato portato un nuovo discepolo al suo cospetto.»

Gherson, già sbalordito dalle prime parole dello sconosciuto, si sentì gelare il sangue quando questi terminò la frase. Era forse suo figlio il nuovo apprendista di Darkos, come gli era stato già anticipato da Malion?

«Di che cosa stai parlando? Che storia è mai questa?» Gridò allora, puntando minaccioso Altair in avanti.

L'individuo che aveva di fronte rispose con voce ora malinconica: «Il mio nome è Zeugma e sono stato condotto qui insieme ai miei compagni di sventura da Asman, il signore delle paludi.»

Gherson aggrottò le ciglia. «Da chi?»

Zeugma fece un sospiro e poi riprese: «Asman, lo stregone che vive nelle grandi paludi a occidente.»

«Nessuno abita quei luoghi inospitali.», lo interruppe Gherson di nuovo.

«Ti sbagli, non è così. Anch'io la pensavo come te... ma ho dovuto ricredermi. Molti di noi sventurati qui presenti vi si sono addentrati per semplice spirito di avventura o per desiderio di andare oltre l'ignoto... anche se più ci rifletto, più mi convinco che siamo stati attirati lì con l'inganno. Quel demone maledetto deve aver inculcato in qualche modo quegli insani propositi nella nostra mente... Quei territori sono abitati da esseri orribili a vedersi: gli Ulauar, così si chiamano. Loro ci hanno catturato vivi e poi condotti da Asman. Lo stregone ci ha fatto torturare

e abbiamo dovuto sopportare ogni sorta di sevizie fino a cedere al suo volere… Ci siamo venduti al male e la nostra natura è cambiata; ora siamo come automi nelle sue mani. Asman ci ha poi condotto in questo luogo funesto per costruire un esercito di pietra per Darkos…»

Terminò la frase indicando l'infinita moltitudine di sculture che si estendeva lungo i meandri della caverna.

Gherson fissava Zeugma con un'espressione indecifrabile sul volto, mentre Tamar continuava a tremare al suo fianco come una foglia.

«Darkos ha ordinato di creare un'armata da utilizzare al momento opportuno per conquistare Arvhèia e diventarne il padrone assoluto. Esiste, infatti, la possibilità che l'oscuro signore sia liberato dalle tenebre dov'è tuttora confinato, qualora evocato con riti oscuri. Una volta raggiunto questo suolo, porterà con sé le anime dei morti dannati relegati con lui e darà loro una nuova forma corporea in queste statue; così almeno affermano alcune profezie. Se ciò accadesse, Darkos diverrà il dominatore incontrastato di queste terre fino alla fine del mondo. Noi non possiamo farci niente… Da più di vent'anni lavoro al suo servizio e qualcuno qui anche da più tempo.»

Gherson abbassò la spada e rimase ammutolito. Non aveva mai considerato che Darkos potesse avere dei progetti sulle azioni degli uomini e sulla loro vita. Gli sovvennero allora le parole di Elaiar in merito alla facoltà di scelta tra bene e male… Non erano concetti ma cruda realtà, più di quanto avesse potuto immaginare.

La mano di Tamar toccò la sua spalla mentre lei sussurrò intimorita: «Mio signore, si stanno avvicinando…»

«Che cosa volete farci?» Domandò Gherson.

Zeugma riprese a parlare: «Nessuno può varcare questo suolo impunemente e pensare di uscirne vivo… voi dovete morire!»

L'Urwain roteò la spada davanti a loro; una forza misteriosa si stava impadronendo di lui, l'armatura stessa divenne sempre più splendente così come Altair, tanto che l'intera caverna ne fu illuminata a giorno. Gli Ascaur si portarono le mani agli occhi girando il volto in direzione opposta per proteggersi dal bagliore e qualcuno cadde addirittura prono a terra: non erano abituati a quel genere di luce laggiù in quelle profondità di Arvhèia.

Gherson, continuando a brandire Altair minaccioso, gridò: «Ascoltatemi tutti! Forse potrete anche ucciderci ma così facendo, perdereste l'unica possibilità che avete di uscire da questa tomba. Se ci lasciate liberi, cercherò di salvare anche voi, dovessi andare in capo al mondo, ve lo giuro! Ho già un conto in sospeso con Darkos!»

Zeugma gli urlò contro: «Stolto! Non ti rendi neanche conto di quello che dici, non sai nemmeno dove sia la sua dimora e poi, che cosa ne sarà di noi quando saprà che ti abbiamo lasciato andare via da qui? Non ci sterminerà forse tutti?»

«Voi siete già morti dentro e se non mi lasciate andare, sarà anche peggio!» Tuonò Gherson. Detto questo, colpì con la spada due sventurati che avevano avuto la malaugurata idea di avvicinarsi troppo. A quel punto Altair in modo inaspettato, come calamitata da una qualche forza sconosciuta, orientò la sua punta verso la loro destra. Gherson, dopo un attimo di esitazione, comprese che la lama gli stava indicando una via di uscita. Allora, prese per mano Tamar sempre più terrorizzata e scappò via, facendosi strada tra le innumerevoli statue a suon di fendenti tra chiunque gli si opponesse.

Fuggirono per angusti cunicoli, dove a stento poteva passare una persona alla volta; erano illuminati solo dal bagliore dell'armatura ma, nonostante tutto, riuscirono a risalire verso la superficie. Gli Ascaur, dopo un primo attimo di esitazione, gli corsero dietro. Quando però si avvicinavano troppo, rimanevano accecati dallo sfolgorio della corazza e storditi, erano costretti a rallentare. I due correvano a più non posso, il respiro ansimante e le urla minacciose dei nemici nelle orecchie. Di tanto in tanto inciampavano in alcune rocce ma si rialzavano subito terrorizzati in volto. Infine, Gherson scorse in lontananza uno spiraglio di luce, ebbe un sospiro di sollievo e incitò Tamar.

«Coraggio, ancora un ultimo sforzo... poco più oltre dovrebbe esserci l'uscita.»

Proprio in quel momento la donna si sentì afferrare alla caviglia, perse l'equilibrio e cadde a terra gridando; una delle creature era riuscita a ghermirla con un balzo. Gherson si voltò di scatto e colpì la mano del disgraziato con tutte le sue forze. Questi strillò per il dolore ma soprattutto per l'orrore che trasparì sul viso, quando si accorse che l'arto era stato tranciato di netto: il poveretto fuggì via andando a sbattere contro gli altri suoi compagni e frenandone così l'avanzata. Tamar inorridita, si staccò il moncherino ancora attaccato al piede e riprese a fuggire seguita dall'Urwain.

Giunto all'ingresso della galleria, Gherson gridò: «Zeugma, mi senti?»

Poco distante sentì risuonare una voce: «Che cosa vuoi ancora, maledetto!»

«Io non ho dimenticato la mia promessa, ricordatelo! Un giorno ritornerò da voi per liberarvi e allora vedremo da che parte ti schiererai!»

Detto questo, con tutte le forze che aveva ancora in corpo, centuplicate dalla magia della sua armatura, fece scivolare un masso lì accanto e chiuse il passaggio. Poi insieme a Tamar corsero a cercare i loro destrieri, raggiungendoli quasi all'estremità opposta della conca.

CΛPITOLO IX

«Dove andiamo ora?» Chiese Tamar, rimasta in silenzio fino quel momento.

Sul suo viso era ancora forte l'emozione di quanto accaduto e nel timbro della voce traspariva una forte irritazione nei confronti di Gherson, che l'aveva trascinata in quell'orribile avventura.

«Ti riporto a casa come desideravi.», rispose lui senza fare altri commenti ma visibilmente turbato per lo sgradevole imprevisto appena concluso.

Era pomeriggio e faceva molto caldo; percorsero così l'ultimo tratto della vallata, anch'esso disseminato dai resti di animali estinti. Il terreno poco alla volta cambiò aspetto: sabbia, sassi e ghiaia erano ricoperti di conchiglie e fossili. Lo sguardo si perdeva oltre l'orizzonte tra enormi depressioni e pinnacoli di roccia plasmati dagli agenti atmosferici. Tra le dune ogni tanto alcuni arbusti spinosi e ciuffi d'erba interrompevano l'aridità di quello scenario tra il rossiccio e il dorato. L'ostilità dell'ambiente gravava sul cuore dei due giovani che, stretti nelle loro solitudini, sentivano ancor più forte la vulnerabilità della condizione umana. Infine, si fermarono stremati a ristorarsi all'ombra di alcuni massi, poi, raccogliendo le ultime energie si diressero verso Soren. La regione continuava a essere desolata e prevalentemente rocciosa, per cui non potevano procedere veloci, evitando così di azzoppare i cavalli. Di tanto in tanto scendevano dai loro destrieri e proseguivano a piedi. Con l'imbrunire trovarono finalmente un po' di sollievo: la temperatura era diminuita e il paesaggio stava gradualmente mutando.

Gherson si voltò verso Tamar, ancora chiusa nel suo

mutismo, per farle notare quella progressiva metamorfosi e lei annuì con un secco gesto del capo. La vegetazione legnosa con foglie esili e radici profonde, necessarie a raggiungere l'acqua nelle profondità del suolo, si stava sempre più diradando e qua e là spuntavano ora cespugli e ciuffi d'erba; anche le piante grasse stavano cedendo il passo ad arbusti dalle fronde rigogliose. Giunsero infine in cima a una collina e, guardando più lontano, scorsero un fiumiciattolo che si addentrava in una radura verdeggiante, dove spiccavano alcune palme.

Scrollandosi il sudore dalla fronte Gherson si rivolse a Tamar, indicando quegli alberi: «Che dici? Ci accampiamo laggiù questa notte?»

Ancora una volta la donna assentì scuotendo solo la testa.

Nessuno dei due parlò, neanche quando giunsero al luogo del bivacco; Tamar preparò la cena e poi si addormentarono, ognuno sotto una palma diversa. Gherson guardandola, prima di scivolare nel sonno si domandò se fosse ancora irritata con lui per quanto accaduto o se invece fosse sconcertata per quello che aveva udito. Decise infine di non pensarci più; aveva già troppi problemi su cui riflettere. Il primo innanzitutto; ritrovare suo figlio... e non sapeva neanche da che parte cominciare. C'era poi la questione di Asman, il misterioso stregone che viveva nelle paludi insieme alle sconosciute tribù degli Ulauar... Che cosa stava accadendo su Arvhèia? Quali altri pericoli avrebbe dovuto affrontare? Ierax, l'unico che forse avrebbe potuto aiutarlo, si trovava chissà dove; ora c'era solo da sperare che fosse sulle sue tracce, anche se questa volta l'impresa sembrava più complicata. Tuttavia, il semplice pensiero che quella strana creatura alata fosse già riuscita a raggiungerlo in passato lo tranquillizzò. Guardò in alto e fissò le stelle: la notte avvolgeva l'intero universo e il principe si sentì pervadere da una quieta pace.

«So che comunque Tu, mio Signore mi aiuterai da lassù...»

Così si addormentò, coccolato da una brezza leggera.

Si svegliò con le prime luci dell'alba. Tamar era già desta, inginocchiata davanti al corso d'acqua ma c'era in lei qualcosa di insolito: stava rigida da troppo tempo in quella postura. Le si avvicinò silenzioso e la chiamò per nome ma non ottenne alcuna risposta, la donna aveva gli occhi sbarrati fissi nel vuoto. Le agitò le mani davanti al volto ma lei non reagì, si fermò così al suo fianco aspettando una qualche reazione; alcuni istanti dopo Tamar scosse violentemente la testa con una smorfia di dolore sul viso, poi cadde a terra tenendo la mano premuta contro il ventre e lamentandosi, come se fosse stata colpita da una fitta improvvisa.

«Che hai?» Domandò Gherson preoccupato.

Tamar lo fissò per alcuni istanti continuando a tenere le dita serrate sullo stomaco, infine rispose: «Non è niente... lasciami stare! Ti prego.», poi si allontanò da lui.

Quando si sentì meglio, ripresero il loro cammino. Il sentiero ora procedeva in maniera abbastanza regolare tra le colline ondulate sempre più verdeggianti, coperte a macchia di leopardo da prati di minuscole margherite in fiore. Gherson seguiva le indicazioni che Tamar talora gli forniva, per il resto parlarono pochissimo. Più tardi si fermarono per una pausa in una conca fiorente ai margini di un ameno corso d'acqua: in lontananza, sulle alture che presto si sarebbero parate loro dinanzi, s'intravedeva-

no i primi alberi. Stavano seduti l'uno di fronte all'altra, Gherson le offrì da bere e lei accettò, poi cominciò a parlare: «Ho visto una donna, Gherson... Ho visto una donna morire tra le tue braccia e ho sentito il suo dolore... una fitta che mi ha dilaniato il ventre in due lasciandomi senza respiro.»

S'interruppe un attimo mentre l'altro, posando la borraccia, era rimasto senza parole. «...Ho sentito anche la tua disperazione e ho scorto la tua furia contro un uomo di nome Sartanis.»

Chiuse gli occhi e abbassò il capo.

Rimasero così ancora un po', Gherson la fissava mentre lei era assorta.

Alla fine, disse semplicemente: «Rhiannon si chiamava, era mia moglie...»

Lei lo anticipò: «Se non vuoi parlare, non sei costretto... ti ho spaventato Gherson, non è vero?»

Lui le rispose di rimando: «Non capita tutti i giorni di incontrare una persona come te...»

Tamar riprese: «Credimi, non è facile neanche per me... a volte credo che sia una vera e propria maledizione.»

«Immagino a questo punto che vorrai sapere come siano andati i fatti.», le domandò.

«Ti ho già detto, mio signore, che non sei tenuto a riferirmi niente.», puntualizzò la ragazza quasi risentita.

Invece Gherson cominciò a narrarle tutto, quasi fosse un'amica che non vedeva da molto tempo, sentiva che poteva fidarsi e confidarle ogni segreto: in fin dei conti pure lui aveva bisogno di sfogarsi.

Tamar ascoltava interessata in silenzio e con il volto chino, sollevandolo ogni tanto per scrutare il giovane negli occhi. Il tempo scorreva ma nessuno dei due se ne dava pensiero.

La donna allora scosse la testa e gli disse: «Sei una strana persona... e attorno a te ruotano forze arcane e misteriose... qualcuno potrebbe anche esserne invidioso. Non io in verità, forse perché ho già sperimentato a mie spese che cosa significhi essere diversa dagli altri.»

Decisero infine di riprendere la via. Imboccarono un sentiero verso il meridione che s'inoltrava in un vallone salendo gradualmente. Il paesaggio stava ancora cambiando e alberi di latifoglie si susseguivano ora a perdita d'occhio. Attraversarono un ponte in muratura costruito a fianco di una fragorosa cascatella e continuarono seguendo una mulattiera che s'inerpicava sempre più ripida all'interno del bosco, rincorrendo numerosi tornanti. Dopo circa due siklein raggiunsero un bivacco in pietra con il tetto in ardesia abitato da un pastore, un vecchio dalla lunga barba bianca di poche parole; si fermarono per il pranzo mangiando un po' di pane e formaggio offerti per l'occasione dal pecoraio. Si trovavano proprio al margine di una piccola radura tappezzata dal verde rigoglioso, da qui potevano ammirare le imponenti pareti rocciose dei monti circostanti; dopo aver salutato il buon uomo, nel primo pomeriggio entrarono in un faggeto costeggiando un ruscello, che attraversarono al ponte di legno. L'aria fresca e l'ombra degli alberi rendevano il tragitto piacevole, mentre tutt'intorno era un cinguettare di uccelli, a un certo punto Gherson vide a terra un passerotto che pigolava; scese allora da cavallo e gli si avvicinò, era troppo piccolo e non riusciva a volare.

Lo raccolse delicatamente. «Deve essere caduto da un albero...», disse infine, mentre quello trillava terrorizzato nella sua mano. Alzò la testa e vide un nido sopra un faggio proprio accanto a lui, vi si arrampicò sopra e ricollocò

il piccolo nella sua dimora, poi ripresero il cammino.

Tamar osservò tutta la scena, sconcertata in cuor suo da quel comportamento.

"Ha la tempra del ferro ma riesce anche a commuoversi per un uccellino..."

Poco prima del tramonto uscirono dal bosco e si trovarono di fronte a un prato colorato da una miriade di garofani, anemoni e genzianelle, sbocciati tra le grosse pietre sparse qua e là; non c'era parvenza di sentiero davanti ai loro occhi. Attraversarono pertanto la radura e guadarono un piccolo rio. Il sole stava ormai calando e in lontananza si sentì un ululato sinistro.

«Sarà meglio trovare un rifugio quanto prima.», fece Gherson.

Lei rispose: «Non ti preoccupare... entro un'ora dovremo arrivare in un luogo riparato al sicuro da brutte sorprese.»

Attraversarono una piccola macchia di pini e dopo aver superato alcuni tornanti, giunsero in un nuovo vallone prativo, si fermarono un istante a contemplare quello scenario mirabile; ovunque cespugli di rododendri rosa sembravano rincorrersi per tutta la discesa, sebbene avviluppati alle rocce, permeando l'aria di una flagranza pungente e penetrante. Più in basso s'intravedeva un piccolo lago dalle acque scure e a poca distanza, scorsero un casolare semidiroccato nascosto sotto un costone roccioso. Tamar indicò in quella direzione e proseguì senza ulteriori indugi seguita da Gherson. Vi arrivarono quando era ormai buio. Mineas e Lantàra già si rispecchiavano nel lago, così come la miriade di stelle presenti in quella notte tersa. Una rana gracidava ancora nelle vicinanze e i grilli continuavano a frinire instancabili tutt'intorno. Mentre Gherson pensava ai cavalli, Tamar accese il fuoco e preparò qualcosa da mangiare.

L'antico rifugio costruito in pietra era franato nella parte anteriore, quella non protetta dalla rupe, probabilmente a seguito di una valanga.

Una volta seduto attorno al fuoco, il principe si mise a ragionare sugli ultimi avvenimenti. La sua, in effetti, era una condizione davvero singolare: in passato aveva avuto solo uomini come compagni d'avventura; forse in quei giorni era stato troppo duro con quella ragazza... ripensò anche all'episodio degli Ascaur. Doveva essere stata un'esperienza davvero traumatica per lei... e invece non le aveva neppure chiesto se si fosse ripresa da quella brutta vicenda. Anche se Gherson cercava di non farlo notare, quasi si vergognasse, era chiaro che quell'awaixa lo metteva a disagio... suscitava su di lui un'attrazione particolare e questo non lo poteva proprio accettare. Aveva quasi paura di quelle sensazioni e si sentiva in colpa, perché nel suo intimo non voleva che un'altra donna prendesse il posto di Rhiannon. Nessuna avrebbe mai potuto riempire quel vuoto incolmabile causato dalla sua morte! E se invece Tamar fosse stata una creatura maligna inviata da Darkos per ingannarlo? Perché no? Già! Perché no? Elaiar a suo tempo lo aveva messo in guardia, avvisandolo che avrebbe dovuto combattere con spiriti molto più astuti degli uomini... scosse la testa, pensando di nuovo alle ultime peripezie.

"No! Non è possibile... non può essere! Sarebbe davvero troppo! Anche lei una creatura maligna?"

Non trovando una risposta certa a tutti i suoi dubbi, cercò di pensare ad altro ma non ci riuscì; alla fine le sue riflessioni, per quanto girovagassero, tornavano sempre su Tamar e il suo interesse, ne era convinto, non era legato solo all'aspetto della ragazza... c'era dell'altro, ma

Gherson non riusciva a capire che cosa.

Così, nonostante le sue perplessità, prese coraggio e disse: «Di solito non sono abituato a chiedere scusa, ma in questo contesto mi trovo a chiederti perdono per quanto è successo ieri… forse avevi ragione tu, avremmo dovuto evitare di attraversare quella valle.»

Ci fu un attimo di silenzio.

Poi lei, continuando a girare il mestolo nella padella, rispose: «È giusto che sia andata così, anche se quando siamo usciti da quel tunnel il primo pensiero che ho avuto, è stato quello di strangolarti, ma ho riconsiderato tutta la vicenda… sono convinta che un giorno tornerai e adempirai il tuo giuramento liberando quei disgraziati dalla loro condizione.»

«È forse una premonizione?» Replicò lui cercando di sdrammatizzare.

Tamar lo fissò risentita.

"No, non è stata una battuta felice…", rifletté l'Urwain inarcando le sopracciglia ed era l'ennesima conferma che non si trovasse proprio a suo agio con quella donna. All'improvviso un lupo dal manto argentato fece capolino dietro le rocce. Gherson si alzò di scatto e portò la mano alla spada, temendo che ce ne fossero altri nei dintorni ma si accorse che era solo. I cavalli poi stranamente non avevano mostrato alcun cenno di nervosismo.

«Che hai da guardare?» Gli disse.

«Forse ha fame.», azzardò Tamar.

Il lupo intanto, era immobile davanti a loro e li fissava silenzioso, scodinzolando senza ringhiare. Rimasero così per alcuni istanti, poi il giovane gli si avvicinò porgendogli un pezzo di carne secca ma quello si allontanò subito. Dopo aver cenato, i due si trasferirono nella parte del rudere ancora coperta dal tetto e si addormentarono poco dopo.

La mattina seguente furono svegliati dal calpestio veloce di un piccolo scoiattolo rossiccio che si era avventurato nei resti del solaio, cercando qualcosa da rosicchiare. Tamar seguiva curiosa con lo sguardo i rapidi movimenti dell'animaletto; sussurrò infine alcune parole nell'orecchio di Gherson, invitandolo a non far rumore mentre indicava la bestiola. Anche lo scoiattolo si accorse dei nuovi inquilini e si fermò un attimo interdetto, osservandoli con i suoi occhioni neri dietro al musino fulvo. Poi, come se niente fosse, riprese a gironzolare tra le travi del tetto: in fin dei conti da quelle parti era lui il padrone di casa.

«Penso che sia giunta l'ora di alzarsi.», disse Gherson, portando le braccia all'indietro e sbadigliando come un orso appena uscito dal letargo. Lei avvicinò la mano alla bocca per non ridergli in faccia e si girò dall'altra parte.

Dopo una rapida colazione ripresero il loro cammino. Il sentiero li condusse in una nuova vallata, dove, salendo su per tornanti con pendenze sostenute, raggiunsero un boschetto di abeti bianchi. Il tempo stava cambiando rapidamente e qualche nuvola grigia cominciò a far capolino tra gli alberi; anche la temperatura era scesa e faceva più fresco. A metà mattina raggiunsero una radura erbosa, gli altipiani di Vernon. In lontananza, molto più a Soren, si stagliavano come giganti slanciati verso il cielo le alte vette dei Rhodaur.

Decisero di fermarsi a pranzare lungo il corso di un fiumiciattolo.

Gherson notò alcune trote nascoste tra le rocce e affermò tutto risoluto: «Oggi finalmente mangeremo qualcosa di nuovo.»

Scese da cavallo e si avvicinò alla riva. Tamar però si accorse subito che il giovane non era un provetto pescatore; infatti, più di una volta mancò la presa con i pesci che gli sgusciavano via dalle mani, perdendo così l'equilibrio e finendo pure in acqua. La ragazza riuscì a stento a trattenere le risa e, smontata dal suo destriero, cominciò a tagliare quel poco di pane e formaggio avanzati dal giorno precedente.

«Che hai da ridere?» Mormorò lui uscendo dal fiume tutto bagnato come un pulcino.

Lei allora gli offrì la sua porzione, abbassando il capo per nascondere l'espressione ancora irriverente. Gherson, imbarazzato per la figura ridicola, inizialmente rifiutò e si allontanò come un cane bastonato; alla fine però, vinse la fame che lo portò a più miti consigli. Tuttavia, prima di ripartire si prese una piccola rivincita: mentre Tamar stava rassettando le sue cose vicino alla riva, le versò addosso il contenuto della borraccia.

«Ma è gelida!» Gridò la donna fulminandolo con gli occhi, mentre lui sorrideva.

Tamar allora si alzò da terra e, riordinandosi le vesti, si avvicinò a Gherson, lo prese con forza per il braccio e lo trascinò di nuovo dentro l'acqua. Ebbe così inizio una vera e propria sfida, in cui i due, ridendo fino alle lacrime, tentavano di rovesciarsi a vicenda nel fiume. In un susseguirsi di schizzi, tonfi e tuffi, giocavano come bambini, dimentichi di tutto; poi alla fine riemersero esausti e inzuppati, ma felici. Entrambi si tolsero in fretta gli indumenti per farli asciugare dal vento e da quel timido sole che ogni tanto compariva fra le nubi; erano coperti solo dai loro mantelli.

«Di questo passo non arriveremo mai...», considerò Gherson sinceramente preoccupato.

«Non certo per colpa mia!» Puntualizzò Tamar.

Trascorsero così più di un siklin lungo le rive del torrente, finché, asciugati i vestiti alla bell'è meglio, ripresero il loro viaggio. Il sentiero che costeggiava il corso d'acqua continuava verso oriente, attraversando una serie di ampie distese prative imbiancate da un manto di margherite. Poco prima del tramonto il tempo peggiorò ancora e dal cielo plumbeo cominciò a cadere una fine pioggerella.

«Conosci qualche riparo da queste parti?» Domandò Gherson, mentre in lontananza si vedevano già i primi bagliori dei fulmini.

Lei indicò alla sua sinistra: «Oltre quella collina lungo il fiumiciattolo, c'è un piccolo villaggio di una trentina di case; si chiama Fradibon. Dovremmo esserci entro un'ora.»

Decisero così di fare questa piccola deviazione e raggiunsero il paesello quand'era ormai buio. Le abitazioni erano tutte realizzate con grossi tronchi d'abete e il tetto di paglia. Per strada non si vedeva anima viva, anche perché la pioggia era aumentata d'intensità e la via era cosparsa di pozzanghere. Dopo aver lasciato i cavalli nell'unica scuderia del luogo, s'incamminarono decisi verso la locanda, "Il Camoscio Bruno", organizzata su due piani.

All'interno, dietro il bancone di legno, stava la padrona, una cinquantenne in sovrappeso con la faccia rubiconda. Portava in testa un fazzoletto che avvolgeva i capelli brizzolati e un grosso grembiule bianco copriva la gonna a quadretti verdi e gialli. L'atmosfera era gradevole; i pochi tavoli davanti a loro erano apparecchiati con delle tovaglie rosse, su cui facevano bella mostra alcuni cestini ricolmi di fiori di campo. Alle colonne erano appese delle lucerne in ferro battuto che illuminavano piacevolmente tutta la stanza.

«Desiderate?» Chiese con garbo la locandiera.

«Vorremmo cenare e, se è possibile, anche pernottare.»,

rispose Gherson.

Lei li invitò ad accomodarsi e Gherson notò subito che Tamar aveva nascosto il viso nel mantello: evidentemente non desiderava essere riconosciuta. Il suo espediente fu tuttavia inutile. La padrona, infatti, dopo averli scrutati con i suoi occhi vispi, portò la mano sinistra al mento; infine dette un rumoroso pugno sul bancone con la destra e, indicando la ragazza, esclamò: «Ma certo! Tu sei Tamar, la figlia di Ainur! Sei davvero cresciuta bimba mia e ti sei fatta anche bella, quanti anni sono che non ti fai più vedere da queste parti.»

«Due.», rispose lei, abbassando il manto e arrossendo in volto.

«Molto bene... molto bene.», continuò la chiacchierona sfregandosi le mani, «E... adesso te ne torni a casa da tuo padre con questo bel moroso, sono proprio contenta. Neanche a farlo apposta, l'unica camera con un bel lettone doppio è pure libera. D'altronde, non si vedono molti forestieri da queste parti. Nel frattempo, accomodatevi tranquilli, vi porterò subito qualcosa di caldo da mettere sotto i denti.»

I due si guardarono imbarazzati; Tamar chinò il capo, sempre più a disagio.

"Che stupido! Nella fretta, non avevo considerato quest'aspetto.", rifletté Gherson infastidito.

Una volta seduti, poterono così cenare, sebbene assillati dai continui pettegolezzi della logorroica locandiera.

Quando infine salirono nella stanza, Tamar chiuse la porta sospirando. «Non se ne poteva più, era proprio quel che temevo; Rodia è da sempre rinomata per le sue ciance...»

Poi prese un guanciale e si accomodò per terra.

«Che stai facendo?» Chiese Gherson.

«Che domanda! Mi preparo per dormire.»

«Tu dormi nel letto, io per terra!»

Lei rispose titubante: «Ma mio signore... Io sono una serva e tu...»

«Appunto! Fai quello che ti dico!» Replicò lui e, aperto l'armadio, fece un fagotto tra coperte e cuscini; quindi, sistemando un giaciglio alla buona, si sdraiò sul legno cigolante del pavimento.

Tamar si coricò di fianco sul letto morbido e si addormentò sotto una soffice trapunta, mentre Gherson s'intrattenne a fissare meditabondo il soffitto con le mani dietro la testa.

Fuori intanto aveva smesso di piovere e il rombo dei tuoni in lontananza era sempre più tenue.

Non fu comunque una notte tranquilla, almeno per Tamar. Intorno alla mezzanotte, infatti, cominciò ad agitarsi e a pronunciare frasi senza senso. Gherson, che si era appena addormentato, si risvegliò di soprassalto.

«Che hai?» Le domandò ma lei continuava a dimenarsi, finché a un tratto urlò.

Il giovane allora si avvicinò e la scrollò con forza per le braccia; la donna aveva gli occhi sbarrati dal terrore.

«Tamar... Tamar... Svegliati! È solo un incubo! Che ti succede?»

La donna ansimante si riprese e si mise seduta, stringendosi forte le tempie.

Poi, singhiozzando, iniziò a parlare: «Mio signore, ho avuto una visione orribile... ho visto l'ombra di un uomo robusto con in mano il mio vestito intriso di sangue. Io ero sola, avevo paura e tu... tu non eri con me!»

Terminò la frase quasi rimproverandolo, tremava come una foglia e sudava freddo.

Gherson l'abbracciò, cercando di farle coraggio.

«Hai visto chi fosse quell'uomo?» Le domandò dopo un po'.

«No! Mio signore, era di spalle e aveva una folta chioma rossa.»

Rimasero così ancora alcuni istanti, poi, quando si fu calmata, Gherson si allontanò da lei.

Tamar però lo richiamò a sé. «Rimani accanto a me, ti prego mio signore! Stammi vicino, sono spaventata e ho ancora i brividi addosso.»

Fu così che Gherson trascorse il resto della notte a vegliare al suo fianco. Aveva ormai compreso il motivo per cui lei considerasse le sue premonizioni, una maledizione e non un dono.

Il giorno seguente, dopo un'abbondante colazione, salutarono in gran fretta la locandiera e tornarono sui loro passi; il terreno era ancora fangoso, nonostante il cielo fosse tornato sereno. Non conversarono molto quella mattina, anche perché Tamar di solito appariva prostrata dopo quelle visioni; Gherson aveva già avuto modo di accorgersene la volta precedente.

Fu invece lei a riprendere il discorso più tardi, quando, superato l'ennesimo avvallamento, si trovarono in cima a un colle.

Davanti ai loro occhi si aprì la maestosa veduta sul lago Martay, nelle cui acque si riflettevano come in uno specchio le alture circostanti: dal corso sinuoso, si estendeva fin oltre l'orizzonte tra boschi di larici e prati tinteggiati da botton d'oro, papaveri e gigli di campo. Con il sopraggiungere del nuovo Solesan la natura mostrava tutta la sua bellezza, simile a una donna innamorata desiderosa di ammaliare il suo spasimante.

«Vedi là in fondo, dove il lago fa un'ansa a destra? Oltre quella curva c'è Ramius, il villaggio di mio padre... Così avrai adempiuto i tuoi doveri e potrai riprendere la tua strada.»

Tamar proferì quella frase in modo sbrigativo.

Gherson non si aspettava un atteggiamento così duro e risoluto da parte della donna ma anche uno sciocco avrebbe capito che era nervosa. Decise di non risponderle e proseguì lungo il sentiero, che correva dritto fra bellissimi cespugli di oleandri di un color rosso intenso.

Quando giunsero nei pressi del lago, Gherson, dispiaciuto per quel clima gelido instauratosi tra loro, decise di fermarsi nei pressi di un prato ornato da un'infinità di margherite fiorite.

«Che hai mio signore? Perché ci fermiamo?» Domandò Tamar.

«Perché ho voglia di godermi il panorama...», rispose lui, trattenendo il fiato per lo stupore; la visione del lago con le sue rive frastagliate, circondate da colline lussureggianti, era magnifica. Gherson allora smontò da cavallo e si diresse verso la sponda, facendo fuggire un'anatra dalle piume scure spaventata dal nuovo arrivato e subito seguita dai suoi piccoli in fila indiana. Tamar invece si sedette nel prato con il capo coperto dal mantello e avvicinò il viso ai piccoli fiorellini per apprezzarne il loro profumo. Due pettirossi aggrappati al ramo di un albero osservavano la scena con curiosità.

Il giovane allora prese a parlare: «Che ti prende Tamar? Di che hai paura?»

Lei alzò il viso e rispose senza remore: «Di soffrire, mio signore... e tu no?»

«Che cosa intendi? Spiegati meglio!» Replicò lui.

«Vivo ripiegata su di me per timore del dolore che gli altri potrebbero procurarmi: così ho costruito un muro invalicabile attorno al mio cuore e nessuno vi può entrare.

In sostanza, vivo solo per me stessa... ma non sono felice.», rispose lei.

Gherson la guardò perplesso: non immaginava che la discussione avrebbe preso una piega simile. «Non mi sembra il momento di affrontare certi discorsi...», tagliò corto infine, cercando di cambiare argomento. Si sentiva spiazzato perché non era abituato a esternare a nessuno i propri sentimenti e le questioni private; oltretutto, lei era un'awaixa e ciò rendeva la situazione ancor più complicata.

Tentò allora di riportare la discussione su contenuti più leggeri. «Tamar... in fin dei conti stai tornando a casa dai tuoi parenti dopo due anni d'assenza, dovresti sprizzare gioia da tutti i pori e non tormentarti con questi pensieri.»

Lei lo azzittì subito: «Non cercare ragioni, mio signore! Anche tu hai paura di soffrire e soprattutto di far soffrire gli altri; chiunque ti sia stato vicino è morto o ha conosciuto mali indicibili. Così in cuor tuo hai deciso di vivere da solo pure tu!»

Gherson rimase disorientato di fronte a quelle parole; avrebbe voluto rispondere che non era vero, che le cose non stavano così... ma alla fine non disse nulla, perché sapeva che in quell'affermazione c'era un fondo di verità.

Restarono così in silenzio a fissarsi alcuni istanti. Gli occhi verdi di lei brillavano dietro il manto e gli infondevano soggezione; si sentiva scrutato nel profondo. Poi alla fine fu lui ad abbassare lo sguardo ed era un segnale di resa; l'awaixa aveva vinto.

«Comunque hai ragione tu, non è il momento per simili discorsi; ora è il tempo della gioia e dobbiamo indossare la sua maschera...», concluse Tamar giocherellando con i petali di una margherita fra le dita.

Non fece però in tempo a concludere la frase, perché

una freccia solcò l'aria, andandosi a piantare al suolo a pochi passi da Gherson. Un attimo dopo quattro individui vestiti con giacconi di pelle e lunghi stivali ai piedi uscirono dal bosco, correndo loro incontro.

«Chi siete, stranieri?» Gridò uno degli sconosciuti in tono minaccioso.

Era alto, dalla carnagione scura con i capelli riccioluti. Gherson mise mano all'elsa di Altair ma subito Tamar lo frenò con un gesto. Poi si alzò e, girandosi verso l'uomo che avanzava, si scoprì il volto.

«Arion, è questo il modo di accogliere tua sorella?»

Il tizio, giovane anche lui, tra i sedici e i diciotto anni, rimase di sasso ed esclamò: «Tamar! Non può essere... Sei proprio tu! Com'è possibile?»

La donna gli si avvicinò.

«Sono tornata.», disse e lo baciò sulla fronte.

I due si abbracciarono commossi. I suoi compagni intanto avevano circondato Gherson, rimasto immobile in attesa degli eventi. Tamar sbloccò subito la situazione; si voltò verso di loro esortandoli ad abbassare le armi, poi si sedettero tutti lungo la riva del fiume. A questo punto la donna presentò il principe a suo fratello Arion, raccontandogli di come si fossero conosciuti e tutte le avventure vissute insieme fino a quel giorno. Dopo decisero di rimettersi in marcia. Percorsero un sentiero che saliva pigramente e poco alla volta scorsero in lontananza i primi tetti delle case di legno con i comignoli fumanti. Ancor prima di giungere al villaggio, Arion si affrettò con i suoi per il sentiero, anticipando l'arrivo della sorella.

Fu così che quando Tamar uscì dal bosco, si trovò di fronte l'anziano Ainur: aveva una lunga barba e i folti capelli canuti. Le veniva incontro lentamente appoggiandosi a un bastone ricurvo e due grosse lacrime ne rigavano le gote. La figlia smontò subito da cavallo e lo raggiunse di corsa gettandogli le braccia al collo. Rimasero così per un po', mentre lui, stringendola forte a sé, continuava a ripetere come in un monologo: «Figlia mia, figlia mia, sei tornata…»

Tutt'intorno era un via vai di persone che si erano precipitate per salutare il ritorno della ragazza, ma quel momento felice fu guastato poco dopo da un altro evento.

Gavaon, il fratello maggiore di Tamar, stava rientrando dalla caccia con alcuni suoi amici, quando vide tutto quel trambusto. Incuriosito, si appressò anche lui per capire che cosa stesse accadendo e si trovò la sorella di fronte. Sulle prime l'abbracciò emozionato, sebbene avesse il cuore stretto dall'angoscia. Non era malvagio ma molto preoccupato, come ebbe modo di sostenere in seguito di fronte al padre in separata sede.

«Chi placherà le ire di Arsen, quando saprà che la sua schiava è tornata a casa? Verrà subito a riprenderla e ce la farà pagare a tutti!» Ripeté più volte ad Ainur.

Gavaon aveva sempre cercato di allontanare Tamar, a causa di quelle sue premonizioni: la considerava un'incantatrice e ne aveva paura. Qualcuno in passato aveva anche ipotizzato che fosse stato proprio lui a suggerire al conte di Lamoran di comprarla, pur di togliersela di torno. Il padre tuttavia non volle sentire ragioni; sua figlia era di nuovo a casa e non l'avrebbe più lasciata andar via per nessuna ragione al mondo, a meno che non fosse stata proprio lei a chiederlo. Inoltre, quell'Urwain era già entrato nel suo cuore… Gli aveva riportato Tamar sana e salva; senza contare poi che era pure un principe.

Concludendo Ainur sentenziò: «Ora basta! Questa sera organizzerò una grande festa; la mia unica figlia femmina che avevo perduto, oggi è tornata ad allietare gli ultimi giorni della mia vita.»

Fu così preparato un gran banchetto in onore di Tamar e di Gherson e tutti si diedero da fare per la buona riuscita dei festeggiamenti: solo Gavaon, benché presente, appariva contrariato. Al centro del paese fu acceso un falò e tutti mangiavano e bevevano in allegria. Si diede poi il via alle danze: le cetre liberavano nell'aria le loro note e i tamburi rullavano con ritmi travolgenti. Gherson stava seduto in disparte ma era sereno: gli ultimi giorni trascorsi erano stati una benedizione, perché gli avevano dato modo di distrarsi dalle sue preoccupazioni.

Poi, quando meno se lo aspettava, Tamar si avvicinò.

«Vuoi ballare con me?»

Indossava un vestito lungo candido come la neve, che metteva ancora più in risalto la sua carnagione olivastra e i capelli scuri.

«È molto tempo che non lo faccio, sono un po' arrugginito...», rispose lui, quasi scusandosi.

Gli occhi della donna però lo pregarono con insistenza e alla fine si lasciò convincere sotto lo sguardo di Ainur. I due si portarono dapprima nella parte periferica del grande cerchio. Gherson era almeno all'inizio visibilmente impacciato; poi, poco alla volta, riacquistata la dimestichezza di un tempo, sentì sciogliersi le membra. La musica, dal ritmo trascinante, era irresistibile e così, coinvolto nell'armonia dei suoni, si lasciò rapire i sensi. Danzavano ormai da chissà quanto e non si erano accorti che tutti li stavano osservando, un po' per curiosità, un po' per civetteria.

Alla fine Gherson, stremato, si allontanò dalla folla e ridendo si diresse verso il lago accompagnato da Tamar: le acque erano calme e limpide e le due lune si rispecchiavano nelle flebili onde. Gherson si appoggiò a un albero,

mentre la donna continuava a danzargli intorno. Non resistette più, la prese e l'attirò pericolosamente a sé: erano vicini, davvero troppo vicini, tanto da sentire addosso l'odore inebriante della sua pelle. Fece scivolare la mano destra lungo il fianco della donna, mentre con la sinistra le accarezzò il collo. Lei ebbe un fremito e un brivido le attraversò la schiena. Allora appoggiò la testa sul petto di Gherson, ascoltando nel silenzio i battiti del suo cuore.

Rimasero così alcuni istanti, poi Tamar si scostò di poco sospirando.

«Ti chiedo perdono... Non avrei dovuto...»

«Che cosa?» Domandò l'altro imbarazzato.

«Non avrei dovuto spingerti fino a questo.», replicò lei.

Gherson la fissò titubante, Tamar allora riprese: «Non è per paura di perdere i miei doni... ma in questo momento non voglio che ti affezioni a me... Sarebbe un errore e non desidero distoglierti dai tuoi compiti.»

Vi fu un attimo di silenzio, poi continuò. «Io voglio che tu sia libero, mio signore, non devi sentirti obbligato verso di me... Inoltre, ti ammiro e conosco i tuoi sentimenti. L'amore che ancora provi per tua moglie è immenso, è puro e questo ti fa onore. Nessun vivente potrebbe mai competere col suo ricordo... anche se a me basterebbe solo un pezzo del tuo cuore.»

S'interruppe subito e si portò la mano alla bocca; avrebbe voluto mordersi la lingua. Sapeva di essere andata oltre e ora se ne pentiva davvero.

Gherson la fissò con cautela, mentre lei, vergognandosi, arrossì abbassando lo sguardo. «Perdonami, mio signore, non dovevo dire queste cose, non succederà mai più!»

Poi alzò di nuovo il viso e continuò dicendo: «Io sono solo una schiava e la mia condizione non mi permette di avvicinarmi a te. Hai il diritto di punirmi, se vuoi!»

L'altro ascoltò ma non rispose e si distese a terra mentre lei lo guardava esitante. Infine, poiché lui non reagiva, gli si sedette accanto, i piedi nudi sull'erba, Mineas riflessa tra le sue chiome.

«Sul fatto che tu sia la schiava di qualcuno è una questione che appianeremo prima possibile. Presto tornerò da Arsen, ti riscatterò e tu sarai di nuovo libera.»

Sul resto però Gherson non si pronunciò.

I verdi occhi di Tamar s'illuminarono per un attimo.

«Non sei obbligato a farlo, mio signore.», pronunciò in un soffio.

«Nessuno mi obbliga... è un mio desiderio.», rispose lui.

Rimasero così un po' in silenzio.

Alla fine, fu Gherson a rompere la quieta armonia che li teneva sospesi nelle loro riflessioni. «A che cosa stai pensando?»

«A Valdor.», rispose l'altra.

«Valdor?»

«Sì, in fin dei conti, se ti ho incontrato di nuovo, lo devo a lui.», chiarì Tamar.

«Anch'io allora dovrò ringraziarlo... se mai lo rivedrò.», confermò Gherson.

«Perché?» Chiese incuriosita la ragazza.

«Come perché? Mi hai salvato la vita! Già l'hai dimenticato?»

Lei annuì sorridendo. Tra i due tornò a regnare la pace, mentre sul lago, poco distante, planarono due cigni bianchi.

Gherson chiuse gli occhi e respirò profondamente alzando la testa. «Questa notte è per me come l'antico paradiso di Ghenesia.»

Tamar chinò lo sguardo con il cuore gonfio di gioia

per quelle parole. Era felice come non ricordava da chissà quanto, ma non disse più nulla; la sua mano sfiorò quella di Gherson che non si ritrasse e si lasciò accarezzare.

Dal villaggio si udivano ancora le note delle cetre volteggiare verso il cielo e anche le stelle del firmamento, quella notte, danzarono per loro.

CAPITOLO X

Più tardi, mano nella mano, tornarono entrambi alle loro dimore e si congedarono. Gherson prese sonno quasi subito ma si svegliò prima dell'alba con uno strano presentimento, come se qualcuno lo stesse cercando con insistenza. Si alzò e, dopo essersi vestito, s'incamminò lungo le rive del lago. Era ancora buio e nel piazzale, dove si era consumata la festa la sera prima, si aggirava solitario un cane a capo chino; fiutava qua e là in cerca di qualche avanzo. Si avvicinò al principe, che lo accarezzò sopra la testa e l'animale ricambiò scodinzolando per poi seguirlo. Giunto alla fine del sentiero, il giovane fu colto da un fremito: sentì all'improvviso un battito d'ali e una folata di vento lo sferzò sul volto tanto da farlo quasi cadere a terra. Il cane, allertatosi, si drizzò sulle zampe e ringhiò per un attimo.

«Finalmente ti ho ritrovato!»

Ierax si parò davanti a Gherson in tutta la sua maestosa bellezza.

Questi, ripresosi dallo spavento, sorrise, mentre il cane si accucciò agitando leggermente la coda.

L'Aldeivar riprese con una nota di biasimo: «Ti ho cercato ovunque da quella notte... e in tutta sincerità ho temuto molto per la tua vita... solo uno spericolato come te poteva pensare di farsi trascinare in quel vortice senza esserne preparato.»

L'altro replicò a tono: «C'era mio figlio là dentro... mio figlio!»

Poi, sconsolato, quasi subito soggiunse. «Chissà dove sarà ora...»

Ierax lo interruppe: «Ogni cosa a suo tempo Gherson,

presto avremo modo di appurare la verità, non ti preoccupare.»

«Come hai fatto a trovarmi?» Domandò per cambiare discorso.

«Guardando, osservando la natura, interrogandola... hai lasciato ovunque molti segni del tuo passaggio in questi giorni. Quante cose devi ancora imparare Gherson... gli animali del bosco in particolare, raccontavano di un umano con le tue sembianze che ha salvato un passerotto e, se non fosse bastato, un lupo argentato mi ha riferito di averti visto due sere fa sulle colline.»

L'Urwain sgranò gli occhi sorpreso ma neanche più di tanto; ormai aveva capito che nel mondo agivano forze invisibili, a lui purtroppo sconosciute. Ecco, questo lo faceva soffrire: il non poter comprendere l'essenza delle cose.

Ierax lesse nel suo pensiero. «Non crucciarti ragazzo, in futuro avremo modo di approfondire i tuoi dubbi.»

Di fronte allo sguardo perplesso del giovane l'Aldeivar continuò: «Ora però dobbiamo andare, non abbiamo più tempo da perdere!»

«Che altro è accaduto?» Chiese Gherson preoccupato.

«Valdor vuole vederti, è stato lui a suggerirmi di cercarti ai confini del deserto di Sahin; deve parlarti insieme ad altre persone che ha convocato.»

«Tu ovviamente sai già di che cosa si tratta.», commentò il giovane in tono quasi sarcastico.

«Ha anche a che fare anche con Varanis, ma non posso dirti di più.»

Gherson rimase assorto in silenzio per alcuni istanti, poi riprese: «Invece io ho qualcosa da raccontarti...», quindi si sedette e narrò brevemente quanto gli era accaduto in quei giorni dal momento della loro separazione.

Ierax si concentrò su di lui. «Gli Ascaur, tu che sei uscito vivo da quell'esperienza, il vortice che ti ha rigettato proprio lì, in prossimità della loro dimora, tutto questo mi fa pensare a un piano preordinato per controbattere le trame di Darkos; coraggio, prepariamoci perché il tempo è tiranno!»

Non aveva ancora terminato di parlare che l'Aldeivar si voltò verso destra. «Chi c'è là dietro?»

Tamar comparve all'improvviso tutta tremante, lo sguardo fisso sull'enorme volatile. Ierax emanava senza dubbio un fascino ipnotizzante su chiunque gli fosse intorno.

Gherson sorrise rincuorandola, «Non avere paura di lui.», la donna annuì, facendosi avanti esitante.

«Dunque te ne vai?!» Costatò infine con un velo di tristezza nella voce, mentre il cane le annusava le vesti.

«È tempo che riprenda il mio viaggio.», rispose lui seppur a malincuore.

Tamar lo incalzò subito: «Allora, verrò con te! Sarà l'occasione buona per vedere Valdor e ringraziarlo.»

Ierax assentì e Gherson si rivolse di nuovo a Tamar: «Va bene mia signora, se è quello che desideri… vai a prepararti, anche se avrei preferito che rimanessi qui al sicuro.»

Lei lo squadrò di sbieco. «Mia signora? Mai nessuno mi ha chiamato così!» Corse via ridendo in cuor suo.

Anche Gherson tornò indietro, preparò il suo zaino e indossò l'armatura al completo. Dopo poco tempo fu raggiunto da Tamar, vestita questa volta con un paio di pantaloni grigi e una giubba marrone; calzava due stivali che le arrivavano sopra le ginocchia e portava con sé delle provviste insieme al suo cavallo.

«Sei sempre sicura di quello che stai facendo?» Le domandò Gherson.

«Più che mai! Ho parlato con mio padre, in un primo

momento ha mugugnato e non poco. Infine, se n'è fatto una ragione, ha già vissuto senza di me, inoltre questa è la mia vita. Poi tu, hai ancora bisogno del mio aiuto! Quando ha saputo che sarai al mio fianco si è rassicurato e ha ceduto.»

Tamar terminò ammiccante strizzando l'occhiolino, con un lieve sorriso sulle labbra.

Lui allora, sconfitto da tanta determinazione, le disse: «Lascia qui il tuo cavallo, non ce la faremo mai ad arrivare in tempo; voleremo insieme!»

Tamar guardò Ierax e il cuore cominciò a batterle forte.

«Noi due sopra di lui!?»

«Sì!» Rispose e afferrandola per la mano la esortò: «Coraggio, andiamo… aggrappati forte a me.»

Una volta saliti, appena l'Aldeivar prese il volo, Tamar si avvinghiò al torace del compagno di viaggio e urlò forte un sentimento di paura mista a gioia. Dopo di che, chiuse gli occhi e si affidò serena, perché ciò che più le importava era stare stretta al suo principe.

Trascorsero alcuni siklein in volo per poi atterrare su una collina vicino a una pineta. In lontananza s'intravedeva il mare limpido e le pittoresche insenature dalle alte scogliere bianche e frastagliate, su cui si frangevano spumeggianti e con ritmico fragore i flutti cristallini delle acque.

Ierax non sembrava stanco, Gherson però non voleva sollecitarlo troppo; in fin dei conti, doveva sopportare il peso di due persone. Tamar scese dall'Aldeivar tutta eccitata per quella nuova esperienza e dopo aver preso la borraccia per dissetarsi, si sedette sopra una roccia vicino a un cespuglio. All'improvviso avvertì qualcosa che strisciava lì accanto, ma non ebbe il tempo di girarsi perché si sentì addentare all'avambraccio destro. Urlò di terrore, perché un kodros[20] l'aveva morsa. Gherson si voltò di scatto e vide il serpente ancora nei paraggi che stava cercando di strisciare via.

«Dannazione!» Esclamò e d'impeto sguainò la spada e lo rincorse uccidendolo, poi tornò dalla donna sgomenta.

«Mi ha morso Gherson... mi ha morso!» Continuava a ripetere, stringendo il braccio offeso con la mano sinistra.

«Stenditi!» Le disse l'altro, mentre prendeva il mantello e lo posava a terra. Poi con il coltello incise la ferita e cominciò a succhiare il veleno, sputandolo via più volte.

Tamar tuttavia appariva sempre più pallida.

«Gherson, non mi sento bene... mi sento svenire.», sussurrò con voce fioca.

Il giovane la guardò preoccupato, cercando di non lasciare trasparire alcuna emozione.

«Stai calma, non è niente!» La esortò e mentre parlava, prese un pezzo di stoffa e lo annodò sopra la ferita per rallentare il flusso di sangue infetto.

«Bevi, coraggio!» Porgendole la borraccia.

Tamar però, cominciava ad ansimare e il polso era divenuto tachicardico e flebile; nel giro di pochi istanti perse conoscenza.

Gherson imprecò: «Accidenti! Il veleno è andato in circolo! Signore mio, aiutami...» Cercò quindi di farla reagire con dei buffetti al volto ma non sortirono alcun effetto.

«Tamar, resisti... non morire... e tu Signore mio, aiutami!» Esclamò nuovamente cominciando a pregare dispe-

---

[20] Rettile velenoso

rato perché le condizioni della donna sembravano peggiorare sempre più.

«Non ho mai visto agire così veloce il veleno di quel maledetto serpente... Che sia anche questa l'opera di un dannato demone?»

Gherson era sempre più angosciato e voltandosi, incrociò lo sguardo di Ierax lì accanto che agitò lentamente le ali. «Tu puoi salvarla!»

Gherson lo fissò perplesso, cercando in cuor suo di comprendere l'ammonimento dell'Aldeivar. La sua armatura intanto era divenuta ancor più luminosa. Infine, senza più esitare, si chinò su Tamar e sfiorò con le mani le sue labbra schiuse. Lo avvolse subito una sensazione dolorosa che poco alla volta gli permeò tutte le viscere, come se la tossina letale si stesse trasferendo nel suo corpo. La donna tornò a respirare in modo regolare, mentre Gherson, obnubilato dall'effetto del veleno, cadde riverso a terra accanto a lei. Ierax osservò il tutto reclinando la testa con le ali ormai piegate.

Passò altro tempo, poi Tamar si destò di soprassalto, quasi si fosse svegliata da un sonno agitato e girò il capo da entrambi i lati. Sentì la ferita che pizzicava e d'istinto, si guardò il braccio destro; vide che la lesione era circondata da un lieve rossore. Subito le tornarono alla mente gli eventi accaduti prima che perdesse conoscenza, poi all'improvviso ebbe un'aura come talora le capitava. Rimase assente alcuni attimi con lo sguardo perso nel vuoto, ma dentro di sé rivisse tutti gli eventi, osservando i fatti come fosse un'altra persona. Tornata alla realtà, si rivolse a Ierax rimasto a vegliare su di loro; questi imperturbabile, indicò Gherson con un rapido movimento. Tamar allora si toccò le labbra con l'indice della mano destra, poi s'inginocchiò al suo fianco, era ancora esanime. Si avvicinò con l'orecchio alla sua bocca e tirò un sospiro di sollievo; respirava. Gli accarezzò amorevolmente le guance. «Mi hai salvato la vita mettendo a repentaglio la tua... non lo dimenticherò mai!»

Quindi la donna si rivolse verso l'Aldeivar: «Tu sei il compagno di Elaiar, non è vero?»

Ierax annuì.

«L'ultima volta che ti vidi eri un falchetto...», considerò Tamar a bassa voce, ripensando per un istante al suo passato.

«Tu invece una bambina... e lui, che cosa sa di te?»

L'Aldeivar protese l'ala sinistra verso Gherson.

Lei sospirò. «Nulla... per lui sono solo una schiava che talvolta ha il dono di vedere fatti accaduti in passato o presagire scenari di un possibile futuro... e niente più! Ti scongiuro però... non dirgli nulla di me...»

Terminò la frase implorandolo anche con lo sguardo.

«Che cosa hai deciso di fare della tua vita?»

Tamar allora si sedette sconsolata su una roccia e strinse forte la testa tra le braccia scuotendo il capo. «Non lo so... non lo so proprio, Ierax... non so più cosa dire... ti prego però, non mettertici pure tu.»

Più tardi Gherson aprì gli occhi; aveva un forte mal di testa.

Tamar era lì accanto. «Tieni, bevi questo.», gli porse un bicchiere con un intruglio a base di aloe. Lui si appoggiò con la schiena a un masso e mandò giù a piccoli sorsi.

«Perché l'hai fatto, mio signore, perché? Rischiare la tua vita per una povera serva? Ma sei impazzito?» Domandò lei preoccupata.

Gherson la guardò negli occhi simili a smeraldi e le accarezzò i capelli. «Con che coraggio sarei tornato da tuo padre, dicendogli che ti avevo perso?»

Tamar non disse più nulla ma si lasciò coccolare; in fondo era sempre stato il suo desiderio da quando lo aveva conosciuto.

Avevano quasi ormai oltrepassato il vasto mare, quando scorsero da lontano la costiera frastagliata della contea di Lamoran. Gherson si chinò su Ierax sussurrandogli qualcosa nell'orecchio. Tamar si appoggiò alla schiena del giovane per capire le sue intenzioni.

«Ti ricordi? Ti avevo detto che avrei dovuto chiarire alcune questioni con Arsen.», rispose lui.

L'altra lo fissò confusa: «Mio signore, non mi sembra questo il momento!»

Gherson invece replicò convinto: «Al contrario, io penso proprio di sì. Tra mezzo siklin circa dovremmo essere da quelle parti... secondo te, dove si troverà adesso il tuo padrone?»

Tamar ci pensò un po', poi rispose: «È probabile che stia riposando nel suo castello... però ogni tanto nel pomeriggio si reca da Airìa, una contadina che frequenta con una certa assiduità...»

«Buono a sapersi...», concluse lui, una volta che Tamar gli ebbe fornito le indicazioni del caso.

In effetti, non bisognava essere veggenti per prevedere il comportamento di Arsen... Poco distante dal suo maniero sorgeva una fattoria circondata da un boschetto d'aceri, lì viveva la sua amante e il signorotto doveva trovarsi lì, perché davanti alla dimora sostavano in attesa tre soldati che chiacchieravano tranquilli tra loro; quasi certamente lo avevano accompagnato. Per loro fu una sfortuna, perché poco dopo una freccia saettò nell'aria, centrando in pieno petto una delle guardie. Mentre gli altri due si giravano per capire che cosa stesse accadendo, un secondo fu colpito all'addome. Il poveraccio cadde riverso, lacerando l'aria con un urlo agghiacciante. Il superstite a questo punto sguainò la spada correndo verso la porta di casa e allertando il suo padrone. Gherson uscì dalla boscaglia con Altair in mano, gridandogli a gran voce di fermarsi: il soldato, dapprima titubante, alla vista dell'avversario prese coraggio e si scaraventò contro di lui, ma la sua spada andò in frantumi al contatto con Altair.

«È una magia! È una magia!» Gridò allora terrorizzato, le mani davanti agli occhi per proteggersi dal bagliore dell'armatura di Gherson, poi fuggì via senza più voltarsi indietro.

In quel mentre Arsen uscì seminudo dalla porta. «Che cosa sta succedendo? Che cos'è tutto questo baccano?» La sua sorpresa fu grande quando si trovò di fronte Gherson. «Ancora Tu! Non è possibile… che cosa ci fai qui?»

Sull'uscio comparve anche Airìa, con una semplice coperta addosso che nascondeva a malapena il suo corpo; vedendo i cadaveri a terra urlò in preda al panico.

Vartaxar si parò innanzi al conte con un'espressione severa dipinta sul volto e gli disse: «Sono tornato per chiudere una questione!»

«Ma che cosa vai dicendo!?» Rispose l'altro esterrefatto.

«Tamar, vieni fuori!» Ordinò Gherson e dal bosco apparve la ragazza.

Gherson allora prese un sacchetto e lo lanciò in faccia al signorotto.

«Che cosa significa?» Domandò questi titubante.

«Apri e vedrai!»

Arsen, sempre più confuso, sciolse i lacci e trovò all'interno una grossa pepita d'oro, quella che Alcain aveva donato all'Urwain tempo prima.

«È il prezzo del suo riscatto! Più di quanto tu possa immaginare...»

Il conte montò in collera e divenne rosso in viso, poi si rivolse a Tamar e urlò: «Tu miserabile sgualdrina! Hai venduto la tua virtù a questo pezzente per una libertà effimera... Cosa credi di ottenere da questo infame?! Maledetta, mal...»

Non fece però in tempo a terminare la frase, perché Gherson gli assestò un cazzotto in pancia piegandolo in due. Arsen finì a terra e Airìa si chinò su di lui, cercando di sollevarlo.

«Vattene, vattene pure tu, sciagurata!» Le gridò il nobile allontanandola con le braccia e curvato su sé stesso, si rialzò da solo contorcendosi per il dolore.

«Fai come vuoi Arsen... per quanto mi riguarda, la questione finisce qui! Tamar è libera e tu non hai più alcun diritto su di lei.»

Così dicendo, Gherson fece un cenno alla donna e i due si allontanarono.

Il signorotto invece schiumava di rabbia e acceso dalla collera, raccattò la spada di uno dei suoi dirigendosi verso Tamar.

«Non l'avrai mai!» Urlò.

Mentre Arsen stava per sferrare il colpo, Gherson si voltò di scatto e lo centrò in pieno volto con entrambe le mani unite a pugno. Il conte cadde a terra tramortito, Airìa urlò di nuovo, poi scappò via terrorizzata.

«Alla fine non l'hai ucciso?» Domandò Tamar.

Gherson sorrise ironico, poi aggiunse: «No... in effetti ho ripensato a Drusan... forse le persone che reputiamo cattive si comportano male perché hanno sofferto molto e non sono mai riuscite a trovare una risposta ai loro problemi. Credo che tutti debbano avere la possibilità di redimersi; chissà! Forse anche Arsen in futuro potrà combinare qualcosa di buono, magari quando si risveglierà, il valore di quella pepita lo farà rinsavire. Forse si convincerà che, tutto sommato, non ha fatto un pessimo affare.», ma subito si accorse di aver detto qualche parola di troppo.

Infatti, Tamar, senza pensarci troppo, ribatté critica: «Che cosa vorresti insinuare? Che io valgo meno di quell'oro?»

«Niente affatto... Era solo per dire.», rispose lui imbarazzato.

«Quindi per te io sono più preziosa di quella pietra?» Continuò lei, incalzandolo.

"Ecco fatto... mi ha raggirato... anzi, mi sono raggirato da solo! Questa veggente ha pure la dote di mettermi sempre in difficoltà.", rifletté l'altro sconsolato.

In fondo però, quelle schermaglie non gli dispiacevano, al contrario riportavano un po' di spensieratezza nel suo animo.

«Era tutto quello che avevo... Giudica tu!» Le rispose infine, poi si voltò verso Ierax, mentre lei abbassava lo sguardo arrossendo.

Più tardi, poco dopo il tramonto giunsero a Khareem Vasta, atterrando sull'ampio terrazzamento di pietra. Ancor prima di planare, Gherson notò un ingente assembramento di Adamaint tutt'intorno.

"Sicuramente ci sarà pure la regina o qualche altro

pezzo grosso...", pensò.

Giunto al suolo tra lo stupore dei presenti, anche Gherson tuttavia rimase a bocca aperta per quanto ebbe modo di vedere. Ad accoglierlo trovò il vecchio Ramson che scendeva dalle scale; gli corse subito incontro abbracciandolo, mentre due grosse lacrime velarono i suoi occhi.

«Alla fine ci rivediamo...», sorrise l'awax waimar.

«Tu qui? Com'è possibile?» Domandò l'Urwain esterrefatto.

«Sono venuto a trovarti.», rispose lui.

«Non mi hai mai detto niente di te. Mi hai nascosto un sacco di segreti per tutti quegli anni.», riprese Gherson ma senza rancore.

Ramson replicò: «Tutto a suo tempo... e poi, che cosa sarebbe cambiato? L'importante era che tu guarissi, non chi fossi io! Tu piuttosto, non devi raccontarmi nulla?» Indicò con lo sguardo Tamar che scendeva adagio da Ierax.

«Ti dirò tutto.», rispose Gherson, la voce eccitata come un ragazzino.

«Più tardi! Ora andiamo, ti stiamo già aspettando da un pezzo. Tra l'altro si vocifera che hai la pessima fama di farti attendere... e noi invece dobbiamo discutere di argomenti molto importanti!» Obiettò Ramson strizzandogli l'occhio.

Anche Tamar si accorse della presenza del vecchio e si girò dall'altra parte chinando il capo: cercava, infatti, di evitare il suo sguardo.

In quel momento Teirios fece la sua apparizione sulle scale con le braccia conserte. «Toh... guarda chi si vede!»

«Immagino che sia stato proprio tu a mettere in giro certe voci...», lo rimproverò Gherson bonariamente e con due balzi lo raggiunse stringendolo al petto.

L'altro brontolò qualcosa come suo solito, poi lo squadrò da cima a fondo. «Sei ancora tutto intero a quanto pare e hai pure imparato a volare... in quali altri guai ti sei cacciato questa volta?» Indicò Tamar con l'indice della mano destra.

«Sbaglio, o l'ho già vista da qualche parte?»

Gherson gli rispose: «Non sbagli amico mio, ma è una lunga storia... presto avremo modo di parlarne.»

L'Adamant invece, preoccupato per le sorti di Elazar, poggiò questa volta lui le mani sulle spalle dell'amico e gli disse: «Dimmi di tuo figlio! Come mai non è qui con te?»

Gherson scosse la testa e abbassò il capo sconsolato. «Non è più tra noi...»

Poi, vedendo dipinto lo sgomento sul volto dell'ufficiale, riprese subito: «...No, non è come pensi... non è morto! È stato trascinato in un altro mondo da Malion, quella maledetta strega e non sono riuscito a liberarlo dalle sue grinfie. Solo Yrshar sa dove siano ora... ma ho l'impressione che parleremo anche di questo là dentro. Ne convieni?» Indicando la residenza degli uomini sacri.

L'altro annuì col capo, accanto a Teirios notò altre due vecchie conoscenze, Garund e Denaer, che subito gli si avvicinarono abbracciandolo.

Anche la regina Ainousa fece per andargli incontro. In quel momento, infatti, si trovava all'interno della dimora e stava ammirandone i mosaici; la sua attenzione, tuttavia, ne fu subito distolta da tutto quel clamore. In cuor suo già s'immaginava quale potesse essere la causa; anche lei non vedeva l'ora di rivedere il principe urwain. Giunta all'ingresso però, rimase come paralizzata quando scorse Tamar scendere da Ierax; i suoi occhi divennero allora gelidi come il ghiaccio e non disse più nulla.

———— ✳ ————

Entrarono infine nel salone e si accomodarono tutti al tavolo delle riunioni. Valdor aveva un'espressione indecifrabile sul volto, diede solo un'occhiata a Gherson senza salutarlo e si sedette al centro con Ramson alla sua sinistra. Alla sua destra invece, c'erano la regina Ainousa e il giovane principe Syrion, l'erede al trono di Arvor, invitato pure lui per l'occasione; anche Teirios fu ammesso al consiglio e si accomodò vicino a Gherson sull'ultima sedia disponibile.

Fu Valdor a esordire dopo le doverose presentazioni di rito: «Innanzitutto, sappiate che gli argomenti trattati in questa riunione dovranno essere coperti dal più rigoroso riserbo. Vi ho fatto radunare a Khareem Vasta perché il tempo è agli sgoccioli e molto di quello che accadrà, dipenderà da come agirete nel prossimo futuro...»

S'interruppe per qualche istante e fissò i suoi ascoltatori uno ad uno, poi riprese. «Varanis è stato sconfitto e suo figlio Arcadis, l'erede al trono, è morto sotto le porte di Elevar...»

Si girò verso Gherson per scrutare la sua reazione e quindi continuò: «...Il tiranno in questo momento è roso dall'odio e dal desiderio di vendetta e sta cercando di riorganizzare il suo esercito, chiamando a raccolta anche le truppe dalle contee orientali ancora fedeli. Ora però c'è una questione più grave che ci preoccupa... Il rischio che Varanis si allei con qualcuno ancor più pericoloso...»

Si fermò di nuovo per riprendere fiato e riorganizzare le idee.

«A questo punto però, è doveroso fare alcune precisazioni, perché altrimenti non capireste...»

L'atmosfera nella stanza era tesa e i presenti pendevano dalle sue labbra.

«...Tutti voi conoscete la storia di Elaiar, immagino...

Forse però, non sapete che quando l'antico custode scese sulla terra, il suo posto fu ceduto ad altri guardiani. Ognuno di questi con il tempo seguì la sorte del primo e s'innamorò del genere umano e come poteva essere altrimenti? Avrebbero gli angeli potuto odiare l'opera dell'Altissimo? Anche loro raggiunsero Arvhèia per condividere la sorte dell'uomo, altri invece, furono inviati in seguito dallo stesso Yrshar per difendere il mondo dalle trame di Darkos. L'oscuro infatti, sebbene relegato in una dimensione senza tempo, ha sempre cercato in ogni modo di fuggire al suo destino e vomitare il suo odio sull'universo intero. Penso che ormai lo abbiate capito anche voi, Noi, gli awox vaimer, siamo quegli individui, i custodi o se meglio preferite, gli angeli; ognuno con compiti diversi, ma tutti con lo stesso fine: tutelare questa terra e l'umanità dal male e dalle sue conseguenze. Tutte le dicerie che si raccontano su di noi sono state montate ad arte per nascondere la nostra vera identità; la vita che scorre nelle nostre vene ha un corso più lungo di quella di un comune mortale ma è sempre destinata a concludersi, per essere poi riassorbita nella volontà del nostro unico Padre. Così, quando Elaiar comprese che stava per venire il momento di lasciare Arvhèia, si rivolse a Yrshar per intercedere in favore dell'umanità. –Le tue parole mi commuovono...–, rispose l'Altissimo, –...Io sono il primo a soffrire per questa divisione ed è venuto il tempo che l'uomo si ricongiunga con il resto della creazione, in modo che tutti gli esseri viventi tornino a vivere insieme in perfetta armonia. – Elaiar tornò nelle braccia del Padre e il varco per la prima volta si schiuse verso l'alto. Ora però è accaduto un altro evento straordinario: Ierax è tornato al suo antico splendore... e ritengo che non sia un elemento da sottovalutare; anzi forse, è proprio il segno che aspettavamo tutti... Potrebbe infatti, significare che Gherson, ultimo discendente di Elaiar, debba recarsi su Ghenesia...»

Valdor fissò il giovane urwain con sguardo profondo e indagatore e gli si rivolse di proposito. «...Avresti così modo di conoscere le altre razze e convincerle a fidarsi dell'uomo... Non ti nascondo che sarà un compito difficile, anche perché le genti che incontrerai sono incancrenite in false convinzioni e nei loro egoismi. Darkos poi ha sempre temuto questo tuo viaggio e sta cercando di contrastarlo in ogni modo. Come hai già avuto modo di sperimentare, sebbene non capisco ancora come sia potuto accadere, pure i suoi servitori sono in grado di raggiungere Arvhèia e di agire impunemente, assumendo tutte le forme che vogliono. Ricordi i Raukaur? Oppure potresti narrarci l'episodio accaduto di recente su quell'isola misteriosa...»

Gherson abbassò gli occhi per la vergogna. "Sono stato proprio uno stupido a farmi ingannare in quel modo...", considerò fra sé.

Poi si rivolse a Valdor: «È proprio necessario che sia io a partire? Non so neanche da dove cominciare! Tu di certo saresti più adatto a portare a termine questo compito.»

Valdor replicò subito ad alta voce, senza dare adito a dubbi: «No Gherson! Tu dovrai andare e questa volta sarai accompagnato solo da Ierax; l'impresa è troppo delicata e non puoi essere distolto per negligenza o sventatezza da altre distrazioni... Troppe vite sono in gioco e... anche tuo figlio ha bisogno di te. Trovalo! Agisci con rapidità e scaltrezza, prima che sia introdotto alla magia oscura e divenga lui stesso un fedele servitore del male, forse il più temibile.»

Abbassò poi il capo mettendo le mani avanti e continuò più pacato. «Mentre tu sarai impegnato altrove, noi su Arvhèia dovremo prepararci a nuove battaglie. Come vi dicevo, Varanis sta riorganizzando le sue forze ma questo è il problema minore, perché ci sono altre incognite che mi preoccupano. Vi ho accennato poco fa che alcuni angeli sono giunti su Arvhèia spontaneamente, altri come me e Ramson furono inviati per volere dall'Altissimo. Non tutti però accettarono con gioia questa decisione. Qualcuno ad esempio ha cercato di sfuggire ai suoi compiti per paura, qualcun altro temo, a causa dell'eccessivo amor proprio, potrebbe aver deciso di agire secondo i propri interessi e magari allearsi con Varanis...»

Valdor s'interruppe, avendo notato una strana espressione sul volto di Gherson.

«Che hai?» Gli chiese.

Gherson esitò un attimo, perché imbarazzato; sentiva, infatti, su di sé gli occhi di tutti, poi prese coraggio dicendo: «Alcuni giorni fa mi sono imbattuto in un imprevisto che forse dovresti sapere; è probabile che abbia a che fare con quanto stai dicendo...», così cominciò a narrare del suo incontro con gli Ascaur e delle frasi proferite da Zeugma in merito ai piani di Darkos, senza tralasciare il misterioso stregone chiamato Asman e gli Ulauar.

Quando ebbe terminato, Valdor curvò il capo corrucciato e aggrottò la fronte mormorando. «Peggio di quanto temessi, Asman è riuscito a nascondere molto bene le sue trame nelle paludi occidentali.»

Gli altri lo guardavano confusi, lui allora alzò gli occhi e vedendo la perplessità dipinta sui loro volti, riprese a parlare: «Asman è proprio uno di quegli angeli inviati dall'Altissimo per vegliare sulle sorti di Arvhèia. Possiede grandi qualità e per questo gli era stato affidato un compito difficile. Doveva occuparsi delle regioni palustri e dei suoi abitanti, rendendo salubri quei territori e civilizzando le tribù che vi risiedevano: gli Ulauar. Evidentemente qualcosa è andato storto. Da molto tempo, infatti, non si faceva più vedere né sentire. All'inizio non me ne sono preoccupato più di tanto, mi fidavo di lui e delle sue capacità. Con il tempo però, ho cominciato a insospettirmi e qualche altro monito mi è giunto scrutando il Libro della Vita. Le tue parole, non fanno altro che confermare i miei recenti timori... Sono stato proprio uno stupido! Dovevo stare più attento... e ora, se davvero Asman ha deciso di servire Darkos, la situazione diventa assai complicata...» Terminò la frase con un lungo sospiro.

Poiché nessuno osava intervenire, Valdor si rivolse ai due reali. «Ora che avete appreso la verità, è necessario che entrambi prepariate i vostri popoli ad affrontare queste nuove minacce, anche se siete appena usciti da un periodo travagliato...»

La riunione durò ancora un altro siklin. Rimasero, infatti, a discutere tra loro di questioni logistiche e organizzative. Gherson non disse più nulla immerso nei suoi pensieri. Ogni tanto sentì su di sé lo sguardo di qualcuno dei presenti ma non se ne preoccupò troppo. Andare in un altro mondo... conoscere altre razze diverse dagli uomini. Sapeva che era possibile; lo aveva già sperimentato entrando nel vortice con Malion e suo figlio, tuttavia aveva paura, una gran paura dell'ignoto! Già! Con quali nuovi nemici avrebbe dovuto confrontarsi? Valdor però aveva ragione; doveva andare! Sì! Lo aveva promesso a sua moglie, doveva ritrovare Elazar!

Quando uscì dal salone, incontrò Tamar vicino alle scale che lo aspettava. Le rivolse uno sguardo malinconico ma non disse nulla; la donna capì che era successo qualcosa di grave e lo lasciò andare.

Le tenebre della notte avevano ormai coperto Arvhèia

e Gherson si recò nel bosco, sedendosi su un vecchio tronco secco. L'aria era fresca e le piccole lucciole cominciavano a comparire timide tra gli alberi, regalando con il loro scintillio un tocco di magia.

Tamar lo raggiunse poco dopo. «Mio signore, è successo qualcosa di spiacevole? Posso aiutarti in qualche modo?» Poi si sedette accanto a lui.

«Presto dovrò partire per un posto molto lontano; sarà un viaggio pieno di pericoli e... dovrò andare da solo.»

La ragazza rimase in silenzio e annuì abbassando la testa.

«Se vuoi, resta ancora un po' con me a farmi compagnia... Il mio animo è turbato e triste...»

Lei si appoggiò alla sua spalla. Si trattennero così per quasi un altro siklin senza dirsi niente, finché Tamar si addormentò. Gherson, immerso nei suoi pensieri, avvertiva il suo respiro regolare. Decise infine di riportarla presso la dimora degli awox vaimer: lì avrebbe sicuramente riposato più comoda.

«Che stai facendo, mio signore?»

Si destò subito svegliata dal movimento dell'altro che aveva cercato di prenderla in braccio.

«Ti riporto all'accampamento, così potrai dormire.», le rispose lui.

Tamar lo guardò fisso negli occhi e gli accarezzò il volto. «Sei così premuroso con me, mio signore.»

Sul piazzale, nonostante fosse molto tardi, c'era ancora Teirios sveglio vicino al fuoco; quando li vide, non disse nulla e si girò dall'altra parte. Gherson accompagnò la ragazza al piano superiore in una delle camere ancora libere e, dopo essersi accomiatato, scese giù.

Ritrovò l'amico che lo stava aspettando e che subito esordì mugugnando: «Dov'eri finito? È da un po' che ti stavo aspettando! Non dovevamo parlare io e te?»

«Non è come pensi...», gli rispose lui bonario.

Teirios, ancora irritato, continuò: «Sarà come dici, ma stai rischiando grosso! Vorrei ricordarti che la nostra regina ha un debole per te... dalle occhiate che ti ha lanciato, non credo abbia gradito la presenza di quella ragazza.»

«Ainousa è promessa a qualcun altro, come ben sai... dal canto mio, penso di essermi sempre comportato in modo corretto. Inoltre, ci sono fatti che non conosci e che mi obbligano a non impegnarmi con la tua regina. Comunque, in tutta franchezza, ora sono abbastanza preoccupato per il mio futuro... Non so neanche se tornerò più su Arvhèia... Che altro vuoi che ti dica?» Rispose Gherson a tono.

Teirios continuò a brontolare: «Già! Questo mi rode proprio... Sapere che te ne andrai non si sa dove, senza che io possa difenderti da chissà quale brutta gente; è un affare che faccio proprio fatica a mandar giù!»

Gherson scosse il capo sconsolato, infine gli dette una pacca sulla spalla. «Sono contento di averti conosciuto, amico mio, mi mancherai.»

I due si abbracciarono un'ultima volta e mentre Gherson si allontanava, si rivolse così al compagno: «Ti chiedo solo un favore: ti affido Tamar... fa in modo che torni sana e salva dalla sua gente.»

Teirios annuì ridendo sotto i baffi. «Sarà fatto, vecchio pazzo!»

Prima di andar via c'era ancora un'altra persona da salutare.

Incontrò Ramson poco più tardi, era seduto vicino a un albero secolare, intento a scrutare in cielo la prima stella del mattino; sembrava proprio che nessuno volesse dormire quella strana notte.

«Allora ragazzo mio, è giunto il momento di lasciarci di nuovo!» Gli disse.

«Già...», rispose Gherson.

Il vecchio non si girò: «La vita dell'uomo è come il giorno, mio caro... Dopo la notte, c'è sempre una nuova alba... Vedi quell'astro splendente lassù?», Indicando Rigan, la stella più luminosa in quel tratto di firmamento. «Colei che orienta i naviganti nelle tenebre, anche nelle burrasche più tempestose. È il segno della speranza che non muore mai, non ti angustiare più del necessario...»

«Detta così, sembra facile...», replicò lui un po' sconsolato.

«Se sei preoccupato per tuo figlio, cerca di stare tranquillo e non farti prendere dall'ansia, potrebbe solo nuocerti. Ricordati che anche nelle sue vene scorre il sangue di Elaiar. Non sarà abbandonato agli eventi, così com'è accaduto a te.»

Le parole di Ramson erano come il sole dopo un violento temporale e lo rinfrancarono.

«Ho fiducia in te Gherson, ricordati... A nessuno può essere chiesto più di quanto non sia in grado di dare.»

Non era ancora l'alba, quando Gherson si avviò su per il sentiero ed era vestito di tutto punto con la sua armatura. Superato il boschetto, si diresse verso la fenditura nella roccia e raggiunse lo strapiombo, dove una notte di tanto tempo prima aveva conversato con il suo antenato. Ierax lo stava già aspettando.

Dietro le spalle sentì un debole fruscio. «Allora te ne vai senza salutarmi?» Lo rimproverò bonariamente Tamar.

Lui si voltò verso la ragazza. «Gli addii sono sempre dolorosi ma se improvvisi si ha l'impressione di soffrire meno...»

Vi furono attimi di silenzio.

«Questa volta non posso portarti con me.», riprese lui.

«Lo immaginavo.», replicò l'altra a malincuore.

«Comunque, ho chiesto a Teirios di farti riaccompagnare sana e salva dalla tua gente e sono certo che lo farà.»

Lei reclinò il capo accennando un sorriso. "Meglio essere tua schiava tutta la vita, che libera per un sol giorno senza di te.", avrebbe voluto dirgli ma non fu abbastanza audace o forse non lo fece perché gli voleva troppo bene. Spesso in seguito ebbe modo di ripensare a quei momenti.

Invece riprese a parlare con calma: «Questa volta volevo essere io a ringraziarti per avermi salvato la vita, non l'ho mai fatto… Probabilmente sono una superba.»

Fu ora Gherson a distogliere lo sguardo, arrossendo in viso e infine avvicinandosi, le disse: «Stai tranquilla, non mi accadrà nulla, tornerò!»

Tamar sospirò, avrebbe voluto raccontargli tutta la verità ma non poteva; la missione affidatagli dall'Alto era molto più importante dei suoi sentimenti.

«Ti aspetterò allora…», sussurrò infine, quasi con tristezza.

Lui la fissò di nuovo, accarezzandole i folti ricci neri.

«Non guardarmi così, ti prego…», lo implorò.

«Come faccio a non rimanere incantato dai tuoi occhi? Sono come gemme… Il loro ricordo mi terrà compagnia nei momenti di solitudine.», rispose lui.

«Ogni tuo sguardo invece mi lacera come una lama, lasciandomi senza respiro.», soggiunse Tamar.

Gherson arrossì di nuovo, si avvicinò e l'abbracciò. Rimasero così, incuranti del passare del tempo, fino allo spuntare del sole. Allora il principe le sollevò il viso dolcemente con la mano destra e sfiorò le sue guance con le dita. Tamar sospirò.

«Va bene così... ora è tempo di andare.», soggiunse lui, poi girò lo sguardo verso l'orizzonte.

Lei annuì e si slacciò un braccialetto dal polso con uno smeraldo dello stesso colore dei suoi occhi. «Così non ti dimenticherai di me...»

«Sarà difficile Tamar.», rispose Gherson che montò su Ierax e, dopo un'ultima carezza volò via.

All'improvviso il cielo si aprì, un vortice li avvolse e i due ne furono risucchiati. Per molto tempo non si seppe più niente di loro nella terra di Arvhèia.

Nascosta dietro le rocce della montagna, Ainousa vide quella scena e il suo cuore divenne come pietra. Maledisse la sua vita, i suoi sentimenti e nel suo animo cominciò a prendere vita un insano proposito.

CAPITOLO XI

«Dove sei piccolo bastardo? Vieni fuori!»
La voce stridula di Malion ruppe il monotono silenzio che aleggiava nella prigione. Si udì il cigolio di un chiavistello e la porta si aprì; erano trascorsi due giorni dal loro ultimo incontro.

Dall'oscurità emerse la testolina del bimbo. «Che cosa c'è?»

«Vieni fuori ho detto!»

Malion lo afferrò per il braccio e lo trascinò all'esterno dalla cella. Il piccolo scivolò sul gradino e cadde a terra graffiandosi le mani e il viso.

«Ahi... mi sono fatto male...»

Malion, per nulla impietosita, gli sferrò un calcio nel fianco.

«Muoviti, non ho tempo da perdere con te, cucciolo d'uomo!»

Elazar si lamentò di nuovo per il dolore. Lei allora, vedendo che il bimbo non si alzava, lo prese per il collo della maglia e lo strascicò come fosse un sacco.

«Ti prego fermati... ora mi alzo... ti prego, mi fai male...», piagnucolava Elazar.

«Fai silenzio o sarà pure peggio! Ogni tuo lamento è musica per le mie orecchie.»

Malion continuò a trascinarlo, finché il piccolo non riuscì a sollevarsi da solo e a camminare con le proprie gambe.

«Dove mi porti?» Domandò infine.

«Fuori! Andiamo a ritemprarci al freddo.»

All'ingresso della grotta si coprirono con due folte pellicce e poi uscirono all'aperto.

Si trovarono davanti a un panorama desolante. Il cielo era coperto da nubi grigie che non lasciavano filtrare un benché minimo raggio di luce; ghiaccio misto a neve ammantava i rilievi circostanti e non c'era anima viva all'orizzonte. S'incamminarono senza fretta all'interno di un canalone, con le ossa sferzate da un vento gelido ululante.

Trascorse circa un quarto di siklin, quando giunsero in prossimità di uno specchio d'acqua circolare lungo un paio di verocron e ricoperto da una lastra vitrea. Cominciò a cadere qualche fiocco di neve.

Il bimbo intirizzito era scosso dai brividi e si sfregava le mani per cercare di riscaldarsi un po'.

«Vediamo se sei in grado di sopravvivere in quest'inferno...»

Malion impugnò un coltello e lo ferì al braccio destro. Le pupille di Elazar si dilatarono e il piccolo gridò più per la paura che per il dolore, mentre alcune gocce di sangue caddero al suolo.

Malion lo osservava con sguardo crudele. «Da queste parti ci sono sempre animali affamati in cerca di prede... qualche grosso lupo, un orso magari... L'odore del sangue li attirerà di sicuro. Sarà divertente vedere come te la cavi...»

Elazar era atterrito, continuava a guardare la ferita che non accennava a chiudersi e le parole di Malion lo sconvolsero ancor di più. Si divincolò da lei e fuggì verso il lago ghiacciato.

«Non lì idiota! Lo spessore è sottile, può rompersi!» Gridò l'altra.

Elazar però non cambiò direzione e Malion, imprecando, decise di corrergli dietro. Alla fine, lo raggiunse e gli si gettò addosso avvinghiandolo per le gambe. Si udì un tonfo cupo. Malion lo tirò su e lo colpì al viso con un ceffone; Elazar stramazzò a terra di nuovo piangendo; ora un rivolo rosso gli colava giù anche dal labbro.

«Piccolo bastardo, quando imparerai a obbedire? Ti avevo detto di fermarti!»

«Maledetta! Lasciami in pace, lasciami in pace!» Strepitò il bimbo, alzandosi in piedi.

«A chi maledetta?»

Malion lo colpì di nuovo con un calcio al ventre ed Elazar cadde in ginocchio piegato in due, portando ansimante le mani davanti alla pancia.

«Più ti lamenti e più mi fai godere...», ridacchiò lei guardandolo dall'alto in basso.

Di nuovo si avvertì un rumore sinistro, questa volta sotto i suoi piedi. La lamina vitrea, sollecitata da tutte quelle vibrazioni, si spaccò separando Malion dal bimbo e la lastra su cui era appoggiata, si ribaltò.

Malion scivolò in acqua e, terrorizzata, cominciò a strillare: «Aiuto! Aiuto! Fai qualcosa, piccolo verme, dannazione! Non ce la faccio, non ce la faccio!»

Il demone si divincolava ma inutilmente anche a causa dei pesanti indumenti che indossava e che ne limitavano i movimenti; con una sola mano poi era difficile afferrare lo spessore di ghiaccio ancora integro e tirarsi su. Elazar la fissava senza intervenire.

Il tempo scorreva e i movimenti di Malion, di cui affiorava ormai solo il braccio sinistro, erano sempre più deboli e irregolari così come le flebili onde che la contornavano. A un tratto le bolle d'aria che risalivano in superficie cessarono e la mano scivolò via lenta. Fu allora che Elazar si distese prono sulla superficie ancora intatta e riuscì ad afferrarne l'arto superiore mentre s'inabissava. Malgrado tutti i suoi sforzi però, non era tuttavia in grado di sollevarla. Quando ormai ogni speranza sembrava perduta,

Mishael comparve all'improvviso e la riportò a galla.

Alcuni siklein più tardi Malion si svegliò in una grotta dalle pareti di cristallo simile a un icosaedro. Era distesa a terra, qualcuno le aveva tolto gli abiti bagnati e l'aveva coperta con una pelle d'orso. Si guardò intorno smarrita, il suo volto si specchiava sulle pareti e ognuna le regalava una diversa prospettiva delle sue forme. Per quanto avesse girato quei luoghi, non ricordava di aver mai visto un posto del genere.

"Dove mi trovo? Chi mi ha portato qui? Chi mi ha salvato?"

Le domande turbinavano vorticose nella sua testa; di certo non il piccolo Elazar che dormiva tranquillo, coperto anche lui da una soffice coltre poco più in là. Cercò di ricordare; si mise seduta, abbassò il capo e portò la mano alla fronte, provando a far mente locale sbuffando. Ecco, qualche immagine tornò alla memoria: il bimbo proteso verso di lei che non riusciva a sollevarla e poi… e poi… Niente, assolutamente niente! Solo la tenebra…

Digrignò i denti. «Maledizione! Maledizione! Chi mi ha condotto qui? Chi?» Gridò con rabbia ma l'unica risposta che ottenne fu l'eco delle sue urla che rimbalzavano come grilli sulle pareti della grotta. Si turò le orecchie finché non tornò il silenzio. Allora notò un altro fatto: il piacevole tepore all'interno di quella strana dimora; eppure non c'era alcun fuoco acceso.

Il suo sguardo tornò su Elazar e rimase parecchio fermo su di lui.

"Nonostante tutto il male che gli ho fatto, ha cercato di

salvarmi... Perché?" Rifletteva tra sé.

Il tempo continuava a scorrere ma non riusciva a trovare una risposta logica e questo la rendeva nervosa.

Infine, si avvicinò al bimbo e gli scoprì il braccio che aveva ferito in precedenza e rimase a bocca aperta: la ferita era scomparsa.

«Ma è impossibile!» Esclamò.

«Malion!»

Un brivido le percorse la schiena. Non si voltò... Aveva già compreso dal timbro della voce e dal profumo intenso che ora permeava l'ambiente chi fosse dietro le sue spalle.

«Perché sei qui? Sei venuto per uccidermi o per lui?» Domandò Malion, indicando il bimbo addormentato.

Mishael si avvicinò; teneva in mano una tunica bianca di lino, candida come la neve. «Sono venuto a portati questa... È tua, ricordi?»

Malion fece una smorfia di disgusto. «Tu sei pazzo... non la indosso più da molto tempo; riportala via.»

Mishael però non si allontanò; allora lei si alzò, coperta solo dai suoi lunghi capelli, prese la veste e la gettò in un angolo vicino alla pelle d'orso, poi si sedette di nuovo.

«Di chi è stata questa brillante idea, tua?» Si voltò truce verso di lui.

«Sai che non è così... Yrshar mi ha inviato.», rispose calmo Mishael.

Malion sorrise, sarcastica. «Già è vero, voi siete come marionette... Non fate niente senza il suo permesso.»

«Tu invece? Pensi di essere libera? E soprattutto... sei felice come lo eri una volta?»

Una stilettata allo stomaco le avrebbe procurato meno dolore; infatti Malion accusò il colpo e digrignò i denti. Mishael aveva centrato il bersaglio. Sì, è vero, lei aveva realizzato tutti i suoi desideri, si era tolta ogni più piccolo capriccio, aveva gustato il sapore della vita, ma il punto fondamentale era proprio questo; era davvero felice? Poteva dirsi libera? Abbassò gli occhi e il diadema appeso al collo le ricordò l'esatto contrario. Tra i due angeli calò un silenzio irreale ma era una calma apparente, perché l'interrogativo di Mishael stava scavando una voragine nel castello di fragili certezze costruito da Malion in tutti quegli anni. Il suo animo era ormai un subbuglio di emozioni difficili da controllare, anche se cercava di reprimerle con tutte sue le forze.

"La verità… qual è la verità? Per quanto la voglia nascondere, ritorna sempre a tormentarmi nel buio della mia solitudine. La verità è che non sono contenta, la mia anima è un cadavere putrefatto e sono schiava di Darkos!"

Queste considerazioni tuttavia le tenne per sé: non ebbe il coraggio di dichiararle in modo esplicito. Il suo respiro però era divenuto irregolare e, per quanto si sforzasse, le era difficile controllare il tremore della mano.

Infine, con un fremito nervoso nella voce, domandò: «Che cosa vuole da me?»

Mishael rispose con dolcezza: «Vuole te.»

Una risata sguaiata echeggiò nell'aria.

«Vuole me!? Yrshar!? Tu sei folle… È inconcepibile! Da tempo ho abbandonato le sue vie e poi… anche se volessi, non sarebbe possibile. Io sono prigioniera di Darkos!»

Piegò il capo incredula.

Mishael continuò come se nulla fosse: «Se l'Altissimo mi ha inviato, vuol dire che è convinto del contrario… C'è sempre una speranza Malion… Per tutti! Lui ti ama da prima che tu esistessi.»

Malion sbuffò, il volto tirato per la tensione. «Lui mi ama!? Che cosa stai dicendo? Menzogne, menzogne, solo menzogne!»

L'altro però ribatté imperturbabile: «Io non lo credo... Rifletti solo un attimo; perché Yrshar ha permesso il rapimento di Elazar e, soprattutto, ha accettato che il bimbo rimanesse con te?»

«Non è stato Yrshar... è stato Darkos a ordinarmelo!» Controbatté subito Malion.

«Questo è quello che credete tu e il tuo padrone; la verità è che Elazar è indispensabile per le sorti di Ghenesia e tu sei chiamata ad aiutarlo.»

Malion alzò il tono della voce sempre più perplessa: «Ma che cosa dici? Tu sei pazzo! Io devo farne un guerriero per Darkos.»

Mishael negò scuotendo i capo. «Tu sarai per lui come la madre che non ha mai visto.»

Malion ora lo guardò allibita con gli occhi fuori dalle orbite. «Io madre!? Io madre!? La mia matrice è arida e non può generare un bel niente, smettila con queste idiozie e non prenderti gioco di me!»

Si girò poi d'istinto verso il piccolo che, nonostante le sue urla, dormiva placido e sereno, quasi fosse avvolto da un alone di magia.

"Le sue gote rosse, le sue gote rosse... Mi ricordano le mie di un tempo... No! Non è vero! Non è vero, non è... Ma che cosa mi sta accadendo, che cosa sto pensando..."

Di nuovo percepì la stessa fitta al basso ventre di alcuni giorni prima e cadde riversa in avanti, stringendo forte la pancia.

«Vattene Mishael, vattene! Anche se debole, posso essere sempre pericolosa!»

Schiumava dalla bocca e volse minacciosa la mano verso di lui.

Mishael tuttavia appariva sicuro di sé. «Sai bene che

non riusciresti mai a vincermi.»

«Allora uccidimi… e liberami da questo tormento! Non farò mai quello che mi chiedete! Anche se volessi, Darkos non lo permetterà, mi schiaccerà come un verme! Io sono la sua schiava!»

Malion sbuffava e scuoteva il capo, combattuta nel profondo.

«Portati via il ragazzo, portalo via! Te lo lascio… me la vedrò io con Darkos, ma portalo via! Non voglio cambiare, non voglio… Ho paura, ho troppa paura!!!» Urlò in un ultimo disperato tentativo di difendersi dai suoi tormenti.

«No! Il ragazzo rimarrà con te. Alla fine, hai compreso… Elazar, con la sua innocenza sta facendo breccia nel tuo cuore tormentato.»

Malion ansimava. «No! Questa è una tortura… Portalo via ti ho detto… o giuro che lo ucciderò, sì lo ucciderò!»

Si alzò allora, avvicinandosi pericolosamente al bimbo per soffocarlo ma giunta a pochi passi si arrestò a guardarlo, poi cadde in ginocchio come paralizzata e la sua voce si fece tremula. «Non posso, non posso farlo… Mio Dio, che cosa mi sta succedendo…»

Fu un attimo e la sua natura maligna riprese il sopravvento, rivolse allora gli occhi fiammeggianti verso Elazar.

«Io lo ammazzerò invece… lo devo uccidere per liberarmi da questo supplizio…»

Mishael si avvicinò. «Ne sei davvero sicura?»

«Non mi toccare… Non mi toccare!» Gridò Malion sguaiata, portando la mano avanti per difendersi.

Mishael le accarezzò le lunghe trecce rosse mentre lei si gettava a terra terrorizzata, nascondendosi il viso con le braccia. Il calore emanato dall'angelo investì il suo animo gelido e vuoto di sentimenti come un turbine.

Ora Malion tremava e piangeva. «Non puoi farmi questo, non puoi amarmi così...»

«L'Altissimo ama tutti i suoi figli e soffre per le loro pene.»

Malion scuoteva la testa disperata. «Yrshar non può amarmi...»

«Te lo ripeto ancora una volta, se fosse davvero come dici, allora io non sarei qui. Yrshar ha aperto il cielo e mi ha inviato per risollevarti dallo stato in cui sei caduta.»

Malion ebbe un fremito, si dimenò con violenza, un ultimo rigurgito del suo insano passato.

«Basta!!!» Come già era accaduto precedentemente nel duello contro Gherson alitò un denso fumo nero dalla bocca. L'intera stanza si oscurò intorno a Mishael che tuttavia rimase impassibile. Malion cercò di plasmare con la mano sinistra un nuovo orrendo essere ma Mishael non glielo permise. L'angelo, infatti, emanò una luce così intensa che la nuova creatura maligna si dissolse nell'aria in un batter d'occhio, ancor prima di generarsi in tutte le sue forme. Allora Malion digrignò i denti, un misto d'ira e frustrazione e gli corse contro per colpirlo.

Lui però la fermò, afferrandole il braccio.

«Che cosa vuoi fare... colpirmi con la mano che non hai?» Così dicendo l'abbassò.

«Ascoltami bene, ti lascio un segno... così crederai alle mie parole, poiché Yrshar fa nuove tutte le cose.»

Mentre parlava, il moncherino di Malion fu avvolto da un fascio luminoso e lei rimase impietrita a guardarlo.

Questa scena durò alcuni istanti, infine Mishael terminò dicendo: «Ecco... nel suo Nome io ti ridono ciò che avevi perduto... Così potrai compierci solo opere di bontà.»

Come per miracolo i tessuti tranciati ripresero vita e crebbero a vista d'occhio, finché l'arto tornò a riprendere

la sua antica forma. Malion era sbalordita e guardava in silenzio la mano destra, rigirandola lentamente.

Mishael si voltò e, dopo aver accennato un debole sorriso, sparì.

Passò molto tempo prima che Malion si riprendesse dallo stupore, infine si girò verso Elazar che ancora dormiva. Più lo osservava, più il suo cuore s'inteneriva. Allora gli si avvicinò e lo sfiorò; nel suo intimo scaturì un sentimento di affetto per il bimbo e ciò le piacque.

Elazar si svegliò e se la trovò di fronte: subito si ritrasse per lo spavento.

«Che cosa vuoi? Ti prego… non picchiarmi.»

Malion lo guardò. «Non devi più aver paura di me, non devi… Perdonami se ti ho trattato male… Vieni, torniamo a casa.»

Elazar stupito osservò la mano guarita. «Mah…»

«È una lunga storia… e avrò modo di raccontartela un po' alla volta.»

Malion indossò la veste bianca e poi entrambi uscirono insieme dalla grotta, protetti da folte pellicce, le loro figure si confondevano nel grigiore della notte imminente.

Da quel momento Malion prese Elazar nella sua dimora come il figlio che non aveva mai avuto.

CAPITOLO XII

G li occhi di Tamar erano ancora incollati al cielo, divenuto all'improvviso vuoto come il suo animo; di Gherson, infatti, non c'era più neanche l'ombra. Una lacrima le sfiorò il viso; rimase così assorta per un po', accarezzata dalla fresca brezza mattutina. Un pettirosso si posò su un sasso lì vicino e s'intrattenne a guardarla incuriosito; lei avvicinò la sua mano e lui, inspiegabilmente, non fuggì via ma vi saltò sopra. Tamar accarezzò le sue ali.

«Che hai piccolino, sei triste pure tu o vieni a consolarmi?»

Poi, sospirando, si alzò e distese la mano come per invitarlo a volar via. Dopo un ultimo pigolio, l'uccellino si librò nell'aria. Tamar lo osservò ancora un poco, infine percorse malinconica il sentiero che conduceva alla residenza degli awox vaimer. Vi giunse che era ormai giorno; dappertutto c'era un frenetico via vai di soldati indaffarati negli ultimi preparativi per il viaggio di ritorno.

Teirios l'aveva già intravista mentre scendeva lungo la via tra gli alberi e si avvicinò.

«Dimmi.», fece lei, quando l'ufficiale giunse poco distante.

«Forse non lo sai... ma Gherson mi ha comandato di accompagnarti da tuo padre.», rispose l'Adamant tutto d'un pezzo.

Lei annuì.

«Lasciami il tempo di avvisare la regina Ainousa e sarò da te. Tu intanto, prepara le tue cose.», terminò Teirios.

Tamar abbassò il capo accennando un timido sorriso, superò il portone di legno massiccio dominato dalle due

statue alate, poi si avvicinò alle siepi di rose ormai sbocciate. Si intrattenne ad ammirarle e ne apprezzò il profumo; infine ne accarezzò una bellissima dai petali azzurri e poi entrò nella dimora. Camminò lungo il corridoio, finché giunse davanti al mosaico raffigurante la creazione dell'umanità.

"A immagine e somiglianza del Padre celeste... eppure in grado di compiere azioni di una crudeltà inenarrabile. Per tale motivo noi angeli siamo stati inviati su Arvhèia... Per porre un limite alla follia umana...", rifletté nel profondo del suo animo.

I ricordi di un passato lontano si riaffacciarono alla mente.

«Passavi le ore a contemplarlo...»

Quella frase la colse alla sprovvista e un brivido le corse giù lungo la schiena. Conosceva, infatti, molto bene l'inflessione della voce... molto bene...

Abbassò lo sguardo ma non si voltò.

«Ramson! Che cosa vuoi?»

«Alla fine hai deciso di tornare.», continuò lui.

Tamar si girò verso il vecchio e lo fissò risoluta negli occhi.

«Lasciami stare! No, non sono tornata per rimanere! Anzi, mi sto preparando per andare via!»

L'altro rimase un attimo in silenzio, poi riprese: «Dimmi un po', sinceramente... In tutti questi anni che cosa hai ottenuto fuggendo continuamente dalla Volontà di Yrshar?»

Tamar alzò la voce: «La Volontà di Yrshar... Che cosa ne sai tu? E soprattutto, perché parli di fatti che riguardano la vita degli altri come se volessi farmi la morale? Sai qualcosa delle mie paure? Le hai mai capite? Davvero comprendi quello che provo quando penso alla Volontà di Yrshar?»

Ramson non rispose subito ma attese un po'. «Hai ragione... Non posso capire del tutto le tue angosce ma so che questo mondo ha bisogno di te. Potrai continuare a fuggire quanto vuoi... ma rimane il fatto, ti piaccia o no, che la realtà è questa. Vedi, anche Gherson ha obbedito al Suo Volere ed è partito.»

Tamar riprese con amarezza: «Già Gherson... Avete convinto pure lui alla fine... Chissà quali pericoli dovrà affrontare! Chissà se lo rivedrò mai più...»

«Parli come se ti stesse molto a cuore... Che cosa è successo tra voi?» Domandò lui con un filo di preoccupazione nella voce mentre aggrottava le ciglia.

Tamar replicò spazientita: «Lasciami stare ti ho detto! Non sono cose che ti riguardano!»

Ramson questa volta cambiò aspetto, lasciando da parte la sua condiscendenza. Per alcuni attimi sembrò crescere a dismisura e il suo volto si oscurò, mentre gli occhi brillavano come astri. «Ora basta Tamar! Non mi sfidare! Sai che non ti conviene...» Anche l'aria si era fatta cupa intorno, poi nello stesso modo in cui si era adombrato, tanto rapidamente si placò. Si avvicinò alla ragazza e le accarezzò con delicatezza i capelli riccioluti. «Tamar, lo sai che ti voglio bene...»

«Lasciami andare, ti prego...», singhiozzò lei, mentre nuove lacrime ancor più amare già rigavano le sue guance e si allontanò da lui correndo.

Il vecchio la vide andar via e piegò il capo sospirando.

«Fino a quando ti ostinerai a fuggire il tuo destino? Di questo passo ti procurerai solo altri dispiaceri.», così riflettendo, fece tristemente ritorno sui suoi passi.

Altre preoccupazioni, altri pensieri lo adombravano... Lo stesso Valdor era dovuto partire all'improvviso quella

notte senza dir nulla e la faccenda non lasciava presagire nulla di buono.

La regina Ainousa nel frattempo, rientrata anche lei di nascosto, era stata avvicinata da Syrion il principe di Arvor. Stavano ora passeggiando insieme nel bosco seguendo un sentiero circoscritto da felci e cespugli di agrifogli, lontano da occhi indiscreti. Una leggera brezza mattutina aveva rinfrescato l'aria e i willidrein[21] stavano rallegrando l'atmosfera con il loro dolce canto svolazzando qua e là.

La sovrana degli Adamaint però aveva ben altri pensieri per la testa: era scura in volto e non aveva alcuna intenzione di parlare; sembrava che le rodesse dentro più d'una preoccupazione.

Syrion, tanto per rompere il ghiaccio, iniziò a dire: «Ti sembra plausibile... intendo... tutto quello che ci hanno raccontato questi strani individui... Mi pare così assurdo!»

La regina, che indossava un vestito chiaro stretto in vita e ricamato con fili d'argento, alzò gli occhi al cielo sospirando contrariata.

Il principe noncurante continuò imperturbabile: «Mi consola che presto ci saranno nuove battaglie, nuove occasioni per coprirsi di gloria. Vedrai... sarai orgogliosa di me, anch'io sono un valente guerriero... Un giorno ti condurrò a Galion come mia sposa e sarai contenta della tua scelta, se mai avessi avuto dubbi... Il mio popolo non vede l'ora di conoscerti.»

Gli brillavano gli occhi mentre la guardava. Ainousa era davvero bella e l'idea che presto sarebbe divenuta sua moglie, lo rendeva ancor più orgoglioso; chissà che cosa avrebbero pensato di lui gli altri nobili di Arvhèia.

Le si avvicinò, cercando di accarezzarla ma lei si ritras-

---

[21] Uccellini dal piumaggio argentato

se d'istinto.

"Non ce la posso fare... È più forte di me!" Rifletté Ainousa sempre più sconsolata.

Sì, quel giovane era di bell'aspetto ma finiva tutto lì, un ragazzo come tanti, non provava per lui alcuna emozione.

"Donare la mia vita a questo individuo?"

Un brivido le gelò le ossa e a nulla valse il pensiero che forse col tempo sarebbe cambiato; poi si sentì fremere d'ira.

"Ancora una volta mio padre Alcain non si era sbagliato... maledetta me! Perché ho gettato il mio cuore come una stupida nelle mani di quell'avventuriero che non mi ha mai considerato? Anzi, ieri sera mi ha pubblicamente offeso portandosi dietro una sgualdrinella conosciuta chissà dove! Tutto questo è intollerabile... sì Gherson, la pagherai in un modo o nell'altro."

Syrion intanto, imbarazzato dal suo precedente rifiuto, aveva smesso di camminare e non sapeva più cosa dire.

Ainousa, accortasi del suo disagio, tagliò corto: «Penso sia giunto il momento di tornare dai nostri uomini, ci staranno sicuramente aspettando, è tardi ormai.»

L'altro annuì e senza ulteriori discussioni la seguì come un cagnolino bastonato fino al terrazzamento.

Dopo che Syrion si fu congedato, Teirios si avvicinò circospetto.

La regina, incuriosita dal suo atteggiamento, gli fece un cenno con la mano.

«Che cosa cerchi, Teirios?»

«Avrei una promessa da mantenere, mia regina...», rispose lui titubante.

«Dimmi pure, coraggio! Dimmi pure!» L'incoraggiò lei risoluta.

Teirios tossì come se la saliva gli fosse andata di traverso.

«Ehm... Il principe Gherson, prima di partire, mi ha chiesto di riportare a casa la straniera giunta con lui... Intendo presso la sua gente.»

Gli occhi di Ainousa avvamparono come braci ardenti.

«Da quando un principe di Urwan si permette di comandare i miei uomini? Tra l'altro, prima di partire, se avesse avuto un minimo di cortesia, poteva almeno salutarmi e chiedermelo di persona! Sì, aveva proprio ragione mio padre, quando quel mercenario scappò tempo fa di nascosto senza dir nulla... Evidentemente i suoi trascorsi non gli sono proprio serviti... Evidentemente continua a pensare di poter giocare con i sentimenti degli altri come un bambino...», fu allora che il suo viso s'incupì.

Teirios, in evidente imbarazzo, cercò di difendere Gherson: «Non me l'ha ordinato... me l'ha chiesto a titolo di amicizia.»

Ainousa si voltò di spalle per nulla ammansita da quelle considerazioni e Teirios percepì nell'aria una sgradevole tensione; anche la brezza si era all'improvviso mitigata e gli alberi non fruscavano più, persino gli uccellini si erano ammutoliti. Regnava tra loro un silenzio inquietante.

Alla fine, la regina si voltò e disse: «Teirios... Tu mi hai giurato fedeltà, vero? Molto bene! Quale migliore occasione per dimostrarmela.»

L'ufficiale la guardò perplesso ma una spiacevole sensazione cominciò a corrergli nelle vene.

Ainousa continuò: «Fai quello che ti è stato chiesto! Accompagnala pure a casa, ma durante il tragitto la ragazza deve sparire e, a questo ci penserai tu! Inventati quello che vuoi, un incidente, una sciagura... Fai come ti pare! Solo allora potrai ripresentarti da me e ti ricomperò per i tuoi servigi. In caso contrario non ti azzardare ad avvicinarti ai confini del mio regno, perché te la farò pagare amaramente!»

«Mah... mia regina.», balbettò Teirios.

«È un ordine e non lo ripeterò più! Devi farla sparire! Poi torna da me, sennò vattene anche tu per sempre!»

Il volto di Ainousa si era trasfigurato, non sembrava neanche più lei.

Teirios chinò il capo e si allontanò, il cuore immerso in un'infinita tristezza.

"Che cosa devo fare? Uccidere un'innocente obbedendo alla folle gelosia della mia regina? Perché di questo si tratta! Quali altri motivi ci dovrebbero essere? Oppure devo disobbedire ed essere bandito per sempre dalla mia terra e non vedere più la mia famiglia?"

Più ci rifletteva e più si convinceva che all'origine di quest'assurda vicenda c'era proprio Gherson e il suo comportamento a dir poco equivoco.

«Sì, la regina ha ragione, è davvero uno stupido ragazzino mai cresciuto... Non si rende proprio conto delle conseguenze delle sue azioni... e ora guarda in che razza di guaio mi ha cacciato! Non poteva stare più attento? Proprio qui doveva portare quell'altra... e farsi vedere da Ainousa poi... Proprio sotto i suoi occhi! La gente oggi non ha più ritegno di niente... Ed io, che faccio adesso? Non posso uccidere una donna così... a sangue freddo! Una ragazza colpevole solo di essere venuta qua con quell'idiota... Povero me... Che situazione.»

Così dicendo, camminava a testa bassa, quando si ritrovò senza accorgersene proprio davanti al figlio.

Denaer era appoggiato tutto beato alla fontana e stava ammirandone gli articolati giochi d'acqua vivacizzati dai raggi del sole.

«Che hai padre?» Domandò il giovane, incuriosito dal-

lo strano atteggiamento del genitore.

L'altro bofonchiò qualcosa, poi borbottò: «Niente... niente che ti riguardi.»

Denaer però rimase immobile, per nulla convinto da quella risposta, tanto che il padre lo apostrofò duramente: «Ancora qui? Non dovresti essere con gli altri a preparare il necessario per la partenza? La regina vuole andare via subito!»

Denaer rispose quasi scusandosi: «In realtà è già tutto pronto, stavamo aspettando te e la regina.»

Teirios, divenuto paonazzo, alzò la voce: «Bene! Allora è tempo che ve ne andiate! Vammi a chiamare Garund e digli di venire da me! Noi abbiamo altre cose da fare.»

«E vai! Aria di avventura! Posso venire anch'io con voi?» Domandò Denaer infervoratosi tutto d'un colpo.

Teirios aveva già abbastanza grattacapi per la testa e quelle parole lo mandarono su tutte le furie.

«Ora basta! Questo è davvero troppo... Pure un figlio ottuso mi doveva capitare davanti.»

Allora lo prese per la giubba con entrambe le mani e lo sollevò da terra urlandogli in faccia: «Ascoltami bene! Tu non verrai con me da nessuna parte! È chiaro? Ho già da affrontare troppi guai e non posso pure stare dietro a te e alle tue stupide idiozie; hai capito?»

Così dicendo, lo scosse due, forse tre volte con veemenza e infine lo lasciò cadere a terra.

Vedendo però Denaer sconcertato da quell'improvviso scatto d'ira, si placò quasi subito e poi dispiaciuto riprese a parlare: «Ascoltami figliolo, perdonami... Se ho reagito così, è perché devo compiere una missione che non vorrei mai portare a termine... ed è meglio che tu ne rimanga all'oscuro, credimi! Dovrò stare via molto tempo e non so neanche se ci rivedremo più... Per questo voglio che torni a casa: devi prenderti cura di tua madre e dei tuoi fratelli. Hai capito Denaer?»

«Ma padre...», farfugliò l'altro.

«Non m'interrompere Denaer, fai come ti ho detto!»

Infine, curvando il capo e stringendo i pugni, terminò a bassa voce: «...e dì a tua madre che l'amo.»

Il giovane, ancora offeso, pur non capendo, assentì, mentre il padre già si allontanava con passo deciso.

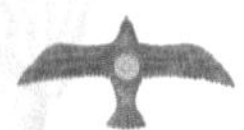

Nel primo pomeriggio Teirios, insieme a Garund e Tamar, partirono alla volta di Afdhal; la regina e il principe di Arvor avevano già lasciato la valle in tarda mattinata con la loro scorta. L'ufficiale voleva raggiungere la cittadina portuale e da lì salpare alla volta di Sabugal, per accompagnare poi la ragazza da suo padre al villaggio di Ramius. Era sì la strada più lunga ma anche quella più sicura; di certo non potevano attraversare l'ostile contea di Lamoran, specialmente dopo i recenti trascorsi, né tantomeno il territorio di Urwan e il deserto di Sahin. L'aria si era rinfrescata e nubi plumbee avevano fatto capolino nel cielo. Procedevano sui loro destrieri in silenzio uno dietro l'altro; Teirios davanti, seguito da Tamar e da Garund che chiudeva la piccola compagnia. A salutarli era rimasto Ramson, che fissò a lungo quella comitiva mentre si allontanava nel bosco. La donna in tutto quel tempo aveva cercato di evitare lo sguardo del vecchio; per quanto le riguardava, si erano già detti tutto.

Nel corso del tragitto nessuno aprì bocca; tra loro si percepiva un'atmosfera pesante. Teirios non era tranquillo, il volto imbronciato: a tratti mugugnava fra sé, immerso in chissà quali oscure preoccupazioni. Garund, che lo conosceva bene, non riusciva a darsene una spiegazione ma non si azzardava a fargli domande; sapeva bene che in tali frangenti era meglio stargli alla larga e non infastidirlo. Tamar era triste e si sentiva tremendamente sola. Non aveva voglia di parlare con nessuno; di che cosa poi? C'era solo una persona che avrebbe potuto comprenderla ed era Gherson, ma non era più là; tra l'altro, si stava impadronendo di lei un fosco presentimento... L'incubo di Fradibon riaffiorò alla mente. Posò lo sguardo sulla folta chioma di Teirios ed ebbe un fremito.

"Non è possibile! Non può essere lui... l'amico fidato di Gherson..."

Così, mentre continuava mesta il cammino, fu colta da un angoscioso senso di panico che non riuscì a scacciare in alcun modo.

Entrarono nel bosco e voltarono a oriente, seguendo un viottolo serpiginoso nascosto tra gli alberi. Il sottobosco era ricoperto di una rigogliosa vegetazione, dove abbondavano felci, allori e corbezzoli: la forte umidità aveva anche favorito la crescita di funghi, in particolare chiodini e mazze di tamburo, mentre i ciclamini viola delimitavano i margini del sentiero. La via saliva lenta tra gli alberi. Dopo circa un siklin, giunsero nei pressi di una cascata spumeggiante che attutiva con il suo fragore il frinire delle cicale e il calpestio dei destrieri sul terreno; la attraversarono utilizzando una passerella di legno umida e un po' scivolosa. In lontananza si udì il rombo di un tuono e Garund alzò la testa quasi infastidito. Continuarono tuttavia il loro viaggio coprendosi con i mantelli. Passò poco tempo che una fine pioggerella cominciò a bagnare le foglie degli alberi; il cielo, ormai oscurato dalle nuvole, era illuminato di tanto in tanto dal bagliore dei lampi che cadevano sempre più vicini. I cavalli erano nervosi, poi all'improvviso un fulmine squarciò l'aria seguito subito da un boato. Il destriero di Tamar s'inarcò sulle zampe posteriori e per poco la ragazza non rovinò a terra. Garund scese immediatamente e cercò di ammansire il cavallo della ragazza. A un paio di galacron di distanza una quercia secolare era stata spezzata in due da una saetta. Gran parte dell'albero era caduta rovinosamente al suolo provocando tutto quel trambusto; nell'aria si era alzato un odore acre di legno bruciato e pioveva sempre di più.

«Dobbiamo fermarci, dannazione!» Esclamò Garund.

Teirios si girò ruggendo. «Lo so anch'io! Non sono nato ieri!»

L'altro rimase a bocca aperta; non si aspettava una risposta del genere dal compagno. "Che cosa lo starà mai assillando? Ora esagera davvero!"

Superarono la pianta colpita ancora fumante sotto un diluvio d'acqua. Lì vicino, lungo il lato sinistro del sentiero ormai ridotto a una fanghiglia, scorsero una grotta in parte nascosta da alcuni cespugli; era profonda una decina di diacron e decisero pertanto di rifugiarvisi.

«Non se ne poteva più...», fu il commento di Garund mentre si toglieva di dosso il manto inzuppato.

Teirios nel frattempo portò i destrieri all'interno dell'anfratto e Tamar si sedette in disparte. Il suo umore era sempre triste, anzi il maltempo aveva solo acuito le sue preoccupazioni. Durante il cammino si era sempre più convinta che fosse Teirios l'uomo che voleva ucciderla nel sogno. Anche quel suo strano atteggiamento... Più passava il tempo, più la donna era sicura dei suoi sospetti. Aveva anche riflettuto sulle possibili motivazioni ma non riusciva a trovarne alcuna. Questo però non aveva importanza; ora c'era una sola cosa da fare, trovare il modo di fuggire prima che fosse troppo tardi…

Garund accese il fuoco e invitò la ragazza ad avvicinarsi per scaldarsi un po'. Lei accettò ricambiando con un sorriso e si sedette vicino al falò. Teirios nel frattempo, estrasse del pane e della carne secca dalle bisacce e li offrì agli altri due; ma il suo umore continuava a essere cupo come quel temporale che non accennava a smettere. Rimasero così senza far niente fino all'imbrunire, quando iniziò a spiovere. Considerata l'ora però, decisero di passare la notte in quell'anfratto, anche perché fuori il terreno era scivoloso. Tamar si rintanò in un angolo accucciata su sé stessa, fingendo di prendere sonno; in realtà osservava gli altri due di sottecchi, aspettando solo il momento adatto per fuggire.

Fuggire… già ma dove? Alla fine, si convinse che non era questo il punto; per il momento bastava solo mettere più distanza possibile tra lei e quel burbero omone dalla barba rossa. Dopo avrebbe pensato dove andare.

I due soldati si alternarono nei loro turni di guardia. Intorno al terzo siklin del mattino, durante la veglia di Garund, la donna gli si avvicinò sfiorandone la spalla destra. Lui si girò di scatto, Tamar però portò il dito indice alla bocca per zittirlo e gli disse: «Ascoltami, vatti a riposare un altro po'; non ho più sonno e ho dormito abbastanza. Resterò io qui, non ti preoccupare. Se sentirò rumori sospetti, vi avvertirò subito, sennò ti sveglierò con le prime luci dell'alba.»

L'Adamant all'inizio era restio ma la ragazza insistette ancora e alla fine il soldato si fece convincere dal suo sguardo svenevole; tornò così a coricarsi di nuovo.

"Bene! Questa è l'occasione che volevo…", considerò Tamar soddisfatta. Aspettò ancora qualche istante, per essere sicura che Garund si fosse riaddormentato; infine si avvicinò con cautela all'ingresso della grotta e scappò via in men che non si dica.

Era ormai l'alba del nuovo giorno, quando i primi raggi del sole illuminarono l'oscurità dell'antro. Si preannunciava una bella giornata; le ultime nubi stavano sfumando in lontananza, l'aria era frizzantina e gli usignoli già animavano il cielo con il loro cinguettio. Teirios si svegliò sbadigliando e si alzò lentamente sgranchendosi le braccia, ma la sua sorpresa fu grande quando scorse Garund che ronfava beato e soprattutto che Tamar non era più nella grotta. Imprecando, si diresse subito verso l'amico e lo agitò con violenza fino a svegliarlo.

«Dov'è la donna, dov'è?»

L'altro si destò di soprassalto nel bel mezzo dei suoi sogni ma, ancora intontito, non riuscì a capire subito che cosa volesse Teirios. L'ufficiale allora, in preda all'ira, lo prese per il bavero e lo scaraventò contro la roccia.

Garund si alzò minaccioso.

«Ora basta! Sarai pure un mio superiore... ma non puoi trattarmi in questo modo! Insomma, che diamine ti sta succedendo?»

Teirios però, continuando a inveire nei suoi confronti, aveva già liberato il cavallo dalle pastoie ed era partito di gran carriera in cerca della ragazza. Garund rimase così all'interno della grotta, grattandosi i folti capelli biondi e cercando di comprendere che cosa fosse accaduto di tanto grave.

Tamar, nel frattempo, si trovava più avanti lungo il sentiero. Sapeva che poteva avere al massimo poco più di

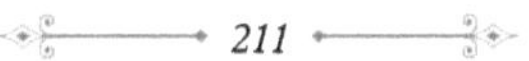

un siklin di vantaggio sui suoi inseguitori e non era certo un buon margine di sicurezza, anche perché loro erano a cavallo. Avrebbe dovuto usare tutta la sua astuzia per seminarli; era infatti, cosciente di avere a che fare con due abili segugi.

All'inizio aveva corso a rotta di collo; giunta poi alle estreme propaggini del bosco, aveva rallentato l'andatura. Doveva riposarsi un poco, non aveva più fiato in corpo e il cuore le scoppiava nel petto. Allora si fermò ad abbeverarsi a un ruscello che attraversava il suo percorso: poi riprese il cammino lungo un irto sentiero che saliva lungo il costone della montagna fino allo spartiacque tra le due vallate. Il manto erboso, arricchito qua e là da cespugli di lavanda, diveniva sempre più rado e poco alla volta lasciò il posto a una pietraia, dove si faceva fatica a riconoscere la via. Inciampò due, forse tre volte tra i sassi e si dovette aiutare anche con le mani per continuare ad andare avanti, mente il respiro sempre più affannoso le rimbombava nelle orecchie. Si era sbucciata le braccia e le gambe ma non le importava; doveva sbrigarsi, fuggire da quell'incubo che le ottenebrava la mente.

Infine, giunse in cima al valico e un'improvvisa folata di vento gelido la colpì in pieno petto, facendola tremare tutta. Davanti le si spalancava una nuova vallata. Più in basso scorse in lontananza due minuscoli laghi blu che sembravano sonnecchiare nei prati verdi.

"Coraggio Tamar...", ansimò, "...ce la possiamo fare!"

Scrutò con attenzione il primo tratto della discesa: era molto ripido e correva lungo una parete rocciosa a strapiombo. Si voltò indietro e, improvvisamente, il suo viso divenne una maschera di paura: ad alcune centinaia di diacron Teirios, smontato da cavallo, correva senza posa lungo la pietraia.

Il soldato si accorse di essere stato scoperto e si arrestò all'istante.

«Fermati! Fermati! Ti scongiuro... Non voglio farti del male!» Le gridò.

Tamar però era sconvolta, la premonizione di quella notte era divenuta un'ossessione e le aveva offuscato la ragione. Era sola, dannatamente sola, nessuno la poteva aiutare, neanche Gherson, l'unico che le avesse dato un briciolo di sicurezza negli ultimi anni... ma anche questo era già stato predetto. Tutto sembrava confermare i suoi timori. Si girò allora di nuovo verso l'unica via di fuga. Qualcosa però franò sotto i suoi piedi. La terra ancora bagnata o qualche pietra malmessa venne meno e la donna, urlando, perse l'equilibrio e cadde rovinosamente nel vuoto.

Teirios aveva ripreso a correre anche lui verso il passo, quando udì le grida. "Dannazione, che altro sta accadendo?" Disse tra sé tutto trafelato, ignaro di quanto fosse avvenuto poiché non aveva ancora scollinato. Quegli strilli però non lasciavano presagire nulla di buono e allora affrettò ancor di più la sua falcata, asciugandosi con il braccio destro il sudore che grondava dalla fronte. Quando infine arrivò in cima boccheggiante, si guardò intorno e fu allora che l'orrore ne deformò il volto; Tamar giaceva a terra esanime una decina di diacron sotto di lui.

«Oh no! Oh nooo!» Continuava a ripetere il soldato sconsolato, portandosi entrambe le mani alle tempie.

«Che cosa è successo?! Che cosa ho fatto?! Gherson mi ucciderà quando lo verrà a sapere, è tutta colpa mia... È tutta colpa mia!»

Poi con cautela scese giù lungo il costone della montagna, finché raggiunse la ragazza. Era priva di sensi e aveva lividi dappertutto; una chiazza di sangue nero, raggrumato sul cuoio capelluto, aveva colorato le pietre dietro la testa.

Rimase come paralizzato. «Gherson mi scuoierà vivo, l'ho tradito... l'ho tradito! Che io sia maledetto per sempre!» Non riusciva a proferire altre parole.

Poi, ripresosi dallo shock, cercò di rianimarla ma invano. La chiamava dolcemente, la pizzicava sulle braccia. Tamar però non dava alcun segno di vita. Teirios, sempre più disperato, cominciò a piangere come un ragazzino, anche a pregare ma era tutto inutile. All'improvviso si sentì toccare la schiena e si voltò di scatto; Ramson era dietro di lui.

«Tu qui?» Domandò Teirios sbigottito, ma l'altro non disse nulla. S'inginocchiò invece davanti alla donna e la sfiorò con le sue mani, chiuse le palpebre e rimase assorto alcuni istanti. Infine, strappò un pezzo del vestito di Tamar intriso di sangue e si voltò verso l'Adamant. Lo sguardo di Ramson pareva un lampo nel buio e il suo stesso volto brillava di luce propria.

Con voce cupa si rivolse a Teirios intimandolo: «Torna dalla tua regina e portale questo! Così, placherà i suoi rancori.»

Il poveruomo strabuzzò gli occhi, spaventato da quel repentino cambiamento dell'awax vaimar e fuggì via senza dir più nulla.

CAPITOLO XIII

Il sole di un intenso color arancio stava ormai tramontando, lasciando una lunga scia gialla sulle onde del mare che fluttuavano indolenti verso riva. Arvaj camminava solitario in una laguna dell'isola di Xantios ammirandone il paesaggio. La sabbia del litorale, simile a una semiluna, era pallida come la neve. La debole brezza di ponente e un gabbiano radente a pelo d'acqua, probabilmente a caccia di qualche pesce sprovveduto, erano i suoi unici compagni. Teneva in mano una grossa conchiglia spiraliforme raccolta poco prima sul bagnasciuga. La ferita era ormai guarita ma, a pensarci bene, non aveva alcun desiderio di andar via. Quel mare, che tanto aveva odiato solo un mese prima quando insieme a Gherson era giunto nell'arcipelago, ora faceva parte di lui. Non riusciva più a distogliere lo sguardo da quel blu intenso che si perdeva all'orizzonte nell'azzurro del cielo. Trascorreva il tempo seduto sulla battigia come inebetito, lasciandosi rapire dalle onde: pareva stregato da un incantesimo. Come la calma dell'oceano era in grado di acquietare il suo cuore, allo stesso modo Arvaj si faceva irretire dal fragore dei flutti, quando dalla cima del castello osservava le onde sollevarsi travolgenti nella tempesta. Allora scendeva giù sulla scogliera e gridava forte al vento impetuoso, mentre la schiuma spumeggiante lo investiva da capo a piedi. No, non aveva nostalgia delle sue terre nel Nord, delle sue pianure verdeggianti, dei suoi lamash… Ora lui stava bene lì; e poi, inutile nasconderlo, un nuovo sentimento, che in tutta franchezza non aveva mai provato prima, turbava il suo animo; si vergognava persino di ammetterlo. La regina Eleanor, vedova da poco tempo, stava riavendosi poco alla volta dalla perdita del marito ucciso dai pirati. Arvaj provava un'attrazione sincera verso quella donna, simile a un granellino di senapa, che una volta attecchito, si radica profondamente nel terreno. Il guerriero faceva sempre più fatica a nascondere quella passione che traspariva in ogni suo gesto, persino nel tono della voce, tutte le volte che i due s'incontravano. Così, nel timore di offenderla e per non dare adito a chiacchiere inutili, evitava di starle accanto, a meno che non fosse stata la regina stessa a convocarlo. Quando poi prendeva congedo, si sentiva struggere dentro; aveva paura di queste sensazioni che lo rendevano insicuro, ma non poteva farne a meno. Mentre ragionava su tali questioni, scorse un'imbarcazione che stava approdando a riva poco oltre. Non vi prestò attenzione più di tanto e continuò per la sua strada. Giunse infine davanti alla piccola barca che aveva da poco gettato l'ancora. Lì vicino un pescatore stava rassettando le reti, gli occhi fissi su di lui. Aveva in testa un cappello di vimini; era anziano, la barba canuta, la cute rugosa ma chiara e non scurita dal sole come solitamente accade a chi svolge quel lavoro da una vita. Non erano comunque problemi suoi, per cui decise di proseguire oltre.

Il pescatore aspettò che l'altro lo superasse e poi lo chiamò per nome. Arvaj si girò di scatto perplesso: come faceva quell'individuo a conoscerlo?

Tornò allora indietro incuriosito.

«Chi sei?» Gli domandò.

Lo sconosciuto rispose: «Il mio nome non ha importanza… Ne ha invece il motivo per cui sono qui! Devi partire Arvaj, devi lasciare subito quest'isola e tornare dalla tua gente: una seria minaccia li sovrasta e tuo fratello è in grave pericolo di vita!»

Arvaj, giunto a pochi passi, ebbe un sobbalzo. «Dimmi

chi sei?»

L'altro, con le braccia conserte, questa volta esaudì la sua richiesta. «Il mio nome è Valdor... Sono un awax vaimar, così la tua curiosità sarà finalmente appagata. Ora però fa' come ti ho detto, torna al castello e prepara in fretta le tue cose. Poi rientra a Elevar con la prima nave che fa rotta per la terraferma e raggiungi subito il tuo popolo. Come ti ho già accennato, un'onda malvagia sta per abbattersi contro di loro.»

«Che cosa stai dicendo?! Cerca di essere più chiaro, dannazione!» Esclamò Arvaj alzando il tono della voce, mentre cercava di afferrare l'altro per la giacca con entrambe le mani: ma Valdor con un semplice gesto lo allontanò.

«Ascolta bene quello che ti dico! Molto presto Arvhèia potrebbe essere sconvolta da nuovi mali, peggiori di quelli già conosciuti fin ad oggi. Forze oscure sono all'opera per portare distruzione e sofferenza. Gherson, il tuo amico fraterno, non è più tra noi: è partito per Ghenesia, l'antico mondo, per compiere una nuova missione. I regni di Elevar e Arvor si stanno già preparando a una nuova guerra contro Urwan e i suoi alleati, reclutati non solo nelle contee orientali ma addirittura tra le grandi paludi occidentali.»

Arvaj sgranò gli occhi come se non avesse inteso bene.

«Sì Arvaj... Gli Ulauar, esseri immondi che vivono negli acquitrini, mangiatori di uomini. Tu però devi tornare dai tuoi, perché sono venuto a sapere che Varanis vuole eliminare tuo fratello e mettere un altro al suo posto.»

«Ma non può farlo! È impossibile!» Tuonò il guerriero furente, fremendo dentro le ossa.

Valdor sorrise tristemente: «Tu credi? Un tempo forse... ma ora la situazione è cambiata e il tiranno ha dalla sua parte armi molto più convincenti. A quanto pare un potente awax vaimar di nome Asman si sarebbe alleato con lui, non chiedermi come, sarebbe troppo lungo da spiegartelo ma... fidati, ne ho le prove! Il mondo che conoscevi sta cambiando, che ti piaccia o no e tu sei chiamato a giocare un ruolo di primo piano... Non puoi nasconderti su queste isole, il tuo destino è venuto a cercarti.»

Detto questo, Valdor si allontanò da lui e salì sull'imbarcazione che riprese pigramente il largo.

D'impulso Arvaj cercò di inseguire il vecchio ma fu trattenuto da una forza misteriosa. Seguì allora pensieroso la scia lasciata dalla prua che solcava le onde, infine decise di raggiungere la cittadina portuale. Lì apprese che una nave sarebbe salpata alla volta di Afdhal entro tre giorni. Quando era ormai buio, fece rientro alla rocca. Vi arrivò tutto trafelato e andò dritto nella sua stanza senza neppure cenare. Tutti lo conoscevano al castello e rimasero stupiti da quel suo comportamento insolito e del fatto ne fu informata anche la regina.

L'indomani Eleanor lo fece convocare.

S'incontrarono nel primo pomeriggio nei giardini della fortezza. La temperatura era gradevole per via della fresca brezza proveniente dal mare. Si sedettero su una panchina di marmo vicino a una piccola fontana in fondo a un viale delimitato da siepi di rose profumate. Il frinire delle cicale attorno a loro era assordante.

La regina era ancora vestita a lutto ed esordì con lo sguardo rivolto verso il basso. «Qualcosa ti turba principe Arvaj? Non ti trovi forse a tuo agio qui da noi?»

Il Lachvain era imbarazzato e portò la mano destra sul capo, toccandosi la folta capigliatura e arrossì in volto. «Temo che dovrò partire presto, forse domani...»

«Qualcuno ti ha offeso o ti sei stancato della monotonia

di questi luoghi?» Domandò lei sorpresa.

«No, non è questo, mia signora... Purtroppo proprio ieri sera mi sono giunte notizie dal continente e non sono buone; la mia gente ha bisogno di me.»

«Spiegati meglio.», ribatté Eleanor.

Arvaj allora raccontò quanto gli era accaduto il giorno prima.

«Capisco...», fece la regina chinando il capo.

«No, non è come pensi! Davvero, credimi!» Riprese lui senza dargli tempo di continuare. «Fosse stato per me, sarei rimasto non un solo giorno ma tutta la vita qui con te...»

S'interruppe bruscamente portandosi le mani alla bocca.

"Accidenti! Che cosa ho detto?!" Ma oramai non poteva più tornare indietro.

«Perdonami mia regina, non volevo offenderti con le mie parole. Il tuo dolore è troppo recente ed io non dovevo... Io non dovevo neanche permettermi di pensare quello che ho appena pronunciato.»

Anche lui abbassò il viso, divenuto improvvisamente violaceo come le buganvillee che si arrampicavano lungo le mura del castello.

«Ciò che non dici con le parole, lo manifesti attraverso le tue emozioni.», rispose lei accennando un debole sorriso.

Era la prima volta che Arvaj la vedeva con il volto sereno, mentre i suoi occhi blu splendevano di luce propria.

«Io... io non voglio lasciarti.», riprese lui tremante con la voce roca.

«Dannazione! È tutto così complicato... Innamorarmi di una donna come te e procurarti così altri pensieri.»

Lei non replicò e si girò invece verso il mare, aveva

paura di incontrare il suo sguardo. «Ti sono grata perché mi sei stato vicino con discrezione in questo periodo. Sei stato premuroso e non hai approfittato della mia debolezza.»

«Io tornerò un giorno, se lo vorrai.», disse Arvaj sfiorandole il mento con l'indice della mano destra.

Fu lei questa volta ad arrossire in viso ma non disse nulla. Infine, i loro sguardi s'incrociarono e nel silenzio furono in grado di esprimere tutte i sentimenti che turbinavano nei loro cuori. Arvaj allora le prese le mani stringendole delicatamente tra le sue. Il calore del Lachvain inondò la giovane donna che, socchiudendo gli occhi, trattenne per un attimo il respiro.

«Mi aspetterai?» Azzardò lui un'ultima volta.

Lei esitò ma poi cedette e assentì scuotendo il capo.

Arvaj allora le circondò la nuca con la mano, sfiorandone i capelli scuri con le dita.

«Ti prego...», sussurrò lei ma era troppo tardi.

Arvaj si avvicinò e sfiorò le sue labbra. Da quel momento Eleanor non si difese più, lasciandosi trasportare nel vortice di quella nascente passione.

Quello stesso pomeriggio Silaj si trovava proprio nei pressi della riva del vasto lago Lyrion a pochi passi dal suo accampamento, costruito in parte lungo la sponda, il resto su palafitte che costeggiavano la riva. Il villaggio si estendeva per almeno cinquecento diacron in lunghezza; le abitazioni, di forma circolare, erano di legno con il tetto rivestito di paglia. Il campo era delimitato da una palizzata alta un paio di diacron, intervallata da alcune torri di avvistamento innalzate con grossi tronchi. All'esterno un ampio fossato contribuiva a rinforzare le difese del vallo, cui si accedeva da un unico ingresso.

In quei giorni la vita scorreva tranquilla: i bambini giocavano all'aperto nella sconfinata prateria, dove scorrazzavano spensierati anche i lamash insieme ai loro cavalieri. Il cielo era a tratti coperto da qualche sparuto cirro chiaro e i caldi raggi del sole si riflettevano sulle tenui increspature create dalle onde del lago, dove alcune anatre selvatiche procedevano tranquille in fila indiana.

Tutto sembrava sereno... eppure una strana sensazione lo turbava.

Di certo gli ultimi avvenimenti avevano suscitato più di una preoccupazione... La sconfitta delle truppe di Varanis sotto le mura di Elevar era stata un duro colpo da digerire per il tiranno di Valaur. Silaj stesso era già stato informato delle pesanti ritorsioni subite dagli ufficiali ritenuti responsabili della disfatta. Nei suoi confronti però non era stato emesso alcun provvedimento. Nessuno in verità lo aveva accusato apertamente, tuttavia non c'era da stare troppo allegri. In passato Varanis aveva inferto punizioni esemplari per molto meno, condannando innocenti solo per il piacere di terrorizzare i suoi sudditi, così da renderli ancor più docili al suo volere. Gherson ad esempio, che dura sorte gli era capitata...

Gli si riaffacciarono alla mente le immagini del giovane principe e le sue labbra accennarono un debole sorriso. Era stato contento di rivederlo durante l'assedio di Elevar, ma soprattutto era stato felice di riabbracciare suo fratello Arvaj.

"Chissà che cosa staranno combinando ora...", pensò e si sedette lungo la riva del lago.

Una rana nascosta tra i fili d'erba, saltellò via impau-

rita e i suoi occhi la seguirono per un istante, poi tornò a riflettere.

Che cosa gli avrebbe riservato il futuro? Nuove guerre? Nuove sfide? Come si sarebbe comportato Varanis? Non aveva paura per sé, non era questo... Alla fine tutti dovevano lasciare quel mondo e tornare a cavalcare le nubi nell'infinito blu del cielo. Alzò il capo e nel medesimo istante una nuvola trascinata dal vento nascose ai suoi occhi i raggi del sole. Le tinte del paesaggio si attenuarono e subito avvertì un brivido freddo dietro la schiena ma fu un attimo; l'ombra svanì e la luce tornò a tinteggiare quell'angolo di Arvhèia; anche i suoi timori sembrarono dileguarsi.

Essere capoclan dei Lachvaian, tuttavia rimaneva un compito gravoso. Che cosa sarebbe accaduto al suo popolo se lui fosse venuto meno?

All'improvviso il suo interesse si posò su un promontorio boscoso a ridosso dello specchio d'acqua distante un paio di verocron. Ebbe anche la strana sensazione che qualcuno lo stesse chiamando proprio da quel luogo. Aguzzò la vista ma non vide nulla di strano; cercò allora di tornare alle sue precedenti riflessioni ma quella voce tornò a farsi sentire, sempre più forte, sempre più insistente. Lo invitava ad andare lì. La curiosità lo spinse ad alzarsi. Chiamò il suo lamash e si diresse verso quella piccola lingua di terra affacciata sulle sponde del lago. Per strada qualcuno dei suoi si offrì di accompagnarlo ma lui preferì continuare da solo. Giunto alla base del promontorio, scese dalla cavalcatura e s'inerpicò solitario nella pineta, seguendo un sentierino che procedeva ripido su per la salita.

Quella strana voce era sempre più assillante.

«Silaj... Silaj...», continuava a ripetere il suo nome in

modo quasi ossessivo.

Arrivò così alla sommità della sporgenza, pressappoco sull'orlo del precipizio. Si intrattenne ad ammirare ancora una volta il paesaggio, là dove le rive del lago si perdevano in lontananza nell'orizzonte. Uno stormo di anatre selvatiche volava felice a pelo d'acqua.

Inspirò con piacere l'aria fresca, pregna di un intenso odore di resina.

All'improvviso il cinguettio scherzoso degli uccellini sopra i rami cessò bruscamente; in quel silenzio irreale udì un ramoscello spezzarsi dietro le sue spalle.

Silaj si voltò e di fronte comparve una sagoma incappucciata.

«Finalmente riesco a conoscerti.», esordì lo sconosciuto togliendosi il mantello grigio. Il suo volto era scarno e pallido.

«Chi sei?» Domandò Silaj portando la mano al fianco in cerca del pugnale, mentre l'intero corpo fu percorso da un sussulto.

L'altro ghignò. «Il mio nome è Asman.»

«Che cosa vuoi da me?»

«La tua vita!» Rispose lo stregone senza mezzi termini.

«Se è questo che vuoi, vieni a prenderla!» Replicò Silaj estraendo il coltello dal fodero.

Asman incurante, per tutta risposta si mise a sedere su una pietra.

«La tua condotta sotto le mura di Elevar ha dato luogo a numerose critiche. Addirittura, si vocifera che tu abbia avuto colloqui segreti con tuo fratello e soprattutto con quel rinnegato del principe Gherson la notte prima dell'attacco degli Adamaint all'accampamento urwain.»

Silaj lo sfidò con lo sguardo. «E se anche fosse? Incontrare rappresentanti dei popoli nemici nella mia tenda, non significa proprio un bel niente: è consuetudine intavolare relazioni diplomatiche con i propri avversari, proprio per evitare inutili spargimenti di sangue.»

Asman scosse la testa.

«Quanto mi dici è dunque una conferma. Povero Silaj, sei davvero uno sciocco... Tu stesso con queste parole hai firmato la tua condanna a morte.»

Fece un debole gesto della mano in direzione del capotribù.

Questi rimase per un attimo confuso non comprendendone il significato ma un istante dopo si sentì mordere al polpaccio. Subito avvertì un dolore penetrante diffondersi rapido per tutto il corpo. Si voltò e il suo viso divenne una maschera di terrore: un rettile dalle squame rosso-verdastre lo fissava ostile con la bocca spalancata.

D'istinto cercò di colpirlo ma non vi riuscì e cadde a terra in preda a spasmi lancinanti; il veleno era già entrato in circolo.

Fu allora che Asman si alzò e si avvicinò impassibile.

«Non preoccuparti... È questione di attimi... e ritornerai al nulla da cui sei provenuto... Qui non c'è più bisogno di te. Troveremo presto il tuo sostituto... di sicuro una persona più fedele e leale a Varanis.»

Così dicendo, gli sputò addosso e si allontanò da lui.

«Ben fatto Lakùn!» Con un suo cenno il viscido servo si trasformò di nuovo in un bastone.

Solo dopo il tramonto fu dato l'allarme. Silaj non era rientrato e i familiari, preoccupati per il suo ritardo, sollecitarono la tribù a cercare il loro caro. Il villaggio en trò subito in subbuglio; la notizia, infatti, si era diffusa in men che non si dica. Dappertutto era un gran vociare e gli abitanti correvano ovunque. Furono ascoltate tutte le persone che avevano incontrato Silaj durante la giornata; gli ultimi ad averlo intravisto confermarono tutti che il capoclan si era recato da solo al promontorio quel pomeriggio. A notte fonda fu ritrovato il suo corpo senza vita e ogni dubbio sulle possibili cause della morte fu sedato sul nascere: erano ancora evidenti i segni lasciati dal morso di un serpente sul polpaccio tumefatto; intorno al cadavere, inoltre, non furono trovate tracce sospette.

Passati tre giorni dal triste evento, dopo aver sepolto Silaj, gli anziani della tribù si riunirono nel Tavosin, la grande capanna del villaggio, dove si tenevano di solito le loro assemblee. L'edificio, lungo una ventina di diacron, era di forma ovalare ed era stato costruito con robusti tronchi d'albero sovrapposti tra loro orizzontalmente. Sopra l'ingresso erano raffigurati su un bassorilievo due lamash inarcati sulle zampe anteriori; il tetto era stato realizzato con travi ricoperte di paglia. All'interno c'era un'unica grande stanza con un tavolo ovale di legno del diametro di circa tre diacron dalla parte opposta all'entrata. Intorno vi erano sistemate dieci sedie di quercia e ognuna aveva sullo schienale un simbolo diverso dalle altre; potevano sedersi in quel consesso solo i capi dei dieci clan quando erano riuniti insieme. Al centro dell'ambiente c'era un focolare che riscaldava l'abitato; il fumo usciva da una esigua apertura quadrata ricavata nel tetto, mentre la luce entrava dalle finestre rettangolari ai lati. Sulle pareti erano appese armi e raffigurazioni di antichi e famosi guerrieri. Il pavimento di terra era ricoperto con paglia e lungo le mura erano sistemate delle panche, dove potevano sedersi le persone che desideravano assistere alle riunioni. Proprio quel giorno si doveva stabilire il successore del defunto condottiero di tutti i Lachvaian. C'erano, infatti, anche gli altri capiclan giunti dai territori limitrofi per partecipare alle esequie. Le notizie che trapelavano da Valaur erano tutt'altro che rassicuranti: si vociferava di preparativi per una nuova imminente guerra contro Elevar. Era pertanto necessario trovare prima possibile una persona carismatica in grado di unire ancor di più le diverse etnie e fronteggiare le nuove sfide prossime all'orizzonte. Il figlio maggiore di Silaj non aveva ancora vent'anni ed era privo della necessaria esperienza; gli altri clan non l'avrebbero preso in considerazione. Ognuno era intenzionato a difendere il suo candidato ma la verità era che in quel momento nessuno aveva un'autorità tale da mettere tutti d'accordo.

Nel salone si contavano una cinquantina di persone, la maggior parte confabulava a bassa voce intorno al focolare. I capi delle altre nove tribù erano accompagnati dai loro uomini fidati; si distinguevano gli uni dagli altri per i caratteristici bracciali che portavano ai polsi, ognuno tipico della propria etnia e su cui erano raffigurate le effigia di animali fantastici. Tra tutti, forse il più degno di nota era Alanj, cugino di Silaj, un uomo alto, brizzolato sulla cinquantina. Ascoltava con attenzione le parole dei presenti, talora annuendo con cenni sommessi del capo. Erano ormai dentro da quasi mezzo siklin e le loro parole erano interrotte di continuo dal boato dei tuoni.

Quel pomeriggio, infatti, pioveva a dirotto; fulmini e saette cadevano a poca distanza l'uno dall'altro e il terreno si era in breve ridotto a una fanghiglia. Nessuno si azzardava a mettere la testa fuori dall'uscio, preferendo rimanere nella sua abitazione davanti al camino. Già durante la mattinata si erano avute le prime avvisaglie di quel peggioramento delle condizioni atmosferiche, quando un vasto fronte di nubi nere come la pece era apparso all'orizzonte; anche la temperatura era scesa in modo brusco, fatto insolito per quella stagione. I più anziani mormoravano tra loro, convinti che una maledizione si era abbattuta sulla tribù e la morte di Silaj ne era solo la conferma. Anche i giovani erano nervosi, così come i loro lamash che nitrivano irrequieti.

L'ennesimo lampo, l'ennesimo tuono, ma nessuno sembrava farci più caso; invece questa volta la porta si aprì con un tetro cigolio. Tutti si girarono in quella direzione e sull'uscio comparve la scarna figura di Asman, avvolto nel suo mantello grigio.

«Chi sei?» Domandò Alanj, che aveva avvertito dentro di sé uno sgradevole presentimento.

«Un Awax vaimar.», rispose lui.

Gli altri lo squadrarono titubanti, incerti sul da farsi.

Alanj invece, senza scomporsi, riprese: «Da dove vieni? Non ti abbiamo mai visto prima su queste terre.»

«Dalle grandi paludi. Il mio nome è Asman.»

Molti dei Lachvaian strabuzzarono gli occhi, nessuno infatti poteva sopravvivere in quei luoghi... Qualcuno portò la mano al fianco in cerca del pugnale.

Alanj fece un cenno con la mano, invitando i presenti a mantenere la calma; poi, rendendosi portavoce dei loro dubbi, disse: «A memoria d'uomo... nessuno è mai stato in grado di abitare in quelle regioni malsane.»

«Ebbene, allora sappiate che non solo ci ho vissuto per anni ma che vi dimorano anche altre genti e presto ve ne accorgerete.»

Vi fu un mormorio di disappunto tra i Lachvaian.

«È un demone!» Esclamò qualcuno.

Alanj zittì tutti con lo sguardo, poi si rivolse di nuovo

allo sconosciuto: «Che cosa ci fai qui?»

«Mi è giunta voce che state cercando un nuovo capo e vorrei dire anch'io la mia in proposito.»

«Questa è una faccenda che riguarda noi e solo noi!» Tuonò astioso un giovane Lachvain che avanzò minaccioso.

Non fece però in tempo ad andare oltre, perché Asman si voltò verso di lui e lo fissò truce pronunciando oscure parole. Lo sventurato si portò le mani alla gola quasi gli fosse mancato il respiro e si divincolò fino a cadere a terra senza vita tra il silenzio dei presenti ancora increduli.

Allora Alanj accesosi d'ira in volto, gridò: «Prendetelo!»

Asman lanciò verso di lui il suo bastone, che cadendo a terra si tramutò nel fedele Lakùn; il serpente si attorcigliò alla gamba di Alanj, spalancò le fauci e lo morse, nonostante il poveruomo avesse cercato invano di togliterselo di dosso.

Alla fine, Alanj cadde al suolo, mentre Asman gli si avvicinò ironico.

«Di certo non sarai tu il prossimo capo dei Lachvaian...»

Gli altri, ancora esterrefatti, si disposero a semicerchio davanti allo stregone ma nessuno voleva prendere l'iniziativa. In quel momento la porta scricchiolò di nuovo e comparve un'ombra. I presenti allora distolsero l'attenzione da Asman. Che altro stava accadendo?

Un istante dopo un individuo imponente rivestito di pelli di lupo nero entrò nel salone. Alto più di un diacron, aveva i capelli corvini arruffati che coprivano quasi tutto il capo tranne la parte sinistra, scuoiata da cicatrici deturpanti; portava una lunga barba che nascondeva altri sfregi su entrambe le guance. Aveva un'enorme ascia bipenne nella mano destra da cui gocciolava sangue sul pavimento, mentre con la sinistra strascicava il corpo esanime di una delle guardie. Lo accompagnava un enorme ghrourzak, un lupo famelico delle terre del nord; le sue zanne acuminate brillarono mentre aprì la bocca ringhiando.

«Malkaj!!»

Un grido di terrore rimbalzò tra le mura, accompagnato dallo sbigottimento generale. Tutti conoscevano la sua storia divenuta quasi leggenda. Malkaj era il figlio di Golkàn, un Lachvain appartenente al clan di Silaj. Il padre era stato un prode guerriero, ma col tempo la superbia lo aveva accecato fino al punto da voler diventare il capo della tribù. La sua indole focosa però, gli attirò l'inimicizia della maggior parte degli anziani che gli preferì Kusaj, padre di Silaj. Golkàn non accettò mai quella decisione e decise di vendicarsi cancellando la discendenza di Kusaj. Attirò così la moglie e il figlio ancora piccolo in una trappola ma non riuscì nel suo intento. Kusaj, infatti, salvò i suoi cari e Golkàn fu esiliato nelle desolate terre del Noren, dove vivevano i Raukaur. Lì avrebbe passato il resto della vita, sempreché fosse sopravvissuto alle intemperie e alla brutalità di quelle belve. Golkàn tuttavia riuscì a cavarsela e si unì a una femmina raukar che gli partorì un figlio, Malkaj per l'appunto. Nel corso degli anni Golkàn instillò nel piccolo tutto l'odio possibile nei confronti del suo popolo e gli fece promettere sul letto di morte di essere vendicato. Malkaj aveva imparato la lingua del padre e, a differenza dei Raukaur, di solito viveva ramingo, accompagnato solo dal suo lupo. Era d'indole violenta e nessuno aveva il coraggio di avvicinarlo per la sua cattiva fama. I tempi però erano ormai maturi; Asman conosceva le sue vicende e lo considerava la persona ideale per i suoi scopi.

«Che cosa ci fa qui questo mostro?» Gridò qualcuno

dei presenti indicando il nuovo arrivato.

Asman sorrise. «È venuto a prendersi ciò che gli spetta.»

«Mai!» Urlò uno dei capiclan gettandosi contro Malkaj, subito seguito dai suoi guerrieri; non fece però in tempo a muovere due passi che la scure del mezzosangue gli sfondò il petto. Un altro Lachvain fu assalito dal ghrourzak che lo addentò al collo, strappandogli la carotide e un fiotto di sangue schizzò sul pavimento tra gli sguardi inorriditi dei presenti.

Subito dopo la porta cadde in frantumi sotto l'urto di una possente ascia; due Raukaur neri e pelosi con le pupille infuocate entrarono gridando, accompagnati dai loro ghrourzaik ringhianti. Fu un massacro: d'istinto i Lachvaian si gettarono su quelle belve ma furono subito respinti e decimati in pochi istanti dai colpi degli avversari o dagli artigli dei loro lupi. Il pavimento era ormai ricoperto dai cadaveri insanguinati.

«Basta! Basta!» Gridò Asman e come per magia tutti si arrestarono.

«Fermatevi stupidi idioti Lachvaian! Non sono venuto per uccidervi, fermatevi! Non avete alcuna possibilità di resistermi! Deponete le armi!»

Gli scampati si guardarono l'un l'altro esitanti, poi uno alla volta lasciarono cadere le loro spade e abbassarono lo sguardo in cenno di resa. Sul salone calò un lugubre silenzio.

Asman allora riprese: «Bene, molto bene, così va meglio… Allora, come vi dicevo, sono venuto per chiarirvi alcuni aspetti che hanno a che vedere con l'elezione del vostro capoclan. Sappiate questo innanzitutto; Varanis è al corrente di quanto sta accadendo qui. Da poco tempo infatti, sono il suo consigliere personale e ho carta bianca su tutte le decisioni che si dovranno prendere d'ora in poi. Quindi, chiunque oserà sfidarmi ancora, sappia che si sta mettendo contro il tiranno di Urwan!»

Asman parlava scrutandoli uno ad uno ma nessuno osava più alzare la testa; erano ormai tutti in suo potere.

«Ora, ascoltate bene che cosa voglio da voi!»

CAPITOLO XIV

Il viaggio di ritorno verso Afdhal si rivelò per Arvaj molto più duro dell'andata: dopo essersi scambiati promesse di eterna fedeltà in quell'ultima notte trascorsa insieme, i due innamorati dovettero separarsi seppur controvoglia. Il Lachvain prima dell'alba lasciò la rocca con la morte nell'anima; ogni passo che lo allontanava da Eleanor, sentiva sbriciolarsi un pezzo del suo cuore. Aveva sempre deriso i suoi amici, quando li aveva visti perdere la testa per una donna ed ora si ritrovava lui in quelle stesse condizioni. Maledisse quel vecchio awax vaimar e le sue premonizioni; era stata senza dubbio l'occasione meno indicata per presentarsi e rivelargli quel genere di notizie.

E se poi si fosse rivelato tutto un abbaglio? Poteva essere… ma poteva anche essere il contrario.

L'unico modo per scoprirlo era accertarsene di persona. Avrebbe mai potuto abbandonare suo fratello e la sua gente nel momento del bisogno? Sarebbe tornato però… una volta finito tutto sarebbe di sicuro rientrato a Xantios.

Il bel tempo e il vento favorevole resero la navigazione veloce e gradevole. Arvaj si accorse con immenso piacere di non soffrire più il mal di mare, forse perché ormai quell'elemento era diventato parte di lui. Nel corso del viaggio, tuttavia, in più di una circostanza ebbe la sensazione di essere spiato. Si guardò intorno varie volte, girò la nave in lungo e in largo ma non ebbe modo di riconoscere nessuno, né tantomeno scorse elementi sospetti a bordo. Eppure, era sicuro di non sbagliarsi… Un sesto senso affinato nel corso degli anni, lo induceva a pensare che quel Valdor fosse proprio lì, anche se non riusciva a vederlo. Dopo cinque giorni di navigazione poté di nuovo ammirare con i suoi occhi la variopinta e caotica cittadina portuale. Terminate le operazioni di sbarco, Arvaj si lasciò dietro il resto della ciurma; voleva infatti allontanarsi quanto prima da tutto quel trambusto. Anche altre imbarcazioni erano attraccate da poco in rada e ovunque era un via vai di gente occupata a trasportare merci e generi alimentari. Si girò dietro ancora una volta per sincerarsi di non essere seguito e poi s'intrufolò in una delle rumorose vie del centro abitato, dove l'atmosfera era sempre la stessa. Una ressa di persone affollava le stradine senza una meta apparente e l'aria era satura di un forte odore di pesce fritto che usciva dalle taverne; insomma, non era certo l'ambiente ideale per uno come lui abituato a vivere scorrazzando sui lamash nelle immense praterie del Noren. Si portò la mano al collo per allargarsi la giubba; infatti gli mancava il respiro e soprattutto il tranquillo periodo di convalescenza sull'isola di Xantios. Il volto di Eleanor poi... Quello non lo avrebbe mai dimenticato... Sospirò, si fece forza e tirò dritto verso il centro della città. Era sua intenzione comprare un cavallo in modo da raggiungere Elevar prima possibile; da lì sarebbe ripartito insieme ai suoi compagni alla volta delle grandi pianure. Nella capitale degli Adamaint, inoltre, avrebbe avuto notizie fresche su quanto stava accadendo.

Era circa mezzogiorno e faceva molto caldo; stava attraversando una piazza circolare lastricata con grosse pietre chiare ben levigate, quando avvertì una voce conosciuta provenire da un viottolo laterale.

«Andatevene via, sporchi mocciosi o ve la farò vedere io!»

Si girò di scatto e scorse, buttata per terra sul fianco, la robusta sagoma di un uomo dai capelli rossi in mezzo al sudiciume; una schiera di ragazzini lo stava schernendo lì accanto.

«Non è possibile! Stento a crederlo... Ma è Teirios!» Esclamò Arvaj strabuzzando gli occhi.

A prima vista l'Adamant pareva davvero ubriaco. Arvaj allora si diresse verso di lui e, avvicinatosi, ebbe conferma dei suoi sospetti. Sì, era proprio Teirios! Dopo aver scacciato i monelli che lo angariavano, Arvaj gli s'inginocchiò accanto e lo strattonò con garbo.

«Teirios, che ci fai qui conciato in questo modo?»

Questi sollevò lo sguardo confuso, agitando con la mano destra un grosso fiasco di vino ormai vuoto da un pezzo e fissò il Lachvain borbottando qualcosa difficile da comprendere.

«Sì, è proprio ubriaco...», costatò Arvaj disgustato, girando il viso per evitare l'alito dell'amico. Quindi, dopo aver scosso la testa, si fece coraggio: lo sollevò da terra e lo trascinò a fatica fino al fontanile al centro della piazza; infine, con uno sforzo immane, lo scaraventò dentro, mentre una folla di curiosi si era intanto accalcata tutt'intorno.

Al contatto con l'acqua l'Adamant strepitò.

«Maledizione, ma che cosa stai facendo?»

«Cerco di darti una ripulita... Puzzi come un maiale!» Rispose l'altro.

Teirios imprecò e fece per andargli addosso ma Arvaj lo prese per la testa e l'immerse tutto nel lavatoio; l'Adamant ora si dimenava furioso ma non riusciva a tirarsi fuori. Quella scena durò un po', finché Arvaj si accorse che Teirios, con il capo sempre sott'acqua, cominciava ad avere difficoltà a respirare; solo allora lasciò la presa. L'altro uscì a fatica dal fontanile tossendo e sputando dappertutto, tra le risa e il clamore dei presenti che accorrevano sempre più numerosi da ogni parte.

«Maledizione! Ma che cosa volevi fare? Uccidermi?» Gridò Teirios furibondo e, una volta ripresosi, si gettò rabbioso contro il Lachvain.

Tuttavia, non fece neanche due passi che si trovò la punta della spada di Arvaj alla gola. «Ora basta! Ho già perso troppo tempo qui, non mi costringere a usare le maniere forti... Cerca di rientrare subito in te stesso o farò fatica a ricordarmi che un tempo abbiamo combattuto insieme!»

L'altro digrignò nervosamente i denti, ancora non del tutto sobrio.

«Fermi tutti! Fate largo! Che diamine sta succedendo qui?»

La voce stentorea colse tutti di sorpresa. Dietro le loro spalle comparvero due soldati di Arvor che, richiamati da quell'assembramento, erano scesi da cavallo e si erano subito avvicinati ai contendenti.

«Nulla di grave, mio signore, solo uno scambio di opinioni tra due vecchi amici che non si vedevano da tanto tempo.», rispose Arvaj.

«Avremo modo di appurarlo nelle sedi opportune! Ora però, getta la spada a terra e fatti da parte!» Sentenziò minacciosa una delle guardie.

Arvaj si girò verso Teirios rimproverandolo: «Hai visto che cosa hai combinato? Se mi davi subito retta invece di alterarti inutilmente, tutto questo non sarebbe accaduto!»

L'altro allora, amareggiato per il suo comportamento, quasi per scusarsi, diede un'occhiata d'intesa al compagno. Si avvicinò barcollante ai due soldati e, quando questi meno se lo aspettavano, assestò un pugno sul cranio al più vicino che cadde a terra tramortito; poi sollevò l'altro con entrambe le mani e lo fece volare nella vasca.

Quindi, voltatosi verso Arvaj, urlò a gran voce: «Via, fuggiamo con i loro cavalli!»

Così, gettando a terra chiunque cercasse di ostacolarli, saltarono in groppa ai due destrieri e in men che non si dica, corsero via al galoppo per le strade di Afdhal, suscitando le ire di tutti quei poveretti che ebbero la sventura di trovarsi sul loro percorso.

Cavalcarono a più non posso finché furono a debita distanza dalla città. Ogni tanto si guardavano indietro nel timore di essere inseguiti. Per almeno un altro paio di siklein proseguirono ad andatura sostenuta, attraversando le vallate coltivate a grano ormai maturo, finché giunsero presso una stazione di posta. L'edificio, interamente in pietra su due piani, era stato costruito sul lato destro della strada. Aveva un unico ingresso che permetteva di accedere a un locale adibito al ristoro dei viaggiatori; tramite una scala interna si saliva al piano superiore, dove erano ubicate le stanze per i viandanti. Nel retro di fronte al cortile c'erano le scuderie, una bottega del maniscalco e il deposito dei bagagli. In mezzo al piazzale sostava il carro di un venditore ambulante che in quel momento stava seduto sul cassetto a sonnecchiare. Era un pomeriggio afoso e faceva un gran caldo; Teirios allora si dette una rinfrescata all'abbeveratoio vicino all'ingresso. Poi, dopo aver cambiato i cavalli, i due ripartirono subito, nonostante i pressanti inviti del padrone della locanda, un uomo alto magrolino dalla barba appena accennata, che li aveva invitati a mangiare un boccone. Entrambi volevano mettere più distanza possibile tra loro e Afdhal.

Quella sera, subito dopo il tramonto, si fermarono in cima a una collina, nascosti tra gli alberi. Non avevano avuto modo di chiacchierare nel corso del viaggio presi com'erano nella loro fuga. Non accesero il fuoco e, dopo una parca cena a base di pane e formaggio, addolciti con alcune succulente ciliegie raccolte su un albero lì vicino, Arvaj prese la parola dicendo: «Se non sono indiscreto... potrei ora sapere che cosa ci facevi ad Afdhal ridotto in quello stato?»

Teirios si aspettava già quella domanda e aveva anche abbozzato alcune risposte nella sua testa ma nessuna l'aveva convinto in pieno; per cui, affranto e a capo chino, raccontò a fatica quanto era accaduto dal loro precedente commiato.

Arvaj ascoltava con attenzione e ogni tanto scuoteva la testa; quando poi l'Adamant narrò della dipartita di Gherson, commentò il tutto battendo la mano sulle ginocchia. «Non è possibile! Roba da non crederci! In quest'ultimo mese la nostra vita si è completamente stravolta...»

Considerava ovviamente con nostalgia anche la sua storia d'amore con Eleanor.

Sospirò, poi riprese: «Vartaxar non è più tra noi... Allora Valdor mi ha detto la verità.»

«Valdor? Anche tu hai conosciuto Valdor, l'awax vaimar?» Proruppe Teirios.

L'altro annuì. «Sì amico mio, l'ho incontrato a Xantios, fu proprio lui a mettermi fretta perché tornassi subito dalla mia gente.», terminò la frase curvando il capo.

Teirios si dette un pugno sulla mano sinistra. «Ecco perché quando partimmo da Khareem Vasta quel vecchio stregone non si trovava lì! Era venuto a cercarti.»

Solo ora si era reso conto di quel particolare; d'altra parte le vicende degli ultimi giorni lo avevano così sconvolto che non si era soffermato più di tanto su quel dettaglio.

Arvaj tornò a fissare il compagno.

Teirios allora, quasi vergognandosi, riprese a fatica il suo racconto con voce rotta dalla commozione. Rivelò i propositi della sua regina e quanto gli avesse ordinato di portare a termine fino alla rovinosa caduta di Tamar giù dal pendio.

«Questa vicenda mi disgusta fino alle budella... Ti giuro però, non l'avrei mai uccisa per nessun motivo al mondo! Avevo fatto una promessa a Gherson... Volevo solo parlare con la ragazza e trovare una soluzione... Però c'è stato un equivoco... lei ha capito male ed è scivolata. Quando infine è intervenuto Ramson e mi ha intimato di andarmene con quel pezzo di stoffa intriso di sangue, io non ho retto! Sono fuggito perché ero completamente fuori di me... Arvaj, dovevi vedere l'espressione di Ramson... faceva proprio paura!»

Scosse la testa tra le mani, singhiozzando come un bambino.

«...Sulla via del ritorno poi incontrai Garund che alla fine mi aveva raggiunto e gli diedi un fagotto dove avevo nascosto quel maledetto brandello... Gli raccontai della disgrazia, senza però spifferargli le crudeli intenzioni di Ainousa. Gli ordinai invece di consegnare quel pacco alla regina, raccomandandogli di non aprirlo prima per nessun motivo, perché io non sarei più rientrato con lui a Elevar. Quindi, ci separammo, anche se Garund non comprese il motivo di questa mia ultima decisione. D'altronde, come dargli torto... Io però mi facevo schifo e volevo rimanere da solo. In seguito, ho raggiunto Afdhal, sperando che cambiare aria mi avrebbe aiutato a dimenticare ma... come hai potuto costatare, non è servito a niente; anzi, ho solo peggiorato la situazione.»

Trascorsero alcuni attimi di silenzio, poi Teirios riprese a bassa voce: «Arvaj, io mi faccio davvero schifo. Questa è l'unica verità. Nella mia vita ho visto un mare d'ingiustizie, ma me ne sono sempre fatta una ragione, non sono nato ieri, commettere però una porcheria del genere proprio a Gherson... No! è troppo pure per la mia coscienza! Lo siamo andati a scovare a Isador, quando viveva in quella valle sperduta come il più miserabile dei pastori e non si è negato, pur sapendo i rischi cui sarebbe andato incontro. Lo abbiamo visto piangere insieme la morte della moglie... ti ricordi? Ha poi salvato il mio popolo e si è sempre prodigato per tutti e questo è stato il ringraziamento. No! Mi dispiace, non lo posso accettare! E soprattutto... mi sento responsabile in prima persona di questa ingiustizia. Avevo dei doveri nei suoi confronti e non li ho assolti! Tutte le notti ho sempre lo stesso stramaledetto incubo! Gherson mi sta di fronte e mi chiede di riportare a casa quella ragazza. È come una spada che mi lacera dentro, ho fallito... ho fallito miseramente! Se dovesse mai tornare un giorno, non riuscirei più guardarlo negli occhi. Meglio morire piuttosto che affrontarlo!»

Terminò la frase sempre più avvilito.

Arvaj non rispose subito ma rimase a meditare le parole dell'amico.

«Che rapporto c'era tra questa ragazza e Gherson?» Domandò infine.

«Non sono in grado di risponderti con certezza... non abbiamo avuto modo di parlarne, però, dal modo in cui Tamar lo guardava, di sicuro tra i due doveva esserci qualcosa di più che una semplice amicizia. Comunque, non è questo il punto. La verità è che io l'ho tradito... e basta!»

Arvaj, per nulla turbato da quest'ultima affermazione, portò con calma la mano al mento e infine azzardò un'ipotesi: «Ma tu sei davvero sicuro che la ragazza fosse morta?»

Teirios alzò la testa con gli occhi ben aperti e rispose: «Non dava cenno di vita... non rispondeva ad alcuno stimolo, capisci? E poi... c'era tutto quel sangue!»

Arvaj lo interruppe subito: «Però è pur vero che anche Gherson fu ferito a morte. Guarda caso anche in quell'occasione comparve Ramson che lo salvò in modo, potremmo dire quasi prodigioso, non è vero?»

Teirios annuì; un barlume di speranza comparve sul suo volto.

Il Lachvain continuò risoluto: «Io non sono per nulla convinto che la ragazza abbia lasciato questa valle di lacrime. Lo sarò solo quando la vedrò sepolta sotto un cumulo di terra; quindi, fino a prova contraria, se i fatti stanno come dici, non sei colpevole di un bel niente. Sono state le circostanze a esserti sfavorevoli.»

«Ti giuro che è andata proprio così!» Confermò l'altro d'impeto.

Questa nuova prospettiva della realtà, decisamente più allettante, cambiò tutto d'un colpo l'umore di Teirios. La disperazione degli ultimi giorni si diradò improvvisamente come nebbia al sole e l'enorme peso che gli gravava sulla coscienza si sgretolò all'istante, tanto che l'Adamant avanzò subito una proposta: «Andiamo subito a Khareem Vasta e cerchiamo Ramson: dobbiamo capire come stanno davvero le cose.»

Arvaj scosse il capo. «No amico mio, non avrebbe senso... Può essere che il vecchio sia ancora lì, ma non ne sarei così sicuro... Se questa Tamar è viva, l'avrà di sicuro nascosta chissà dove per proteggerla da occhi indiscreti, come fece a suo tempo con Gherson. Il nostro compito invece è tornare a Elevar. Tu hai sempre una famiglia e comunque, dovrai chiarirti con la tua regina; io devo ricongiungermi ai miei uomini e raggiungere la mia tribù. Non abbiamo più molto tempo da perdere, concordi?»

Teirios si fermò a riflettere sulle parole del compagno e alla fine si arrese all'evidenza: Arvaj aveva ragione. Allora si alzò in piedi e gli si avvicinò per abbracciarlo. «Oggi ho capito che sei davvero un amico e che posso fidarmi di te! Ti ringrazio per le parole che mi hai detto.»

Il Lachvain, senza pensarci troppo, contraccambiò il gesto con una pacca sulla spalla. «Bene, basta coi rimorsi, specialmente per colpe non tue! Allora è deciso! Domani torneremo a Elevar… e se poi non vorrai più servire la tua regina, sarò felice di portarti con me nel Noren; avrò certamente bisogno di un valido aiuto, dato che non potrò contare su Gherson almeno per un po'.»

«Già, anche a me manca da morire! Vorrei proprio sapere che cosa sta combinando…», mormorò Teirios.

L'altro annuì triste: «Lo dici a me… Una volta che l'avevo ritrovato, mi è stato portato via di nuovo. Chissà in quali guai si starà cacciando…»

Terminata la discussione, i due si distesero sull'erba e si addormentarono. Arvaj non subito, però: si attardò a guardare le stelle luminose in quel cielo limpido con una segreta speranza nel cuore.

"Forse anche Eleanor in questo momento le sta mirando dalla sua finestra…"

Rigaan, la più brillante tra tutte, sembrò annuire con un improvviso bagliore.

«Portale un messaggio…», le sussurrò Arvaj in un respiro, «…tu che ci guardi dall'alto, dille che l'amo. Diglielo, ti prego!»

Una leggera brezza notturna portò via con sé quella

richiesta e gli astri si commossero; la loro luce diede nuova speranza ai due innamorati separati da quell'infelice
destino.

Il mattino seguente Teirios e Arvaj ripresero celeri il
loro viaggio verso Elevar. Sostavano solo lo stretto necessario, di solito in località poco conosciute, in modo da
cambiare le loro cavalcature e fare provviste. Di rado par-
lavano con gli abitanti del luogo, se non per avere qualche
dettaglio in più sul percorso da seguire. Questi ultimi, per
quanto curiosi, non erano granché propensi a intrattener-
si con quei due stranieri: dall'aspetto parevano persone
poco raccomandabili e dai loro modi sbrigativi sembrava avessero qualche demone alle calcagna. Mangiavano
sempre da soli, fermandosi lungo brevi corsi d'acqua e
dormivano all'aperto; le giornate peraltro erano splendide
e la temperatura estiva gradevole anche di notte. Fu così
che, quasi al tramonto del terzo giorno, si ritrovarono in
una piccola valle coltivata a grano. Proprio in mezzo sorgeva un casolare di legno, a destra del quale, lungo un
ameno corso d'acqua, si dispiegava un boschetto di larici.
Li allertò subito la vista di alcuni rapaci che volteggiavano
lugubri sopra il tetto. Si intrattennero allora a studiare la
situazione da lontano, seduti sui loro cavalli.

«Non mi piace...», commentò Teirios, scuotendo la testa.

«Mmm, andiamo a vedere...», mormorò l'altro.

Entrambi spronarono i destrieri verso l'abitazione con
gli occhi ben aperti, anche se in cuor loro già s'immagi-
navano il peggio. Mentre scendevano lungo il sentiero, i
loro timori si tramutarono in certezza: nessuno gli veni-

va incontro e nei prati contarono almeno una decina di carcasse di pecore sbranate di recente. Giunti nei pressi del cortile, smontarono dalle cavalcature e si accorsero che anche i cani da guardia erano stati ridotti a brandelli. Arvaj si chinò a terra e scorse strane impronte sul terreno mai viste prima: terminavano con cinque lunghe dita, le cui estremità parevano uncinare il suolo; dovevano essere almeno una decina di individui.

«Che diavoleria è mai questa?» Grugnì Teirios.

Il compagno portò l'indice alla bocca per zittirlo e indicò l'ingresso della casa: l'uscio era spalancato e dall'interno proveniva un lezzo nauseabondo insieme a un fastidioso ronzio di mosconi. Si fecero coraggio ed entrarono tappandosi il naso con le mani. Nella penombra dell'abitazione apparve loro una scena raccapricciante, tanto che dovettero uscire subito tenendosi lo stomaco. Attaccati alle travi del soffitto erano ancora appesi quattro cadaveri sbranati, con tutta probabilità gli sfortunati abitanti del posto. I due corsero al pozzo alla sinistra dell'abitazione e vi si appoggiarono.

«Maledizione, non ho mai visto niente del genere!» Esclamò Teirios sconvolto.

Anche Arvaj scosse la testa. «Non me ne capacito neppure io...», si mise allora a osservare i dintorni.

«Che c'è?» Domandò l'altro.

Arvaj sussurrò a bassa voce: «Niente! Non ho visto e non ho sentito niente... e questo mi preoccupa; questa calma è irreale. Se gli animali non si fanno più sentire tra i larici, vuol dire che siamo nei guai amico mio. C'è qualcuno nascosto nel bosco e ci sta controllando.»

«Oh no... Maledizione!» Esclamò Teirios preoccupato.

Arvaj replicò: «Tranquillo, neanch'io voglio finire come quei poveretti. Ascoltami, non sappiamo quanti siano, anche se non credo più di una dozzina. Avviciniamoci con calma ai cavalli e poi ce la battiamo via come fulmini.»

L'amico approvò con un cenno del capo, mentre Arvaj sfilava imperturbabile l'arco corto dalla schiena e lo armava con una freccia. Si diressero quindi verso i loro destrieri, che ora apparivano insolitamente nervosi: qualche strano odore nell'aria li aveva infastiditi.

"Anche questo è l'ennesima conferma...", considerò il Lachvain.

Infatti, appena ebbero fatto cenno di montare sui loro quadrupedi, giunse dal boschetto un urlo agghiacciante. I due compagni si girarono d'istinto e i loro volti sbiancarono perché non avevano mai visto prima niente del genere.

Una decina d'individui si lanciò contro di loro strepitando. Erano orribili a vedersi: alti quasi quanto un uomo, gli arti lunghi e sottili, la cute glabra di un colorito grigio scuro. Le mani e i piedi terminavano in cinque lunghe dita affusolate con unghie aguzze simili ad artigli. Il capo era rasato al centro, mentre dai lati scendevano giù lunghe trecce; la faccia era scarna, gli zigomi prominenti e, l'espressione una vera e propria maschera d'odio con grosse sclere gialle e pupille nere puntiformi. Dalla bocca poi, ricca di denti acuminati, colava una saliva schiumosa e densa. Solo il torace e l'addome erano ricoperti con uno strano indumento che ricordava la cotenna di qualche enorme rettile di palude.

«Che cosa sono?» Proruppe Teirios, gli occhi sgranati, come se gli si fosse materializzato davanti il peggiore degli incubi.

«Non lo so... e non lo voglio neppure sapere! Vieni, fuggiamo via!» Gli fece eco il compagno.

Montando velocemente in groppa ai cavalli si dettero

alla fuga, mentre Arvaj scoccava la prima freccia che si piantò nell'addome dell'avversario più vicino. Questi, ferito, rallentò la corsa per poi tornare di nuovo alla carica anche se invano, perché un secondo dardo lo colpì al collo passandolo da parte a parte: questa volta cadde a terra senza vita.

«Corri Arvaj, andiamo!» Gridò Teirios, temendo che il Lachvain si attardasse ma per l'arciere, scagliare frecce in corsa al suo destriero, era un gioco da ragazzi.

In pochi istanti altre due saette solcarono l'aria, colpendo a morte un nuovo nemico. Una terza immonda creatura arrivò fin quasi a lambire gli zoccoli del cavallo di Arvaj ma questi lo fece ruzzolare al suolo con un calcione, mentre Teirios, scoccando un dardo dalla sua balestra, lo colpì in pieno petto. Una lancia sfiorò la testa dell'Adamant che, accortosene in tempo, riuscì a schivarla imprecando nel suo dialetto. Alla fine, si portarono a una ragionevole distanza di sicurezza: in lontananza udivano ormai solo le urla di furore e frustrazione di quegli esseri orrendi. Giunti in cima alla collina sul versante sinistro della vallata, si trovarono però di fronte l'ennesima sgradita sorpresa. Altre due di quelle mostruose creature li stavano aspettando lungo la via con le lance in mano.

«Mi sembrava troppo facile...», fu il sarcastico commento di Arvaj mentre incoccava due frecce e le scagliava nello stesso momento contro il primo degli avversari, ferendolo con entrambe al braccio destro; questi, ululando, lasciò cadere la lancia al suolo. Teirios nel frattempo, afferrata la sua picca, la scagliò contro il ventre dell'altro, infilzandolo da parte a parte. Lo sventurato cadde riverso a terra con un lamento simile a un guaito.

«Coraggio, ne rimane solo uno, diamogli addosso!» Gridò Arvaj, spronando il proprio destriero; lo stesso fece il compagno urlando a squarciagola. Ora il nemico era davvero poco distante e i due cavalieri correvano lungo il sentiero quasi in parallelo. Teirios sfilò il giavellotto dalla sella dell'amico e, mentre Arvaj scagliava l'ennesima freccia addosso al malcapitato, l'Adamant, bilanciando l'asta, lo raggiunse e gliela conficcò nell'addome. Il disgraziato morì sul colpo e i due continuarono la loro fuga a rotta di collo senza voltarsi più indietro. Quando poi furono certi di aver distanziato quelle furie dannate di parecchi verocron, decisero di fermarsi in cima a un colle in prossimità di un bosco di pioppi per far riposare i loro animali; peraltro anche loro erano madidi di sudore come i loro destrieri. Un gufo li osservava impassibile con i suoi occhi profondi dal ramo di un albero.

«Questa volta dobbiamo davvero ringraziare la nostra buona stella… non pensavo che gliel'avremmo fatta.», ansimò Arvaj ancora appoggiato al suo cavallo.

Si trattenne un attimo a riflettere, poi riprese. «Sta davvero accadendo qualcosa di grave su Arvhèia…»

L'altro, sedutosi su un grosso masso, lo ascoltava in silenzio mentre si asciugava la fronte.

Arvaj alzò il capo e, guardando il cielo ormai illuminato dal bagliore degli astri, continuò sempre sovrappensiero. «Qualche mente oscura è all'opera e temo che presto vedremo altre brutte sorprese.»

Teirios ammise sconsolato: «Quel vecchio stregone di Valdor ci aveva avvertito; qualcuno della sua setta stava tramando qualcosa. Non vorrei che ci fosse un nesso con la nostra disavventura, lo stesso Gherson ci aveva parlato di strani esseri che abitavano nelle paludi.»

«Già, invece ho paura che sia proprio così! Valdor lo aveva accennato pure a me; a questo punto credo anch'io che quelle orribili creature siano proprio gli Ulauar. Non c'è proprio da stare allegri. Non vedo l'ora di raggiungere Elevar, non mi trovo a mio agio da queste parti. Andiamo! A costo di romperci l'osso del collo cadendo in qualche anfratto, voglio attraversare il fiume Evron prima possibile!»

Poco distante tra il fogliame si udì uno strano fruscio e uno schianto improvviso di rami; uno storno di uccelli si alzò subito in volo. I due si guardarono all'unisono negli occhi e, balzati in sella, volarono via senza neanche chiedersi quale fosse stata la causa di quel frastuono.

Poco dopo una figura avvolta in un manto grigio comparve tra le frasche.

«Spiacente deluderti, mio caro principe, ma temo che non raggiungerai mai la tua meta. È solo questione di tempo… presto ti avrò nelle mie mani.»

Una tetra risata accompagnò le sue ultime parole e voltatosi verso il sentiero, si fermò ad attendere i suoi servi.

CAPITOLO XV

Quella stessa notte i due amici guadarono il fiume; erano ormai entrati nel regno di Adamant, il territorio era cambiato rapidamente d'aspetto; le verdi e ondulate vallate avevano lasciato il passo alla dorsale montagnosa che faceva da spartiacque tra i due reami. Era ancora buio quando decisero di fermarsi e accusavano ormai la fatica di quel lungo viaggio; non scorgendo nessuno nei dintorni, decisero di riposarsi un po' tra i ruderi di alcuni edifici militari costruiti vicino al confine secoli prima, quando ancora non correva buon sangue tra i due regni. Più tardi proseguirono lungo un sentiero che s'inerpicava tra i versanti rocciosi delle alture, snodandosi lungo i pendii erbosi lussureggianti di margherite, genzianelle, botton d'oro e ginestre. Ogni tanto si voltavano dietro per vedere se fossero seguiti, ma non scorsero nessuno in vista. Il cielo era limpido e un venticello gradevole accarezzava i loro volti. Le uniche forme di vita incontrate e che ogni tanto li scortavano incuriosite correndo tra le rocce, erano delle panciute marmotte, mentre da lontano alcune capre di montagna sedute su grossi massi, li osservavano girando il collo lentamente. Oltrepassato il passo di Lintaur nel primo pomeriggio, entrarono in un ampio pianoro erboso invaso da ranuncolacee color zafferano e papaveri rossi, dove stava pascolando un gregge di pecore. Le rocce di questa valle sospesa tra i monti limitrofi avevano una caratteristica tinta verde striata d'azzurro. Al centro vi era un laghetto circolare profondo almeno una decina di diacron dall'intenso blu scuro. Alla sinistra del corso d'acqua sorgeva un po' più in alto il casolare del pastore, ora in piedi vicino all'ingresso con la mano sulla fronte per proteggersi dai raggi del sole con lo sguardo proprio verso di loro. Anche i cani, accortisi dei nuovi arrivati, già stavano abbaiando nella medesima direzione. I due compagni costeggiarono la sponda del lago e raggiunsero l'abitazione scortati dai cani, che ora annusavano insospettiti i due stranieri.

La costruzione rettangolare era su due livelli. Aveva la porta d'accesso sul lato lungo di fronte al lago e tre finestre al piano terra, adornate con tendine di stoffa beige: una era adiacente all'ingresso, la seconda dalla parte opposta, la terza guardava verso il fondovalle. Il pavimento era di legno e il camino occupava gran parte della parete corta che dava verso il passo. Una scala di legno, di fronte all'entrata, conduceva alle stanze da letto.

«Buon pomeriggio Lucas...», esordì Teirios che evidentemente conosceva il pastore, un uomo sulla trentina con la barba folta e scura come i suoi capelli.

«Tutto a posto da queste parti?»

L'altro assentì scuotendo il capo e ordinò ai suoi fedeli amici a quattro zampe di tornare a cuccia con un rapido cenno della mano.

«E la tua famiglia?»

«Tutto bene.», rispose lui.

Solo allora fecero capolino sull'uscio la moglie, una giovane donna dai capelli color rame con un piccolo di pochi mesi in braccio. Un altro bimbo di almeno tre anni con il naso lentigginoso era nascosto dietro la gonna grigia della madre. Ogni tanto la sua testa spuntava curiosa per poi scomparire subito intimorita, appena Teirios si voltava verso di lui per fargli l'occhiolino.

«Dalle facce che avete, sembrate proprio stravolti... Dovete aver fatto un lungo viaggio. Entrate e accomodatevi, questa sera sarete miei ospiti.»

Quelli, dopo un rapido cenno d'intesa, smontarono dai

loro cavalli e varcarono l'ingresso dell'abitazione. Arasia, questo era il nome della donna, versò loro due tazze di latte, poi andò a prendere la legna per accendere il fuoco nel camino. Nel frattempo Teirios domandò al marito se da quelle parti vi fossero state novità degne di nota, ma lui negò. Quando la moglie rientrò, il grosso ufficiale con le mani giunte al tavolo, dopo un lungo sospiro raccontò le loro vicende oltre il confine.

«Anche se siamo convinti di aver seminato quegli esseri malvagi, credo che vi convenga lasciare questo luogo prima possibile. Raggiungete il centro abitato più vicino, se non altro per salvaguardare la vostra incolumità: Virflan ad esempio, il piccolo villaggio nella vallata accanto, dove, se non sbaglio, vive tuo fratello.»

Lucas abbassò il capo preoccupato, poi si voltò verso Arasia china nei pressi del focolare e infine rispose: «Mi fido di te, so che dici il vero ma ormai è tardi per partire, tra poco tramonterà il sole. Non è semplice lasciare una casa così su due piedi, oltretutto con due bambini piccoli… Dateci almeno il tempo di organizzarci.»

S'interruppe un istante a riflettere, poi riprese. «… Bene, faremo in questo modo: mia moglie preparerà il necessario per la partenza mentre io radunerò il gregge e questa notte dormiremo qui. Sarebbe comunque pericoloso viaggiare con l'oscurità lungo i sentieri scoscesi di queste vallate. Domani con le prime luci dell'alba ce ne andremo. Il mio invito comunque rimane sempre valido… Anzi, se la situazione è questa, sarei più tranquillo se vi fermaste con noi stanotte.»

Teirios fissò Arvaj che non appariva del tutto convinto, ma alla fine anche il Lachvain cedette. Non ci voleva molto a capire che era nervoso e aveva una dannata fretta di raggiungere i suoi compagni: pernottare lì, sarebbe potuto essere un errore imperdonabile. Teirios invece la pensava in modo diverso: più si avvicinava a Elevar, più sentiva torcersi le budella; non aveva alcun desiderio di rivedere la sua regina e in fondo era anche comprensibile. In quelle ultime ore poi si era sempre più convinto di aver seminato gli Ulauar e ragionava tra sé con orgoglio. "In fin dei conti erano solo un piccolo gruppo e comunque hanno ricevuto una bella lezione! Saranno pure orribili a vedersi, ma alla fine sono vulnerabili come chiunque!"

Così per tutto il resto del pomeriggio, mentre i padroni di casa si affaccendavano nei preparativi della partenza, Arvaj, appoggiato al muro dell'abitazione con le braccia conserte, non staccò mai gli occhi dal valico da cui erano provenuti; all'orizzonte però non comparve nulla di sospetto. Tutto pareva tranquillo, tranne il suo animo; il suo istinto di guerriero non lo faceva stare sereno. Cenarono sul far della sera; Arasia aveva preparato una zuppa di verdure da leccarsi i baffi. I due ospiti gradirono anche diversi assaggi dei formaggi offerti da Lucas, il tutto ovviamente accompagnato da una copiosa misura di birra. Quando era ormai buio, Arvaj uscì ad accudire i cavalli; il cielo terso era illuminato a giorno dalle numerose stelle e dai raggi delle lune riflessi sulle onde del lago. Dopo alcuni istanti però, il guerriero richiamò l'attenzione di Teirios, che nel frattempo stava giocando col piccolo dal nasetto lentigginoso, ora a suo agio sulle enormi gambe dell'ufficiale. L'amico posò il bimbo sul tavolo e dopo un sordo brontolio si avvicinò al Lachvain.

«Dannazione! Me lo sentivo...», mugugnò Arvaj.

«Che succede?»

Arvaj indicò in alto lungo il sentiero. «Guarda laggiù! Tra quelle rocce... ombre!»

«Mm, le distinguo appena...», mormorò l'Adamant.

«Sono loro, quegli esseri stramaledetti! Si riconoscono male perché ben mimetizzati... Vedi laggiù? Stanno venendo giù lenti, tutti ricurvi in avanti.», additò di nuovo a bassa voce in mezzo alla pietraia.

«Quanti sono?»

«Direi otto.», rispose Arvaj girando rapidamente il collo.

«Che facciamo? Fuggire non servirebbe a nulla, ci raggiungerebbero comunque... Forse abbiamo un quarto di siklin di vantaggio...», commentò Teirios preoccupato.

L'altro lo guardò dritto negli occhi. «Sta bene! Ce la giochiamo qua, vada come vada... Ho una mezza idea che mi frulla nella testa... Vai da Lucas e digli di portare la moglie e i figli al piano superiore e di barricarsi nella stanza da letto. Avvicina poi una scala alla finestra sul retro, potrebbe essergli utile in caso di necessità, casomai non riuscissimo a fermare quei bastardi; quindi vieni con me!»

Il silenzio era calato sulla valle. Il pastore, come da accordi, aveva chiuso i cani insieme alle pecore nella stalla e si era poi trincerato con i suoi cari al primo piano.

Ombre malvagie, rese visibili soltanto dai raggi lunari, si avvicinavano minacciose alla casa guardandosi intorno circospette; solo il ringhio dei cani interrompeva quella calma irreale. Una di loro si approssimò all'ovile per zittirli, poi si udì il cigolio di una porta: gli Ulauar stavano entrando nell'abitazione. Era questo il momento; tutto sarebbe dipeso dalla rapidità e dall'effetto sorpresa. Teirios, rintanato nella stalla fra le pecore, fece scoccare un dardo dalla sua balestra e colpì al cuore l'Ulaur giunto a pochi passi di distanza; questi rimase impietrito con gli occhi sbarrati e cadde a terra, emettendo un sordo rantolio. Allora l'Adamant uscì di corsa dal suo nascondiglio e si diresse verso il retro della casa. Arvaj, scuritosi con la fuliggine del camino e fino a quel momento nascosto lungo la riva del lago, scagliò una prima freccia che colpì alla schiena un secondo Ulaur. Un grido lacerò l'aria, poi il nemico finì riverso al suolo. Gli altri si girarono verso di lui sbigottiti. Altre due saette solcarono l'aria e un terzo avversario morì sul colpo. Poi il lachvain balzò fuori correndo verso l'uscio con la freccia già incoccata sulla corda. Uno dei superstiti d'istinto chiuse la porta e i cinque entrarono nell'abitazione urlando come ossessi. Nella foga tuttavia urtarono una lampada a olio che si ruppe cadendo a terra e il pavimento di legno prese subito fuoco. Dall'interno si levarono nuove urla di dolore; nel poco tempo avuto a disposizione Lucas e sua moglie, infatti, avevano gettato al suolo un'intera cassetta di chiodi. Teirios, giunto nel frattempo sul retro, gridò al pastore di calarsi dalla finestra insieme alla moglie e ai figli.

Nello stesso istante l'uscio si riaprì. Una freccia partì dall'arco di Arvaj e si piantò nel ventre del primo Ulaur già avvolto nel fumo, che cercava disperatamente di uscire. Due scuri volarono nell'aria senza colpire il Lachvain mimetizzato nel buio della notte. In quel mentre si udì un nuovo schianto sul lato opposto della casa, proprio dove si trovava Teirios; un'ombra saltò dalla finestra ma, ancora a mezzaria, fu trafitta dalla spada dell'Adamant. Lucas, sceso dagli ultimi gradini, dopo aver allontanato Arasia e i piccoli, prese un forcone appoggiato alla parete e infilzò un altro Ulaur che si stava gettando contro Teirios; anche il pastore sembrava spiritato con gli occhi fuori dalle orbite.

«Corri Teirios, presto!»

L'urlo di Arvaj riportò subito il compagno ai suoi doveri. L'Adamant lasciò cadere a terra la balestra e si gettò verso l'ingresso. Qui trovò il Lachvain che stava duellando con un avversario. L'Ulaur era agile e zampettava avanti e indietro, cercando di colpire Arvaj a più riprese con un coltello. L'ultimo ancora vivo, invece, si rotolava a terra avvolto tra le fiamme. Teirios, senza pensarci troppo, affondò la spada nel fianco di quello che stava combattendo con Arvaj e dalla ferita si sparsero al suolo le interiora. L'Adamant allora si avvicinò e gli staccò la testa dal collo.

«Avrei potuto finirlo anch'io.», commentò il compagno laconico.

Teirios lo fissò scettico e grugnì. «Allora perché mi hai chiamato? Pensa piuttosto a quello là!» Indicando l'ultimo Ulaur che si dimenava invano sbraitando, simile a una torcia. Arvaj prese la mira e lo centrò, ponendo fine alle sue sofferenze.

Anche la casa era ormai in fiamme e il suo bagliore rischiarava tutta la vallata.

Teirios si soffermò a studiare i corpi senza vita di quelle creature. «Che schifo! Ma da quale razza di posto sono stati vomitati? Guarda la lingua! È lunga e biforcuta come quella delle serpi...», sputando per terra lì vicino.

Arvaj diede un'occhiata all'abitazione, poi disse: «Avviciniamoli all'uscio, il fuoco farà il resto.»

Teirios obbedì seppur controvoglia. Completata l'ennesima fatica, esausti e ancora carichi di tensione, si sedettero lungo la riva del lago.

«Mm...», mugugnò alla fine Teirios osservando la costruzione andare a fuoco.

«Abbiamo combinato proprio un bel disastro... Dimmi

un po'... ora chi gliela ripara la casa al povero Lucas?»

Si grattò la barba girando il collo dall'altra parte; infatti, voleva evitare lo sguardo del pastore che fissava sconsolato i resti della sua povera abitazione insieme alla moglie.

Arvaj, come se nulla fosse, rispose: «Ma non glielo avevi già detto tu che sarebbe stato pericoloso continuare a vivere da queste parti? E comunque aveva ormai deciso di trasferirsi dal fratello... Di che ti preoccupi?»

Teirios lo squadrò con sarcasmo. «Più ti conosco e più mi ricordi il tuo caro amico urwain... Dimmi un po'... eravate già così carogne da piccoli o vi ci hanno fatto diventare?»

Arvaj ammiccò al compagno e, senza ulteriori commenti, i due se la risero della grossa come monelli che ne avevano appena combinata una delle loro.

Con le prime luci dell'alba si misero tutti in cammino insieme al gregge. Raggiunto il fondovalle, costeggiarono per un breve tratto una parete rocciosa a strapiombo, per poi entrare in un nuovo vallone. Da qui il sentiero scendeva giù in mezzo ad un prato tinteggiato da garofanini, genzianelle e gigli di montagna per poi dividersi in due tronchi: il primo a sinistra, che puntava a Soren, il secondo più a Noren verso la capitale. I due guerrieri si separarono qui dalla famiglia di pastori, intenzionata a raggiungere quanto prima i propri parenti.

Teirios, nel salutarli, fornì loro alcune raccomandazioni: «Ricordatevi di dare l'allarme alle fattorie che incontrerete lungo la strada e dirigetevi anche voi a Elevar appena possibile. Fate capire alla gente che non potranno difendersi da soli contro quei mostri. Almeno per il momento queste valli non sono più un posto sicuro.»

Lucas assentì scuotendo il capo.

«Ci sarà da stare tranquilli?» Domandò infine l'Adamant ad Arvaj grattandosi il collo, mentre osservava il gregge che si allontanava.

L'altro titubante fece una smorfia con le labbra. "Speriamo bene!" Pensò alzando gli occhi al cielo.

Decisero quindi di riprendere il cammino seguendo la via che costeggiava sinuosa a mezz'altezza la parete della montagna; il sentiero saliva lento fino al passo che raggiunsero nel primo pomeriggio. Di tanto in tanto qualche sparuto nembo faceva capolino in cielo, nascondendo per pochi attimi i caldi raggi del sole. Su in alto volava un'aquila che pareva accompagnarli da lontano scrutando i loro movimenti, mentre tra le rocce le marmotte fuggivano via, spaventate dall'incedere di quegli intrusi. Dal passo di Vairon, così si chiamava, i due ammirarono il nuovo panorama: sotto i loro occhi si apriva una nuova valle oblunga, formatasi nelle ere passate in seguito all'erosione di qualche ghiacciaio. Più in basso due minuscoli laghi comunicavano tra loro attraverso rumorosi torrenti.

Teirios indicò con la mano il fondovalle. «Una volta superato il secondo lago, risaliremo fin lassù in cima; dall'altra parte si trova la residenza di caccia dei re.»

L'altro annuì: «Finalmente! Sono paesaggi splendidi, ma non sono adatti a uno come me abituato a cavalcare nelle pianure.»

L'Adamant si girò verso l'amico. «Ti capisco... ora andiamo però, la parte iniziale della discesa fin quasi al primo lago dovremo farla a piedi: come vedi, non c'è sentiero e la pietraia sotto di noi è molto ripida; stiamo attenti a non azzoppare i cavalli.»

Così fecero: a metà pomeriggio raggiunsero il lago più alto, dove si fermarono per una breve sosta, poi ripresero il cammino verso il secondo, scavallando un torrente nei pressi di un colletto erboso. Di tanto in tanto si voltavano indietro per vedere se fossero seguiti ma, a parte una capra e qualche uccellino che svolazzava lungo i prati, non scorsero anima viva.

Il sole era ormai tramontato quando oltrepassarono il secondo lago. L'aspetto del paesaggio era abbastanza monotono: un ammasso di pietre miste a cespugli d'erba, nei quali spiccavano il giallo delle ranuncolacee e il fucsia intenso dei rododendri; il sentierino si riconosceva a fatica.

«Penso sia il caso di fermarsi, tra poco non si vedrà più nulla.», suggerì Arvaj.

L'Adamant annuì e indicò un grosso masso.

«Poco più avanti c'è una piccola radura con un ruscello che vi scorre in mezzo: ci accamperemo lì.»

Scesi dai loro destrieri, si apprestarono per il bivacco. Non accesero il fuoco per evitare di essere visti da lontano, si sedettero e mangiarono quel po' di pane e formaggio che era loro rimasto.

Teirios, disgustato, sbuffò brontolando: «Meno male che è finita... domani arriveremo alla dimora di caccia e ci gusteremo un bel cosciotto di cinghiale; solo a pensarci mi viene l'acquolina in bocca.»

Arvaj non rispose, osservava il suo cavallo insolitamente nervoso; cresciuto sin da piccolo con i quadrupedi, conosceva molto bene il loro carattere.

«Che hai... non sei d'accordo con i miei gusti?» Domandò l'amico, incuriosito dal suo silenzio.

Arvaj portò l'indice della mano alla bocca per zittirlo e rivolse lo sguardo verso il sentiero illuminato dalla luce di Mineas e Lantàra e da qualche sparuta lucciola che, timida, cominciava a comparire nel buio della notte. Teirios si alzò anche lui. Furono attimi interminabili e tutto si fece ancor più cupo e silenzioso; anche il frinire delle cicale era cessato.

Ed ecco che in fondo al sentiero spuntò una sagoma scura, incappucciata, con un bastone in mano che procedeva lentamente. Arvaj armò l'arco, mentre l'amico afferrò la balestra.

«Chi va là? Chiunque tu sia, fatti riconoscere!» Domandò Teirios.

I denti dello sconosciuto, che non accennava a fermarsi, brillarono tra le labbra socchiuse.

«Ora basta! Un altro passo e sei morto!» Urlò di nuovo Teirios.

Quello, ormai a poca distanza, arrestò i suoi passi. «E vorresti uccidermi tu, omaccione?»

Poi sorrise in modo ironico e, dopo un colpetto di tosse, riprese: «Stai calmo barba rossa, non sei tu che voglio! Cerco uno straniero… un principe lachvain e credo anche di averlo trovato.», terminò indicando Arvaj.

Questi s'irrigidì ma non rispose.

L'incappucciato allora gli si rivolse in tono perentorio: «Sei tu Arvaj, il fratello di Silaj, già comandante delle tribù dei Lachvaian?»

Arvaj sembrava paralizzato ma Teirios ebbe la netta sensazione che fosse lo straniero a influenzare il comportamento dell'amico. Gli occhi dello sconosciuto, infatti, sembravano averlo ipnotizzato.

Teirios fece un passo in avanti, puntandogli minacciosamente la balestra contro.

«Lascialo stare, chiunque tu sia!»

Questi distolse per un attimo lo sguardo dalla sua preda e fissò l'Adamant seccato.

«Stai calmo, stupido ciccione! Te l'ho già detto, non m'interessi. Fatti da parte! Altrimenti dovrò occuparmi anche di te.»

Nello stesso istante la balestra volò via della mano di Teirios, sbattendo a terra più dietro.

Quel rumore sembrò riportare Arvaj nel mondo dei viventi.

«Chi sei?» Domandò rivolto allo sconosciuto.

«Asman è il mio nome, potente fra gli awox vaimer.»

Si sedette su un masso lì vicino, si scrollò il mantello di dosso e mostrò il suo volto smagrito e cereo. «È il momento di fermarti... la tua presenza lassù nel Noren non è più richiesta.»

Arvaj lo guardava interdetto.

«Povero piccolo uomo, quanta strada hai percorso inutilmente... sarebbe stato meglio se fossi rimasto a consolare la tua amichetta sotto le lenzuola; ancora non hai compreso? Ti facevo più perspicace. Ebbene caro, sarò io a darti la triste notizia... tuo fratello è morto.»

Arvaj si sentì gelare il sangue.

"Non è possibile... non è possibile!" Continuava a ripetere nella sua testa.

Asman sorridendo, riprese a parlare sempre più cinico: «Oh sì che è possibile... l'ho ucciso io! Sapessi, è stato più facile del previsto... e comunque ti garantisco che non ha sofferto molto. I tuoi compatrioti poi... non devi preoccuparti per loro, ci ho già pensato io. Ovviamente non sarai tu a governarli, il compito è già stato affidato a Malkaj e sono convinto che se la caverà molto bene.»

Tutto questo pareva un orribile incubo per Arvaj che continuava a scuotere la testa. «Non è vero... non è vero!»

«Oh sì che è vero... ed è giunto il tempo di pronunciare la parola fine anche alla tua inutile vita: adesso è il tuo turno, traditore del tuo popolo!»

«Maledetto assassino!» Gridò Arvaj, furente in volto ed estrasse la spada che portava al fianco, ma a un cenno di Asman anche questa volò via.

«Poveri idioti! Pensate davvero di...»

«Lasciali stare!»

Una voce decisa solcò l'aria dietro di loro. Apparve una figura umana avvolta in un mantello scuro. Teirios, dopo un primo attimo di smarrimento, la riconobbe. Valdor! Sì, era proprio lui.

«Hai finito di divertirti con questi poveri mortali? Vediamo se hai il coraggio di affrontare un tuo pari...»

Asman, irritato da quell'improvvisa apparizione, si morse le labbra e schiumò saliva dalla bocca.

Valdor ne approfittò facendo un cenno agli altri due. «Fuggite! Fuggite via e non voltatevi più indietro! Questo non è luogo per voi!»

Teirios e Arvaj esitarono un attimo; non erano soliti scappare lasciando qualcuno in difficoltà.

Valdor allora cambiò aspetto circondandosi di una fulgida luce, sguainò una spada dall'elsa dorata che aveva al suo fianco e con la punta toccò il terreno. Vi fu un boato e il suolo fu scosso come da un terremoto; tutti caddero a terra perdendo l'equilibrio: si era formata una profonda crepa larga almeno due diacron e lunga circa un galacron che separò i due amici da Valdor e da Asman.

«Vi ho detto di fuggire!»

Valdor li minacciò con lo sguardo e i due, montarono sui loro destrieri e fuggirono via. Nella radura rimasero così solo i due awox vaimer.

Asman ringhiò: «Non è stata una buona idea quella di affrontarmi vecchio pazzo... ma d'altra parte alla fine avremmo dovuto scontrarci.»

Valdor lo fissò contrariato negli occhi: «Mi hai deluso; non pensavo che saresti arrivato fino a questo... A tal punto è giunta la tua follia?»

L'altro fece una smorfia. «Povero vecchio... Tu sei il pazzo, se dici questo. Non sai quanto sia divenuto potente ma dovevo immaginarlo; se te ne fossi accorto, non saresti qui a sfidarmi.»

«Sei troppo sicuro di te.», ribatté Valdor.

Per tutta risposta Asman alzò le braccia al cielo gettando il bastone di lato e sembrò crescere a dismisura, mentre una nube scura li sommerse.

«Che intenzioni hai?» Gridò Valdor protetto da una fioca sfera di luce.

Asman sorrise sarcastico: «Gli anni trascorsi a Khare-em Vasta ti hanno annebbiato la vista; sei proprio caduto in basso vecchio mio.»

Valdor, mantenendo la calma, rispose: «Perché hai deciso di schierarti con il nulla quando avevi tutto?»

«Questo è quello che pensi tu povero sciocco, è proprio perché non avevo niente che ho deciso di prendermi tutto.» Asman sembrava sicuro di sé.

«Davvero? E che cosa pensi di averne in cambio?»

«Perché a te è stato dato qualcosa?»

«Sì, la possibilità di collaborare alle sorti di questo mondo.»

Più trascorreva il tempo, più Valdor faceva fatica a parlare, perché doveva tenere a bada con tutte le sue forze quell'atmosfera malvagia che lo circondava. Sì, Asman era divenuto un avversario davvero temibile...

Si morse il labbro per il disappunto. "Che idiota a non accorgermene prima…", ma l'altro lo lesse nel pensiero e subito rispose con orgoglio: «Non mi hai scoperto perché sono stato bravo io a ingannarti. Tessevo le mie trame in gran segreto e circondavo le paludi con i miei incantesimi. Le rendevo impenetrabili ai tuoi pensieri, lasciandoti immaginare che tutto fosse inalterato, anzi andasse meglio, così da non destare sospetti… Che c'è? Sei sbalordito se leggo anche nella tua mente?» Terminò con una fragorosa risata.

Valdor sospirò.

Asman percepiva che l'avversario era in difficoltà e continuò imperterrito: «E che cosa ne hai ricevuto in cambio? Qualcuno ti ha mai ascoltato? Dimmi Valdor, in tutta onestà, che vita è la tua? Solo e ramingo a obbedire ai voleri di un Altro, a cercare di mettere pace e ricostruire quello che gli uomini hanno distrutto, sempre di nascosto… sempre senza un benché minimo riconoscimento.»

«Questo è il nostro compito.», rispose Valdor, convinto delle sue parole.

Asman allora tuonò tutto il suo disappunto. «No!!! Non più! Non più per me! Sono stufo di vagare per questo mondo a mettere toppe su un vestito lacero. È tutto inutile… La razza umana non comprende, sono degli stolti! Sei mai stato nelle paludi, Valdor? Che cosa c'è di buono là dentro?! Te lo dico io: niente! Per quanto le abbia girate in lungo e in largo, non ho trovato nulla che valesse la pena di vivere. Gli Ulauar? Peggio degli uomini! L'unica cosa che comprendono è il terrore e io ho imparato a infonderlo nei loro cuori.»

«E poi ti sei alleato con Varanis… Proprio un degno compare!» Continuò Valdor.

Asman lo guardò deluso. «Quanto sei stupido Valdor…

L'età ti ha proprio rammollito il cervello! Possibile che non capisci? Varanis è solo una pedina; lui mi serve per sconfiggere gli Adamaint, poi quando tutto il mondo sarà in nostro potere, invocherò Darkos e lo affrancherò dalle sue catene.»

Valdor impallidì. «Allora è proprio vero! Dunque la tua follia è giunta fino a questo!? Ma ti rendi conto di quello che dici?»

L'altro annuì come se nulla fosse: «Una volta che Darkos sarà libero, governeremo queste terre e da qui scateneremo guerra all'Universo intero.»

Valdor scuoteva la testa per il disappunto, non voleva credere alle sue orecchie: «Tu sei pazzo... Tu sei pazzo! Darkos governerà e tu sarai suo schiavo come tutti quelli che hanno creduto alle sue menzogne. E poi, quale guerra vorresti scatenare contro il Creatore dell'Universo? Tu sei un folle... Dimmi, come credi di sprigionare Darkos, sentiamo?»

Asman sogghignò. «Dovresti saperlo meglio di me... Il Libro della Vita! Lì troverò le arcane parole che, pronunciate come si conviene, libereranno il mio signore.»

Per Valdor questo era davvero troppo: divenne rosso in viso e strepitò: «Ora basta!!! Tu non lo avrai, non lo avrai mai!»

Dalle sue mani scaturì una scia luminosa che investì le tenebre e raggiunse Asman; quest'ultimo per un istante sembrò divorato dalle fiamme ma alla fine riapparve più vivo che mai.

Ancora una volta Valdor lo colpì ma Asman ne uscì illeso, il riso maligno sul volto. «Vedi, non puoi farmi nulla... I poteri del tuo Yrshar sono inutili, arrenditi all'evidenza, noi siamo più forti, noi abbiamo compreso le leggi che regolano l'Universo e le abbiamo migliorate: sorgerà un nuovo mondo, quello in cui io e Darkos regneremo sovrani.»

«Basta! Basta!» Urlò Valdor tappandosi le orecchie.

Ne aveva abbastanza di quelle frasi senza senso; si avventavano su di lui come frecce e lo ghermivano da ogni parte, cercando un punto debole da penetrare per distruggere le sue certezze. All'improvviso però, Valdor ebbe una smorfia di dolore e si guardò il calcagno. Lakùn lo aveva appena morso e ora gli stava ritto davanti, lo sguardo ostile.

«Ti sei dimenticato di lui...», sorrise sarcastico Asman e, approfittando di quell'attimo d'incertezza, diresse le sue braccia contro Valdor, che fu colpito da una luce infuocata e cadde a terra vicino al baratro creato poco prima.

Poi si avvicinò al vecchio ansimante con lo sguardo vittorioso. «Ti ho battuto, stolto! È giunto il tuo tempo. Prima di morire, sappi che farò come ti ho detto: molto presto andrò a Khareem Vasta, la distruggerò e prenderò il Testo Sacro; nessuno mi fermerà!»

Quindi sguainò la sua spada ancora nascosta dietro il mantello e l'avvicinò al collo di Valdor ormai senza forze.

Asman però non era ancora soddisfatto e aveva deciso di rincarare la dose prima di colpire a morte l'avversario. «Un'ultima cosa... non confidare in Ramson o in quella povera sventurata di Tamar, ah dimenticavo e in quell'altro cadavere che avete riesumato dalla valle di Isador! Anche loro sono sul mio libro nero e hanno i giorni contati... Lì troverò e porrò fine alle loro vite, per cui muori e senza speranza!»

Detto questo, alzò la lama per ucciderlo ma Valdor, piuttosto che cadere sotto i suoi colpi, con un ultimo sforzo si gettò nel dirupo, mentre la spada batteva il suolo invano. Asman urlò di frustrazione, poi avvinghiò Lakùn che tornò all'istante un legno inerte.

«Ben fatto servo fedele, ben fatto!» Quindi guardò giù verso le profondità del baratro, ma di Valdor non c'era traccia.

Allora colpì la superficie con il bastone e la terra, rumoreggiando, si saldò di nuovo chiudendo la crepa.

«Questa è la fine per chi osa intromettersi nei miei affari, povero pazzo!» Così dicendo, riprese il cammino con passo deciso, mentre il suo ghigno maligno echeggiava per tutta la vallata.

CAPITOLO XVI

Teirios e Arvaj corsero a più non posso quella notte, divenuta improvvisamente gelida e buia; una fitta coltre scura aveva oscurato le stelle. Più di una volta rischiarono di rompersi l'osso del collo ma uno strano alone di magia sembrava proteggerli, aiutando i loro destrieri a non inciampare tra le pietre. A un certo punto udirono un nuovo boato e la terra tremò ancora, per poco non ruzzolarono a terra. Non dissero neanche una parola ma accelerarono il passo. Ognuno, infatti, conosceva il pensiero dell'altro perché era anche il suo; entrambi si reputavano dei vigliacchi per aver lasciato Valdor da solo.

Con le prime luci dell'alba, quando erano ormai distanti, Teirios ruppe il silenzio. «Fermiamoci lungo il torrente dannazione! Se non lo facciamo, ai cavalli scoppierà il cuore nel petto!»

I destrieri, infatti, erano madidi di sudore e ansimanti e Arvaj annuì.

Mentre i cavalli si abbeveravano, Teirios si avvicinò al compagno grattandosi nervoso la nuca. «Avremo fatto bene a comportarci così?»

Il compagno rispose stizzito: «No che non abbiamo, accidenti! Ma che altro potevano fare? Hai visto come mi ha trattato quell'Asman? Oltretutto ha ammazzato mio fratello! Pensi che non avrei voluto ucciderlo con le mie mani? Eppure non riuscivo più a muovermi... Ero paralizzato, mentre quel maledetto mi scrutava dentro lacerandomi come una spada. È un essere di gran lunga superiore a noi due messi insieme... Che ti piaccia o no, quella non era la nostra battaglia. Valdor ha fatto l'unica cosa giusta: solo lui poteva affrontarlo. Ci ha lasciato scappare per avvisare la tua regina del pericolo imminente. Mi secca ammetterlo, ma non potevamo fare altro. Ora quello che più mi rode, è non sapere come sia andata a finire...» abbassando sconsolato il capo; poi si accostò alla sua cavalcatura e aggiustò la sella.

Teirios brontolò qualcosa d'incomprensibile e infine ripresero il cammino, raggiungendo il maniero un siklin dopo. Condussero i loro destrieri ormai esausti nelle scuderie per farli rifocillare. Anche loro avrebbero voluto mangiare qualcosa, specialmente Teirios, ma le ultime disgrazie accorse quella notte li spinsero a ripartire subito verso Elevar con nuove e più fresche cavalcature.

Nel primo pomeriggio raggiunsero la capitale del regno. La città appariva come un cantiere a cielo aperto: infatti, erano iniziati un po' dappertutto i lavori di ristrutturazione delle abitazioni danneggiate nel recente assedio. C'era un caldo afoso per le strade e la maggior parte degli abitanti era rintanata nelle proprie case a godersi un po' di fresco. Nonostante tutto, il loro arrivo non passò inosservato. Difatti Teirios era ben voluto da tutti per il suo carattere esuberante e la notizia del suo ritorno fece subito scalpore; così davanti alle porte della città si formò più di un capannello. L'ufficiale tuttavia congedò in modo sbrigativo chiunque lo fermasse: in quel momento aveva ben altre preoccupazioni per la testa; così tirò dritto lungo la strada lastricata fino a raggiungere la prima cinta di mura. Rudolf il fabbro, un uomo imponente stava uscendo dalla sua officina con una pesante mazza in mano, quando scorse Teirios insieme ad Arvaj; si conoscevano sin da bambini e lo salutò con il suo tipico vocione. «Olà vecchio mio, è un po' che non ti si vede... Dove accidenti eri finito? Sembri appena uscito dagli inferi?»

Teirios lo fulminò con un'occhiataccia che valeva più

di qualsiasi discorso. Il fabbro si raggelò e non fece ulteriori commenti ma rimase a guardarli finché i due si allontanarono: solo allora tornò alle sue faccende mugugnando tra sé e scuotendo la testa.

Superata anche la seconda cinta di mura, si trovarono proprio davanti alla fortezza, difesa dalle dieci torri a pianta circolare e con il mastio al centro che si continuava nella parete rocciosa della montagna. Si avvicinarono cinque guardie ma Teirios le allontanò subito.

«Ragazzi, non abbiamo tempo da perdere! Devo parlare subito con la regina!»

Detto questo, entrò nel castello, seguito come un segugio da Arvaj.

Ainousa si trovava nelle sue stanze quando fu avvisata del ritorno di Teirios e della sua richiesta di udienza: era seduta di fronte alla scrivania intenta a leggere alcuni rapporti provenienti dai villaggi del regno; due dame di corte le facevano compagnia in rispettoso silenzio. Subito un fremito la colse in petto; portò preoccupata le mani davanti alla bocca, i gomiti poggiati sul tavolo: la tormentavano quei maledetti sensi di colpa conseguenza del suo insano gesto e ora doveva confrontarsi con uno dei suoi uomini migliori. Chissà che cosa pensava di lei... Che cosa le avrebbe detto? Alcuni giorni addietro Garund le aveva consegnato quel pacco... Si era rintanata nella sua stanza e dopo averlo aperto, le era crollato il mondo addosso. Si era pentita di quell'ordine dato in preda a una sconsiderata gelosia ma era troppo tardi. In fondo al cuore aveva sperato che Teirios le avesse disobbedito, ma non era stato così.

"Un'assassina, ecco che cosa sono... un'assassina! Padre mio perdonami, ti ho deluso...", concluse tra sé sospirando.

Alla fine si decise: «Va bene... riferitegli che sarò nella sala del trono tra una decina di *viriklein*.»

Fu così che Teirios poté rivedere la sua regina nella navata centrale dell'immenso salone della reggia. Erano presenti anche Arvaj e un'altra decina di persone tra soldati e consiglieri.

Ainousa indossava un lungo vestito di seta dorato, le dita adorne di gioielli ed era seduta sul suo scranno. «Coraggio mio fedele servitore, che cos'hai da dirmi?» Domandò in modo risoluto cercando di affrontare lo sguardo del suo ufficiale; tuttavia vi riuscì solo per pochi istanti a causa della vergogna che provava.

Teirios si era già immaginato quel genere di situazione nei giorni antecedenti e, per evitare imbarazzi alla regina, raccontò di essersi recato ad Afdhal per accompagnare Tamar. La ragazza era poi salpata verso casa con il primo veliero disponibile. Proprio lì aveva incontrato Arvaj di ritorno dalle isole Ghelàos. Narrò poi quel che era accaduto in seguito, senza tralasciare nulla. Ainousa ascoltava interessata e quando l'Adamant ebbe terminato la sua versione dei fatti, si voltò verso Arvaj per sentire anche lui. Il Lachvain fece un inchino e spiegò le motivazioni che lo avevano indotto a tornare sulla terraferma. Mentre questi parlava, un velo di preoccupazione si dipinse sul volto della regina; infatti, non riusciva a trovare la soluzione giusta a tutte le sue inquietudini. Che cosa avrebbe dovuto fare? Era sola, con l'intero peso di una nazione sulle spalle... se avesse sbagliato nel suo giudizio? Magari qualcuno l'avesse potuta aiutare, ma nessuno era con lei.

Un rivolo di sudore le gocciolò lungo la fronte. Una

volta che Arvaj concluse il suo racconto, gli occhi di tutti i presenti cercarono il suo volto in attesa della sua decisione. Ainousa però non si esprimeva, immersa in chissà quali pensieri e il tempo scorreva lento.

"Che cosa devo fare... Che cosa devo fare?" Continuava a ripetersi, mentre la tensione nella sala si tagliava con il coltello.

"Molti consiglieri mi staranno giudicando male, già me l'immagino... penseranno che non sono all'altezza, che non sarò mai come mio padre."

La regina aveva accostato la mano sinistra davanti alla bocca e respirava profondamente; le dita della destra invece ticchettavano nervose sul trono, scandendo ancor di più quegli attimi che sembravano infiniti.

«Ora per favore uscite tutti!» Ordinò all'improvviso.

Aveva di nuovo alzato il capo con l'espressione in volto dura come la pietra.

«Voglio essere lasciata da sola a riflettere ma tenetevi pronti; quanto prima vi renderò partecipi delle mie scelte.»

Tutti obbedirono al suo comando. Lo sguardo di Ainousa seguì i sudditi mentre questi si congedavano in silenzio, uno ad uno; infine si soffermò su Teirios.

«Tu no! Tu rimani qui!» Comandò, indicandolo con un cenno della mano.

L'ufficiale si sentì gelare il sangue, immaginando già quello che sarebbe accaduto di lì a poco. Per non parlare poi delle critiche che qualcuno dei presenti avrebbe di certo espresso per quella particolare intimità con la regina... Sospirò quindi e tornò mestamente sui suoi passi, silenzioso e rabbuiato in volto.

«Non hai nient'altro da dirmi, Teirios?» Riprese Ainousa squadrandolo dall'alto in basso quando tutti furono usciti.

«Che cosa altro vuoi che ti dica mia signora?» Rispose questi imbarazzato.

Ainousa strinse i pugni e scese giù dal trono; si avvicinò a una delle finestre che dava sulle montagne circostanti e l'aprì.

«Tu pensi che io sia un mostro, vero? Che sia un'assassina... anzi, peggio, una che demandi agli altri il lavoro sporco: uccidere un'innocente, ad esempio, andando poi in giro con la coscienza pulita... fiera di me e pronta a giudicare tutti, non è vero?»

Teirios non rispose. L'argomento era decisamente spinoso per uno come lui, poco avvezzo alla diplomazia. Come già detto, più di una volta in quei giorni aveva riflettuto su quel possibile incontro, perché era facile immaginare che prima o poi sarebbe accaduto... Oh sì che lo sapeva, ma ogni volta che aveva cercato le parole adatte, queste erano invece fuggite via come lepri.

«Avanti, rispondi! Di' qualcosa!» Gridò la sovrana, un fascio di nervi tesi.

Teirios però, senza neanche lui sapere come, replicò risoluto: «Non ho niente da dire... ho provato ad ubbidire a un ordine ma sappi che probabilmente non lo avrei portato a termine; il resto è stato una tragica fatalità. Tamar quella mattina fuggì dalla grotta, dove ci eravamo rifugiati a causa del temporale ed io la inseguii. Quando stavo per raggiungerla, fu lei a perdere l'equilibrio e a cadere giù dal dirupo; se non altro la sua morte non si può imputare direttamente alla tua volontà.»

Ainousa si voltò verso di lui. «Tu dici? Io invece penso di no! Nel mio intimo mi sento un'assassina e questa colpa mi divora giorno e notte... perché dentro di me c'è un mostro capace di azioni terribili!»

Accostò le mani al viso. «Che cosa ho fatto… che cosa ho fatto! Ho ucciso un'innocente! Non sono per nulla differente da quel barbaro omicida di Varanis!»

Teirios la fissava silenzioso e ora provava una gran pena per lei; l'aveva giudicata una ragazzina viziata. Era così bella, ma così diversa rispetto ad alcuni mesi prima; un'ombra le aveva oscurato i lineamenti armoniosi. L'innocenza che l'aveva contraddistinta in passato, era improvvisamente scomparsa e gli ultimi tempestosi avvenimenti l'avevano trasformata; si era incupita, non amava più la compagnia delle sue ancelle ma rimaneva sempre più da sola, sola con se stessa.

Il rude soldato per un attimo si sciolse. "Povera donna… A pensarci bene, ha solo qualche anno più di mio figlio Denaer; le preoccupazioni per il regno furono già un duro fardello per un uomo navigato come suo padre…"

In fondo al cuore desiderò abbracciarla come una figlia, anche se era ben consapevole che il protocollo non lo permetteva; infine d'impeto, com'era nel suo carattere focoso, non si trattenne più. «Non ti giudico mia regina, qualunque siano state le tue motivazioni… Tu sei la mia sovrana e, anche se avessi sbagliato, io ti ho giurato fedeltà. Ti voglio bene e non invidio la tua posizione. Se può esserti di conforto, sappi che quando vorrai, potrai condividere con me parte dei tuoi doveri, perché io rimarrò sempre al tuo fianco.»

Ainousa alzò gli occhi gonfi di lacrime. Anche lei avrebbe voluto corrergli al collo per stringerlo a sé, cercando quel conforto che le mancava da tanto tempo, ma non poteva.

«Ti ringrazio per le tue parole… Anche di questo non mi capacito; è stato imperdonabile costringerti a compiere un'atrocità simile… Ti ho fatto torto ed è stata una grave colpa non averti tutelato. Ho compreso troppo tardi che le conseguenze delle mie azioni ricadono anche su chi mi circonda.»

Concluse la frase rattristata, abbassando poco alla volta il tono della voce, mentre il suo fedele suddito la fissava preoccupato in volto.

Infine la regina lo congedò in un sussurro: «Puoi andare ora, ma seguirò il tuo consiglio! Ti chiamerò quanto prima per consultarti in merito alle decisioni da prendere. Teirios, non lasciarmi anche tu, ti prego, non tradirmi!»

L'Adamant s'inchinò e baciò la mano di Ainousa, poi si allontanò da lei.

La regina rimase così da sola e tornò al suo trono, divenuto opprimente come le inquietudini che le assillavano la mente.

CAPITOLO XVII

Una volta che Teirios si fu allontanato, Ramson si chinò di nuovo su Tamar, ne percepiva a fatica il flebile respiro. Le accarezzò delicatamente la parte del capo tumefatta intrisa di sangue, poi chiuse gli occhi e si concentrò, tenendo sempre la mano sopra la ferita. La donna emise un gemito insieme a una smorfia di dolore.

L'awax vaimar espirò profondamente e alzò gli occhi al cielo.

«Mio Signore, questa tua creatura è ancora viva; aiutala a salvarsi e a trovare il coraggio di seguire le tue vie.»

Con una forza che nessuno avrebbe mai immaginato, la prese in braccio e la riportò sul sentiero. Giunse infine sulla cima del colle e si guardò intorno; in giro non c'era anima viva. Allora la stese di nuovo a terra e controllò la ferita: aveva smesso di sanguinare. Decise quindi di scendere giù lungo la pietraia fino a raggiungere la via trasportando la donna in spalla; non fu facile ma, un passo alla volta, mantenendosi in equilibrio tra le rocce, riuscì nel suo intento. Allora si sedette sopra un sasso e guardò il cielo; le nubi avevano ceduto il passo a un sole caldo e sempre più radioso, mentre in lontananza un'aquila volava in cerchio a caccia della sua preda. Passarono diversi viriklein, quando all'improvviso si udì provenire uno scalpiccio di zoccoli dalla parte opposta della vallata, subito seguito da un rumore di ruote che strusciavano sulla strada. Ramson fece un fischio e, dietro la curva del sentiero, comparve un cavallo che trainava un piccolo carro.

Tamar aprì le palpebre, svegliata da quel rumore insolito.

«Alla fine hai deciso di tornare in te?» Le domandò il

vecchio dolcemente avvicinandosi di nuovo.

Lei lo intravide appena, annebbiata dalla fitta coltre che le copriva gli occhi.

«Tu…», fece appena in tempo a dire con voce fioca, per ricadere poi nell'oblio.

L'awax vaimar la caricò sul carretto e, dopo averla medicata con delle erbe raccolte lungo il sentiero, si diresse con calma alla volta di Khareem Vasta.

Tamar lottò molto tempo tra la vita e la morte. Per almeno una decina di giorni Ramson rimase seduto al suo capezzale per accudirla. Più volte, sebbene incosciente, la vide dimenarsi e lamentarsi in preda a incubi terribili; cercò allora di calmarla, sussurrandole strane formule nelle orecchie e stringendole la mano dolcemente. Quelle poche volte che si allontanava, lo faceva scuotendo triste la testa. Poi, una mattina di Nizar, mentre le prime luci dell'alba rischiaravano la sua stanza, Tamar schiuse le palpebre e si guardò intorno.

"Dove mi trovo?" Si disse.

Era distesa in un letto dalle coperte di seta in una cameretta angusta: quell'ambiente le era familiare. Allora si mise seduta; indossava una camicia da notte di lino che le arrivava fino alle caviglie. La testa le doleva un poco a sinistra; si toccò quasi d'istinto tra i folti riccioli neri e percepì un gonfiore fastidioso sotto la chioma.

"Devo aver preso proprio una gran botta…", pensò.

Dalla finestra aperta giunse il canto melodioso degli uccellini che davano il benvenuto al nuovo giorno; due piccoli willidrein si posarono sul davanzale, guardandola con curiosità.

«Salve, piccolini, siete venuti a salutarmi? Su, avvicinatevi non abbiate paura.», li esortò la giovane. Quelli però se ne stavano immobili e continuavano a fissarla.

Tamar allora fece forza sulle braccia e si alzò. "Vediamo se sono in grado di farcela..."

Cominciò a muovere adagio qualche passo ma fu subito presa da un senso di vertigine e si dovette così appoggiare alle ante della finestra per non cadere. I due willidrein, dalle piume argentate, spaventati da quel brusco movimento, volarono via. La brezza mattutina tuttavia le rinfrescò il volto, mirò il paesaggio e subito ne ebbe conferma: si trovava a Khareem Vasta. Solo allora le tornarono vividi alla mente i ricordi di quanto le era accaduto prima che perdesse conoscenza: la fuga dagli Adamaint nel bosco, l'inseguimento di Teirios fino alla rovinosa caduta... l'immagine sfocata di Ramson prima di svenire.

"Quanto tempo è trascorso? E che cosa è successo poi?" Si domandò guardandosi intorno.

Le farfalle volteggiavano qua e là e sembravano pavoneggiarsi tra loro orgogliose della loro bellezza; sui prati le verdi lucertole scorrazzavano ovunque, i passerotti affamati dentro i nidi richiamavano l'attenzione dei genitori, mentre le cicale, sospese sulle foglie, già facevano udire il loro canto. Il gradevole odore del sottobosco permeava l'aria. Non vide però esseri umani. Allora tornò sui suoi passi, aprì l'armadio di fronte al letto e trovò dei vestiti. Si cambiò con calma, indossando una camicia chiara e un paio di pantaloni grigi; aprì la porta e, dopo aver dato un'occhiata furtiva sul corridoio, uscì dalla stanza. Voleva andare in cucina, il suo stomaco, infatti, brontolava già da un po'. Anche qui non c'era nessuno ma in fondo già se lo immaginava. Trovò invece quel che cercava nella dispensa: un po' di pane con della gustosa marmellata di amarene. Dopo essersi rifocillata, scese al piano di sotto dove regnava un serafico silenzio; decise allora di recarsi all'aperto. La temperatura e l'aspetto della natura la in-

dussero a pensare che si trovasse in pieno Avar; anemoni gialli, gigli e garofanini viola ravvivavano la macchia del bosco con le loro tinte. Addentrandosi tra gli alberi, ebbe modo di assaggiare delle deliziose fragoline mature ed anche dei mirtilli, gli insetti svolazzavano ronzando di fiore in fiore, mentre gli scoiattoli si rincorrevano giocosi tra i rami degli alberi.

"Per quanto tempo sono stata incosciente?" Si ripeté di nuovo, senza tuttavia essere in grado di darsi una risposta. Continuò a inoltrarsi nel verde per un sentiero conosciuto fino a giungere nei pressi di una grotta a lei familiare; lì accanto scorreva un ruscello. Si sedette su un'enorme roccia grigia appena all'interno dell'angusto antro e si mise ad ascoltare il quieto scorrere dell'acqua. Era ancora debole e, sebbene avesse camminato neanche un viriklin, sentiva che aveva bisogno di riposare; la testa le doleva. Era consapevole di aver corso un grave pericolo, forse sarebbe anche potuta morire e in fondo al suo cuore sapeva chi le aveva salvato la vita: Ramson.

"Non sarebbe stato meglio se mi avessero ucciso?" Rifletté.

Cercò di pensare ad altro, ricordi di un passato lontano... quanto tempo aveva trascorso in quei luoghi da piccola, conosceva a memoria ogni angolo del bosco.

Un piccolo scoiattolo fulvo che annusava una ghianda caduta nell'erba, si fermò a fissarla incuriosito; Tamar schiuse la bocca accennando un debole sorriso.

Anche Ramson la osservava da lontano ma non si avvicinò.

Il sole stava raggiungendo il suo apice nel cielo, quando Tamar decise di rientrare alla dimora. Ancora una volta non vi trovò nessuno ma non si preoccupò più di tanto: quella era anche casa sua, si sentiva sicura e comunque era cosciente che il vecchio doveva essere lì da qualche parte. Non era però ancora il momento dei convenevoli, in questo se non altro si sentiva rispettata; conosceva la sensibilità e la delicatezza di Ramson. Sì, è vero! Nel loro ultimo incontro il vecchio era stato rude con lei ma aveva sicuramente i suoi buoni motivi; sembrava davvero molto preoccupato... Ora però lei non desiderava discutere con nessuno e sapeva che il vecchio era in grado di percepire il suo stato d'animo ovunque fosse.

Così per alcuni giorni Tamar scese ogni mattina lungo il sentiero seguendo il corso del ruscello, fin quasi ad arrivare in prossimità di un ponte di legno. Si accorse che poco alla volta il suo corpo riacquistava vigore e soprattutto che nella cucina non mancavano mai le provviste; era evidente che qualcuno si stava prendendo cura di lei. Difatti Ramson continuava a seguirla di nascosto, quasi fosse la sua ombra ma non si faceva vedere... aspettava in silenzio, la pazienza era una sua virtù. Con il tempo la donna avrebbe abbandonato il suo atteggiamento ostile; bastava osservare la natura delle cose per comprenderlo. Infatti, un giorno il vecchio intravide un luccichio diverso nei suoi occhi. All'inizio la lasciò andare come suo solito ma questa volta la raggiunse scendendo anche lui lungo il sentiero. Era seduta su un sasso, intenta a guardare una famigliola di conigli selvatici che scorrazzavano spensierati nel bosco.

«Desideri parlarmi Tamar?» Anche la sua voce era delicata come il fruscio delle foglie mosse dalla brezza leggera.

«Forse dovrei ringraziarti.», rispose lei voltandosi.

Ramson distolse lo sguardo quasi arrossendo.

Tamar si toccò istintivamente il capo. «Non sei stato forse tu a salvarmi?»

Lui si schernì: «È Yrshar che ha potere sulla vita e sulla morte... io posso solo accettare la sua volontà.»

«Coraggio... che cosa vuoi sapere allora da me che già non sai?» Domandò lei sconsolata.

Ramson però non proferì parola, aspettava che fosse Tamar a prendere coraggio.

«Sì, mi sono innamorata di lui. È questo che volevi sentirmi dire, non è vero?» Affermò decisa la donna dopo alcuni attimi di silenzio.

«Mmm... Era prevedibile.», osservò il vecchio poggiando la mano al mento.

Tamar lo guardò accigliata. «Stai scherzando, spero! Ho cercato tutta la vita di sfuggire al mio destino e quando credevo di esserci riuscita, mi trovo invece più coinvolta di prima.»

«La fantasia di Yrshar supera i nostri pensieri...», commentò il vecchio in modo sereno, mentre con un ramoscello secco caduto da un albero, disegnava dei cerchi sul terreno. Questa volta fu la ragazza ad ammutolirsi nel frinire delle cicale.

«Hai avuto altre visioni Tamar, che io non conosca?» Riprese poi Ramson studiandola in volto.

La risposta non si fece attendere: «So che Gherson è parte della mia vita... So che dovremo affrontare insieme Darkos ma oltre è un mistero anche per me.»

Il vecchio avvertiva il suo disagio. «Forse perché tutto dipenderà da come vi comporterete...»

«Non lo so... e non lo voglio sapere! In questo momento l'unica certezza è che ho paura non solo per me, ma anche per lui.»

Ora Tamar fissava la punta dei suoi stivali e non osava alzare lo sguardo.

Il vecchio si avvicinò e le accarezzò dolcemente la folta

chioma.

«Non credo che Yrshar vi abbia creato per soffrire, sei d'accordo? L'altissimo non gode dei nostri mali.»

Lei annuì scuotendo debolmente la testa; almeno di questo era convinta.

«Di che cosa hai paura allora? Di morire?» Riprese lui.

Tamar sospirò: «Non è solo la morte che mi spaventa, Ramson, dovresti saperlo… Da quando il male è entrato nel mondo, la morte è parte di noi. Ho paura di Darkos… Tremo al suo solo pensiero. È intelligente, astuto, è come noi, più di noi! Sono terrorizzata dal fatto che quando mi troverò di fronte a lui, potrei rimanere sedotta dai suoi inganni. Comprendi adesso?»

Un giovane cerbiatto, dopo aver alzato il capo annusando l'aria, fece capolino dal folto della foresta e si avvicinò al ruscello per abbeverarsi, per nulla intimorito dalla loro presenza. Tamar smise di parlare e alzò il capo, meravigliata e incantata allo stesso tempo dalle splendide forme di quella creatura.

«Lui ha più fiducia in noi di quanta tu ne abbia in te stessa…», sussurrò Ramson mite, avvicinando la mano sinistra al quadrupede che si fece accarezzare e ricambiò quel gesto leccandogli il palmo della mano. Poi, così com'era venuto, il cerbiatto si allontanò.

«Che differenza c'è tra me e Malion…», riprese Tamar singhiozzando, mentre abbassava di nuovo il capo con le mani strette a pugno sui capelli corvini, quasi volesse strapparseli di dosso.

«…Che differenza c'è tra me e chiunque altro sia caduto in passato nelle lusinghe di Darkos? Perché non dovrebbe succedere pure a me? Sono forse io meglio di loro?»

Ramson la scrutò profondamente e infine sospirò: «Questo non c'è dato saperlo. Il fatto però che ti poni il problema, testimonia a tuo favore, non credi?»

Tamar allora alzò gli occhi gonfi di lacrime. «Sono terrorizzata, Ramson... Ho davvero paura!»

Si mise in piedi e l'abbracciò.

Lui l'accolse amorevolmente, accarezzandole nuovamente i capelli soffici come lana, simile a un padre desideroso di riabbracciare la figlia perduta da tempo.

«Hai ragione piccola, non t'invidio... ma so che Yrshar non sbaglia e i tuoi timori, in fondo, ti rendono la persona più adatta ad affrontare l'oscuro. Il sentimento che nutri per il discendente di Elaiar era forse necessario per convincerti a non sfuggire: ora nel tuo cuore è scaturito il desiderio di non abbandonare Gherson alle grinfie di quel demone.»

Lei abbassò il capo annuendo con le gote rigate del pianto.

Il tempo volava via, ma nessuno dei due sembrava curarsene. Un raggio di luce fece capolino tra le fronde degli alberi e attraversò le piccole gocce che dal ruscello schizzavano sopra le foglie; quel bagliore si scompose poi nei colori dell'arcobaleno e rivestì le due creature angeliche con le sue sfumature.

Ramson continuò a stringerla a sé, quasi volesse proteggerla da un pericolo imminente. «Ho trascorso molte notti a chiedermi se la Verità fosse anche là dove c'è solo buio... Questo è un tempo in cui la speranza è venuta meno, spazzata via come foglie agitate dal vento ma anche se il nostro cuore è fragile, la fede in Yrshar è l'unica, la sola arma valida che ci protegga. L'Altissimo non ti abbandonerà mai, Tamar... e se tu lo credi davvero, i tuoi occhi vedranno la realtà in un modo nuovo. Tutta la creazione vi sta aspettando e geme in attesa di una vostra risposta. Nessuno di noi, infatti, vive solo per sé stesso...

Tuttavia ricordati, se ti rifiuterai, Yrshar nella sua infinita sapienza cercherà un altro dal cuore disponibile e forse lo troverà... Tu però come ti sentirai, sapendo di esserti negata? Di certo il Suo amore per te non cesserà mai, anche se hai tradito la sua fiducia, ma tu sarai ancora in grado di amarti? Qual è allora il senso della tua vita? Forse è proprio qui che Darkos troverà terreno fertile, sfruttando i tuoi sensi di colpa.»

«Aiutami Ramson, ti prego aiutami... ho bisogno del tuo aiuto.»

Tamar continuava a piangere singhiozzando.

Lui replicò triste: «Non ti posso più aiutare piccola, posso solo consolarti... Devi chiedere aiuto a Yrshar e Lui te lo concederà.»

Tamar allora smise di lacrimare ma rimase ancora abbracciata al vecchio.

Alla fine si asciugò il volto con la mano; sembrava più risoluta, come se avesse preso una decisione vitale.

«Va bene, sia come Lui desidera! Aiutami solo a prepararmi per compiere la Sua volontà!»

Detto questo, afferrò la mano di Ramson e insieme tornarono sui loro passi, con le spalle illuminate dai raggi del sole sempre più splendenti.

CAPITOLO XVIII

«È tutto chiaro?» La voce di Varanis tuonò all'interno della sala del gran consiglio. L'ambiente, di forma rettangolare, era lungo una ventina di diacron e largo sei, architettato volutamente per esaltare la suprema autorità. Ai lati erano state ricavate una decina di nicchie contenenti le effigia degli antichi re intervallate a capitelli di pietra, riquadri e stucchi dorati. In fondo al salone, sopra alcuni gradini, si ergeva il trono sormontato da una cupola d'oro. Il pavimento era di marmo con un magnifico tavolo al centro decorato con minuscoli tasselli di legno policromi, che disegnavano complesse figure geometriche.

In quel torrido pomeriggio estivo vi erano accomodati i comandanti dell'esercito e le più alte cariche del regno. Nel salone c'erano anche una decina di guardie personali del re allineate lungo i muri e armate di tutto punto.

Gli unici volti nuovi erano Efaialtos il traditore degli Adamaint, Malkaj il nuovo capo dei Lachvaian e Asman lo stregone, tutti e tre in piedi alla destra del sovrano.

«Ma mio signore… iniziare ora una nuova campagna militare contro i nostri nemici, non ti sembra un po' avventato? Siamo in Solesan inoltrato e se la guerra dovesse durare a lungo? Come faremo con i rifornimenti?»

La voce titubante era quella di Tanàkis, il gran tesoriere; sapeva bene che non era saggio contraddire Varanis ma era anche consapevole che la maggior parte dei presenti la pensava come lui; più d'uno gli avrebbe dato ragione, in fondo era pur sempre anche lui una personalità autorevole.

Varanis non lo degnò di risposta, anzi gelò tutti con lo

sguardo, tanto che nessuno si azzardò a parlare.

«È tutto chiaro?» Ripeté di nuovo alzandosi questa volta dal trono; li scrutava uno a uno con gli occhi sempre più infossati nelle orbite. Respirava profondamente.

A quel punto tutti quanti compresero che il sovrano non avrebbe più accettato altre obiezioni e si misero in piedi all'unisono gridando: «Sì nostro re!»

Anche Tanàkis si vide costretto a fare altrettanto.

Allora Varanis scese dai gradini e cominciò a camminare lentamente dietro le loro sedie continuando a studiarli con il suo sguardo indagatore; più d'uno grondava sudore dalla fronte, temendo anche per la sua vita.

«Voglio sperarlo... per voi intendo! Altrimenti sapete già come finirete. Le vostre perplessità tenetevele per voi! Non m'interessa che l'esercito sia appena rientrato da una cocente sconfitta, non voglio neanche pensarci! Voi siete Urwaian! Ve lo siete dimenticato? Non m'interessano le vostre scuse da quattro soldi! Mi fate pena... mi fate schifo!»

All'improvviso si avvicinò a Tanàkis e lo fece cadere a terra in uno scatto d'ira. Poi, mentre il poveretto ancora disteso sul pavimento lo guardava atterrito, afferrò la spada di una guardia e gliela conficcò nel ventre, nonostante la vittima l'avesse supplicato in un ultimo disperato tentativo di avere pietà.

Tutti gli altri, ed erano una ventina circa, abbassarono gli occhi tremanti.

«Sedetevi donnicciole... Sedetevi!» Ordinò poi stentoreo Varanis.

Una volta che quelli ebbero obbedito, riprese a parlare continuando a passeggiare avanti e indietro. «Che c'è? Qualcuno ha il cuore tenero? Mi dispiace per voi, così la prossima volta imparerete a contraddirmi! Mi fate vomitare, mi fate... e... comunque se vi può consolare, dato che non siete più in grado di reggere il confronto con i vostri antenati, vi dico sin d'ora che sarete supportati dagli uomini delle contee orientali e soprattutto dai nostri nuovi alleati, gli Ulauar; così forse, guardando la loro ferocia, vi ricorderete chi eravate un tempo!»

I suoi occhi si posarono su Asman e Malkaj ancora in piedi vicini al trono.

Lo stregone annuì soddisfatto accennando un debole sorriso fra le labbra.

Varanis si rivolse a uno dei generali presenti, un cinquantenne calvo con un cheloide ripugnante che gli deturpava parte del viso. «Drakis, tu comanderai il nostro esercito! Bada a te, non tollererò alcun errore!»

Questi si alzò portando la mano al petto. «Sì mio re!»

Poi il tiranno indicò Efaialtos. «Una volta sconfitti gli Adamaint, vi dirigerete a Elevar. Tu ne chiederai la resa incondizionata: solo così avranno salva la vita! Se dovessero rifiutarsi... non voglio superstiti! Bruciate tutto e spargete le ceneri al vento. Sono stato chiaro!?»

Anche Efaialtos annuì, lo sguardo carico d'odio; fra i presenti, infatti, era quello che voleva conquistare la città più di tutti. Aveva un gran desiderio di prendersi la sua rivincita, specialmente su quella piccola bastarda viziata di Ainousa; sognava di vederla strisciare ai suoi piedi per chiedere pietà.

Varanis continuò. «Ovviamente, in caso di resa, sarai libero di vendicarti su chi vorrai... Dovrai però inviarmi degli ostaggi, almeno un membro di ogni famiglia, preferibilmente donne... così calmeremo i bollenti spiriti dei loro parenti. Gli uomini invece che rimangano pure lì: dovranno andare a lavorare nelle miniere, da queste parti non ci sono più minerali preziosi. Bene, io non ho altro da dirvi, ora potete uscire tutti!»

Terminò con un ghigno malefico.

Quelli non se lo fecero ripetere due volte e dopo un rispettoso inchino si allontanarono uno a uno, per ultimo lo stesso Malkaj.

Asman e Varanis rimasero così da soli.

Lo stregone si avvicinò al tiranno. «Hai visto, è andato tutto come previsto. Devi stare sereno, presto regnerai come sovrano incontrastato su Arvhèia. Il piano stabilito ci permetterà di sconfiggere le truppe nemiche; una volta divise le loro forze, sarà un gioco da ragazzi affrontarli singolarmente. Dormi sonni tranquilli nel tuo palazzo, al resto ci penseremo noi.»

«Anche tu parteciperai alla battaglia?» Domandò Varanis.

«Spero di sì; non mi perderei uno spettacolo del genere per nulla al mondo. Prima però devo recarmi a Khareem Vasta, ho una questione urgente da sistemare e poi da lì raggiungerò le tue truppe.»

CAPITOLO XIX

Le giornate scorrevano tranquille a Khareem Vasta, la stagione si mostrava clemente e il bosco in quella prima settimana di Elar rendeva tutto ancor più gradevole con i suoi profumi.

Tamar era ormai guarita, la testa non le doleva più e anche il suo animo si era rasserenato con il passare dei giorni. La presenza di Ramson e quell'ambiente familiare avevano di sicuro contribuito a recarle sollievo.

Il vecchio invece era turbato nell'animo, anche se cercava di non darlo a vedere: da molto tempo ormai Valdor non dava più segno di sé e non era da lui assentarsi così a lungo. Pertanto aveva consigliato a Tamar, seppur affettuosamente, di non allontanarsi mai da sola e comunque di girare armata. Scorrendo le pagine del "Libro della Vita", si era adombrato ancor di più, perché le informazioni che ne aveva ricavato erano fumose e vaghe. Le uniche certezze rimanevano quelle scaturite dalla riunione tenutasi proprio lì, prima che Gherson partisse per Ghenesia: una nuova guerra era ormai alle porte e questa calma apparente gli ricordava tanto la quiete prima della tempesta.

Il suo pensiero tornò allora al principe di Urwan. Chissà che cosa stava accadendo nell'antico mondo e in quali avventure si trovava coinvolto. Ghenesia... Erano trascorsi molti anni da quando se ne era allontanato. Ogni tanto provava nostalgia per quei luoghi ma gli erano stati affidati altri compiti ed era inutile lasciarsi andare a futili ricordi: su Arvhèia aveva assistito Gherson nei suoi anni bui e infine era riuscito a convincere Tamar ad accettare la sua missione. Ora però lo preoccupava un nuovo presentimento, era convinto che non avrebbe vissuto a lungo su Arvhèia; sentiva che il suo tempo lì stava per concludersi.

C'era poi la questione di Asman: se davvero il giovane Awax vaimar li aveva traditi passando al servizio di Darkos, la faccenda assumeva contorni ancor più delicati. Era da almeno dieci anni che non lo incontrava, ma Ramson ricordava bene la sua prontezza di spirito. Eppure per quanto fosse perspicace, sembrava che anche quel ragazzo si fosse fatto conquistare dalle lusinghe dell'oscuro...

Il vecchio si trovava in quel momento davanti all'ingresso della dimora sacra, scosse il capo sconfortato mentre rifletteva su tali questioni, quando all'improvviso si sentì scuotere da un brivido ed ebbe paura.

«Tamar! Tamar, dove sei!» Gridò ma non ottenne risposta.

Allora in tutta fretta si addentrò nel bosco alla disperata ricerca della ragazza; era sicuro che un pericolo imminente stesse per abbattersi su di loro.

Tamar nel frattempo si trovava in una minuscola radura tra gli alberi; era seduta sui resti di un vecchio faggio abbattuto chissà quanti anni prima da un fulmine e ricoperto da uno spesso strato di muschio. Osservava una fila di formiche che camminavano imperturbabili sulla corteccia, noncuranti della sua presenza. Chiuse gli occhi e respirò a pieni polmoni l'aria fresca, satura dell'aroma di eucalipto; dondolava le gambe lentamente, le braccia appoggiate all'indietro.

Ed ecco che si udì un repentino fruscio nell'aria: uno stormo di rondini fuggì via sbattendo le ali. Anche due simpatici scoiattoli dal manto grigio, intenti a raccogliere ghiande nel sottobosco, fiutarono qualcosa di strano e decisero di abbandonare le loro occupazioni saltellando via tra le siepi.

Nel giro di qualche istante calò un silenzio inquietante; persino le cicale e i grilli avevano cessato di frinire.

Tamar si alzò con cautela.

"Calma... qualcosa non va, non lasciamoci però prendere dal panico!"

Rimase immobile, gli occhi verdi spalancati come se cercasse conferma ai suoi timori. Sondava l'ambiente con i suoi sensi, simili a onde del mare che frangendosi sugli scogli, tornavano poi indietro, riportandole le informazioni che cercava.

Sì, ora lo percepiva chiaramente: c'era una seria minaccia nei dintorni.

Avvertì alla sua destra lo scricchiolio di un arbusto secco schiacciato; allora si voltò portando la mano al pugnale inguainato nella cintura.

«Avanti, fatevi vedere vigliacchi!» Gridò, mentre un brivido le percorse la schiena.

Passarono ancora alcuni istanti e alla fine da dietro gli alberi comparve quanto di peggio si potesse aspettare: una ventina di Ulauar uscirono dalla selva e la circondarono lentamente con la bava alla bocca.

Tamar impallidì e gridò aiuto; era chiaro che non avrebbe mai potuto farcela da sola. Si avvicinò al tronco abbassando il capo e chiudendo gli occhi.

Portò entrambe le mani alla testa. "Mio Signore aiutami... Mio Signore aiutami!"

Allora il suo corpo emanò un bagliore sempre più intenso.

Gli Ulauar si arrestarono esitanti, guardandosi a vicenda; erano incapaci di comprendere che cosa stesse accadendo.

Poi un nuovo urlo inaspettato echeggiò nell'aria. «Vattene Tamar! Fuggi via da qui!»

Si udirono provenire dal bosco dei passi veloci, quindi il vecchio Ramson correndo si frappose tra loro. Tamar schiuse le palpebre e sembrò tornare quella di prima.

Gli Ulauar dopo quell'attimo di smarrimento ripresero ad avanzare.

«No, non ti lascio solo con questi mostri!», ribatté lei.

Ramson questa volta la apostrofò in modo deciso. «Vattene Tamar ti ho detto! Tu sei importante per la salvezza di tutti noi, non io!»

I suoi occhi brillavano come lampi nel buio. Detto questo, colpì col bastone uno degli Ulauar, che subito indietreggiò lamentandosi, toccandosi la cute che sembrava ustionata.

In effetti, il legno stesso nelle mani di Ramson aveva cambiato colore divenendo luminoso. Allora il vecchio lo roteò minacciosamente sopra la testa e percosse altri due Ulauar che gemettero di dolore e si allontanarono prontamente; i due riuscirono così ad aprirsi un esiguo varco tra i nemici.

Ramson prese Tamar per il braccio e la sollecitò a scappare in quella direzione. «Fuggi, fuggi via ti ho detto!» Urlò di nuovo.

La ragazza con le mani nei capelli, seppur controvoglia, obbedì al suo maestro ma dovette fermarsi subito, perché le apparve di fronte un'altra sgradita sorpresa.

«Dove credi di andare piccola?»

L'ombra di Asman era proprio davanti ai suoi piedi.

Tamar divenne pallida in viso.

«Asman, che cosa ci fai qui con questa feccia?» Sbottò Ramson.

Asman non lo considerò neppure e continuò a fissare la ragazza; sembrava volesse ipnotizzarla. «Come sei divenuta bella... L'ultima volta che ti vidi eri ancora una bambina. Sai, quasi mi dispiace doverti uccidere, sempre che... già, sempre che tu non decida di passare dalla nostra parte; non è un bello spettacolo sentirsi mangiare viva. Guarda come ti osservano... hanno già l'acquolina in bocca.»

«Non dargli retta!» Gridò Ramson, avvicinatosi a Tamar; temeva, infatti, che Asman stesse irretendola con qualche suo incantesimo. Poi ebbe un cenno di frustrazione; la persona che aveva davanti era davvero cambiata: oltre ad essere molto più forte di un tempo, emanava un alone malevolo. Sospirò di nuovo; allora era proprio vero, Asman era passato dalla parte del nemico.

«Sta' zitto vecchio caprone e comincia a pregare il tuo Dio! Tu non mi servi e comunque, non dolertene più di tanto, presto incontrerai il tuo degno compare, quell'idiota di Valdor!»

Ramson strabuzzò gli occhi e s'irrigidì.

«Che hai da guardarmi come un ebete? Ancora non l'hai capito? Povero Ramson... la tua permanenza tra le pecore e i montoni ti ha proprio reso ottuso. Eppure su Ghenesia avevano ben altra considerazione di te... Quanto talento sprecato...», così dicendo gli lanciò contro Lakùn.

Il vecchio però lo riuscì a scansare con un movimento felino che lasciò lo stesso Asman di stucco, mentre il serpente rotolò a terra sibilando il suo disappunto.

Ramson allora si frappose fra Tamar e il suo avversario come se volesse proteggerla. «Che intenzioni hai Asman? Davvero ti sei messo contro Yrshar?»

Asman tuonò tutto la sua insofferenza. «Sì, idiota che non sei altro, sai perché? Te lo dico subito! Perché devo servire Dio, quando posso essere io a comandare? Sono stufo di obbedire, ora è giunto il momento di lasciare la mia impronta su Arvhèia!»

«E che cosa avresti intenzione di fare, sentiamo, sono proprio curioso…», proferì Ramson in tono di sfida.

Asman digrignò i denti. «Questi sono affari miei! Comunque se proprio t'interessa, ti renderò partecipe dei miei progetti; tanto per cominciare mi sbarazzerò di tutti gli awox vaimer rimasti. Valdor ti ha già preceduto… ora tocca a voi e poi sarà la volta di quell'altro povero mentecatto del discendente di Elaiar. Com'è che si chiama? Gherson, se non sbaglio…»

Tamar fu scossa da un brivido. «Puoi anche uccidere noi… ma Gherson no! Non ci riuscirai, non è più qui!»

Asman rivolse lo sguardo alla ragazza e domandò ironico. «E dove si trova, dimmi! È andato a nascondersi dietro la gonna di sua madre?»

Tamar invece rispose tutta trionfante. «È su Ghenesia per compiere il suo destino, per rappacificare le genti!»

Asman allora sbottò in una risata sguaiata. «Stento a crederci, allora è proprio vero… meglio di quanto potessi immaginare! Quell'essere insulso troverà lì pane per i suoi denti: se non saranno i Mavourg, ci penseranno gli stessi Elvaian a farlo fuori.»

Tamar ebbe un fremito e il viso divenne una maschera di terrore.

Asman sorrise compiaciuto. «Che c'è? Per caso ho detto qualcosa di sgradevole? No, non mi dire… non vorrai farmi credere che vi sia del tenero fra te e quell'impiastro? Perché se davvero le cose stanno così, è meglio che te ne faccia una ragione: Gherson non avrà vita lunga su Ghenesia. Te lo ripeto un'ultima volta, vieni con me, ci divertiremo insieme… più di quanto tu possa immaginare.», gli porse la mano invitandola ad avvicinarsi.

Lei però sorprese tutti e gli sputò sul palmo.

«Mai e poi mai! Preferisco morire cento volte piuttosto che allearmi con un traditore!»

Asman digrignò i denti poi avvicinò la mano alla bocca e la leccò. «Proprio tu mi parli di tradimento? Tu, che hai trascorso tutta la vita a fuggire la tua sorte, oggi mi vieni a fare la morale? Tu, vigliacca che non sei altro? Tu, che hai paura pure della tua ombra? Vedrai come cambierai idea quando ti farò violentare dagli Ulauar. Sono proprio curioso di vedere come m'implorerai allora. Prima però farò scorticare vivo il tuo amico dopo averlo privato dei suoi poteri; forse basterà questo per ridurti a più miti pretese...»

«Ora basta!» Tuonò Ramson e dalle sue mani scaturì una scia luminosa che investì Asman.

Quest'ultimo per un istante sembrò divorato dalle fiamme ma alla fine riapparve più vivo che mai. «Non puoi farmi nulla, sono più forte di te, spaventosamente più forte!»

Questa volta fu lui a sollevare le braccia e le diresse contro gli altri due.

Una nube oscura li avvolse. Ramson cercò di resisterle ma l'aria intorno a lui sembrava essersi rarefatta; non riusciva più a respirare.

Anche Tamar portò le mani alla gola e cominciò ad ansimare.

Asman guardava compiaciuto quella scena e continuava ad agitare le mani dando ancor più vigore al suo maleficio. «Coraggio Lakùn, è giunto il tuo momento; entra nella nube e mordi il vecchio!»

Un sinistro luccichio balenò negli occhi del fedele servitore che strisciò verso Ramson. Il poveretto era ormai in ginocchio e cercava di porre un freno all'attacco di Asman con le ultime forze rimastegli. Lakùn aprì le sue fauci per azzannare la preda al polpaccio ma proprio in quell'istante una scia luminosa comparve nel cielo; un varco si aprì e inghiottì Ramson e Tamar portandoli via chissà dove.

Asman urlò di rabbia e strinse i pugni dalla frustrazione.

«Maledetti! Maledetti, siete fuggiti! Avrò lo stesso la mia vendetta!»

Poi si girò intorno e guardò gli Ulauar ancora attoniti.

«Presto andate a Khareem Vasta e distruggetela! Radetela al suolo, non deve rimanere pietra su pietra! Fate attenzione però, c'è una cripta ai piani inferiori e un libro, quello non lo dovete toccare! È mio!»

CAPITOLO XX

Teirios entrò trafelato nel salone delle udienze. Ainousa stava dietro la finestra come spesso le capitava, intenta a scrutare il paesaggio; la giornata era tersa e il sole splendeva allietando con il suo calore i rilievi circostanti, ravvivati dalle vivaci tinte dei prati fioriti. Tuttavia le trapelava in viso un'espressione davvero preoccupata e neanche il volo spensierato delle rondini era in grado di lenire le sue inquietudini.

La sera prima era giunta un'ambasceria da Arvor, recando notizie davvero critiche; il vecchio sovrano Daigon era morto all'improvviso e Syrion il giovane principe, suo promesso sposo, presto sarebbe stato incoronato re.

Le voci che però più la tormentavano, riguardavano un possibile imminente attacco di Varanis. Il tiranno di Valaur era riuscito a riorganizzare l'esercito in tempi brevi; aveva arruolato nuovi soldati dalle contee orientali e soprattutto, a quel che si diceva, si era alleato con quegli strani esseri comparsi all'improvviso dalle paludi occidentali, già affrontati anche da Teirios. Questo era quanto gli avevano riferito i suoi informatori e confermato poi dagli ambasciatori di Arvor.

Syrion inoltre, desideroso di mettersi subito in mostra, si era lasciato ancora una volta trascinare dal suo carattere impulsivo. Aveva già ordinato al suo esercito di dirigersi verso le grandi pianure; lì avrebbe incontrato gli Adamaint per poi proseguire insieme alla volta di Valaur. D'altra parte non era quella la strategia prospettata tempo prima dallo stesso Valdor a Khareem Vasta? L'occasione era troppo ghiotta per coprirsi di gloria e divenire così l'unico signore incontrastato di Arvhèia.

Una volta chiuse le porte, Ainousa chiese a Teirios di avvicinarsi. «Ti ho fatto chiamare perché mi sono giunte notizie fresche e in verità sono molto preoccupata.»

Così la regina raccontò all'ufficiale quanto era venuta a sapere.

Quando Ainousa ebbe terminato di parlare, Teirios abbassò il capo pensieroso; alla fine abbozzò una domanda: «E tu, che cosa avresti intenzione di fare?»

«Non credo di avere molta scelta... Syrion ha già deciso a quanto pare.»

«Già quel giovane idiota...», commentò Teirios ma si fermò subito per timore del suo giudizio avventato.

Ainousa però sembrò non darci troppo peso, almeno dallo sguardo con cui gli si rivolse. «L'ho creduto anch'io all'inizio... però, a pensarci bene, come dargli torto? Il suo comportamento avventato è dettato anche dal poco tempo a disposizione; se non agiamo subito, Varanis riuscirà a organizzare un'armata troppo forte anche per i nostri due reami messi insieme. Dobbiamo assolutamente muoverci ora, le circostanze purtroppo non ci sono favorevoli. Ascoltami, convoca questo pomeriggio il consiglio di guerra perché ho intenzione di approntare l'esercito quanto prima e raggiungere il principe di Arvor. Solo così, avremo qualche speranza di sconfiggere il tiranno di Valaur, inoltre, potremo controllare Syrion e impedirgli di compiere qualche guaio irreparabile.»

Teirios non sembrava del tutto convinto almeno dall'espressione dipinta sul viso.

La regina allora riprese: «Ti prego... almeno tu stammi vicino e supportami nelle mie decisioni.»

Teirios alla fine si arrese di fronte alle sue richieste. «Sia come vuoi... però, prima di partire cerchiamo di non lasciare Elevar indifesa; se la situazione dovesse prendere una brutta piega...»

Ainousa lo interruppe. «Ci ho già riflettuto. Spero tanto che non sia così, ma se dovesse accadere il peggio, dovremo organizzare già da ora un piano di evacuazione dalla città. Avevo pensato alle grotte situate nella valle di Vrain Drahar[22] sopra la dimora di caccia. Che ne dici?»

Teirios corrugò la fronte con gli occhi rivolti verso il soffitto.

«Potrebbe anche andare... ma dubito che tutta la popolazione farà in tempo a raggiungerle.»

«Anche questo è vero, però se cominciassimo a trasferire sin da ora parte della gente in modo da allestire i rifugi e portarvi il cibo necessario? Ormai la bella stagione sta per finire.»

Teirios la guardò scettico. «Conoscendoti bene, immagino che tu andrai con l'esercito, non è vero? Penso sia inutile cercare di convincerti del contrario.»

Lei rispose di getto. «E come potrei altrimenti? Devo stare vicina alle mie truppe; gioverà senza dubbio al morale.»

Teirios sospirò e abbassò il capo.

«Che hai ora?» Domandò Ainousa.

«Niente mia regina... niente!» Rispose lui sempre più sfiduciato.

«Ti conosco troppo bene, so che non stai dicendo il vero. Avanti, sputa il rospo!»

Teirios si trattenne un attimo; sapeva che le sue parole avrebbero potuto metterla a disagio ma alla fine obbedì. «Riflessioni inutili... che purtroppo non servono a nulla. Stavo pensando a Gherson; se lui fosse qui, mi sentirei più tranquillo.»

Ainousa abbassò il volto. «Non devi preoccuparti di ri-

---

[22] La moglie morta

cordarmelo… e comunque, hai ragione. Ci avrebbe fatto comodo.»

⬤ ELAZAR ⬤

Impiegarono circa una settimana per approntare le truppe. Furono inviati messaggeri alle guarnigioni di stanza alle frontiere per richiamare chiunque fosse idoneo a combattere; furono allestiti in tutta fretta anche le salmerie e tutti i materiali necessari per la spedizione.

Arvaj partecipò ai preparativi con i suoi guerrieri. Dopo essersi ripresentato a Elevar insieme a Teirios, non era più andato via; d'altra parte che senso aveva tornare a casa? La morte di Silaj aveva reso inutile quel viaggio ora che un nuovo tiranno regnava sulla sua gente; tuttavia la guerra alle porte poteva essere il modo per vendicarsi di Varanis e dell'uccisione del fratello. I suoi uomini avrebbero marciato insieme ai reparti di cavalleria adamaint, anche se facilmente riconoscibili per la loro caratteristica armatura[23].

Ainousa non aveva lasciato la capitale completamente sguarnita, mantenendo a difesa circa quattrocento uomini; inoltre aveva iniziato a inviare parte della popolazione sugli altipiani di Vrona scortata da un manipolo di soldati.

Teirios aveva stabilito che tra i primi a partire ci fossero anche la moglie e i figli, compreso Denaer; in realtà il primogenito non l'aveva presa troppo bene ma si era poi dovuto arrendere all'evidenza: fu proprio la regina a chiamarlo di persona. Ainousa gli comunicò che gli era stato

---

[23] Era costituita da una corazza in lamine di metallo cucite su un supporto di cuoio. Sulla visiera dell'elmetto erano raffigurati esseri mostruosi. Sulla sella erano poi montate delle caratteristiche aste ricurve, adornate con penne di rapaci: durante i loro temibili attacchi si aprivano a ventaglio e terrorizzavano i nemici con il loro fruscio.

affidato un incarico di rilievo; doveva rendere accessibili le grotte sperdute nella valle di Vrain Drahar al resto degli Adamaint, casomai ce ne fosse stato bisogno. Denaer era divenuto paonazzo in viso per l'imbarazzo e non era più riuscito a proferire parola, balbettando solo qualche frase senza senso. Anche la moglie di Teirios all'inizio parve contrariata perché doveva lasciare la casa incustodita; alla fine però accettò la decisione del marito e si convinse ad aiutare il figlio nei compiti assegnatili.

L'esercito era ormai in cammino da cinque giorni. Dopo aver lasciato la capitale, si erano diretti verso Noren. Il clima si era dimostrato clemente; il cielo era terso e la temperatura si manteneva gradevole. Avevano seguito il corso del fiume Kaleidon in modo da poter abbeverarsi alle sue acque durante il viaggio. Gli splendidi boschi avevano progressivamente ceduto il posto ad ampi declivi erbosi ornati da margherite, anemoni, rose canine e gigli dai variegati colori; le rondini svolazzavano beate rincorrendosi tra loro.

Ainousa era così pratica di quei luoghi che ne conosceva quasi ogni singolo filo d'erba; per questo fissava il paesaggio con nostalgia, temendo di non rivederlo mai più. In quel pomeriggio si erano accampati lungo il corso d'acqua dopo averlo guadato in un punto di facile transito anche per i carri; il luogo d'incontro concordato con Syrion e i suoi uomini era a circa un giorno di distanza più a oriente. Avevano appena finito di mangiare quando comparve un polverone in lontananza.

«Chi saranno mai?» Domandò Ainousa.

«Messaggeri forse…», rispose Teirios, seduto vicino a lei, grattandosi la barba.

Dopo un quarto di siklin circa, cinque soldati di Arvor raggiunsero il campo e chiesero udienza alla regina.

Smontati da cavallo, furono subito accompagnati al suo cospetto.

«Che notizie ci portate?» Chiese loro Ainousa dopo i doverosi omaggi di circostanza.

Il più alto in grado, un uomo di mezz'età chiamato Salhen, dalla barba ben curata e con un lungo mantello rosso, si fece avanti e disse. «Mia signora, il re ci ha inviato per rasserenarti; due giorni fa i nostri esploratori hanno avvistato l'esercito nemico e come ci aspettavamo, non si trattava di una grande armata. D'altra parte Varanis era stato già sconfitto sotto le vostre mura ed era ovvio che non avesse potuto riorganizzare le sue forze in così poco tempo. Syrion non voleva farti correre inutili rischi e ha deciso di affrontarli da solo, così ci ha inviato qui per avvisarti; è probabile che a quest'ora li abbia già intercettati e sconfitti: ci ha detto comunque che ti aspetterà dove pattuito portandoti in dono la testa del comandante nemico.»

Ainousa si sentì gelare il sangue.

"Maledetto stupido!" Pensò.

Lo stesso Teirios strabuzzò gli occhi fuori dalle orbite non potendo credere alle sue orecchie.

La regina colse immediatamente quell'espressione e prima che il suo attendente sbottasse, espose le sue perplessità. «Come potete esser certi che non si trattasse di una trappola?»

Salhen, quasi risentito, rispose: «Mia regina, il nostro re sarà pure giovane e desideroso di mettersi in mostra ma non è così avventato; i nostri esploratori ci hanno assicurato che non c'era nessun altro nelle vicinanze.»

Ainousa inspirò profondamente, cercando di rimanere calma. «Conosco bene Syrion e ammiro il suo valore; non ho mai avuto dubbi in merito, anzi apprezzo la sua premura nei miei confronti: sono solo sorpresa da questo cambiamento di programma e in verità sono anche preoccupata per la sua incolumità.»

Salhen le rivolse uno sguardo sornione. «Syrion di certo gradirà le tue premure ma, come ti ho già accennato, non ti angustiare più di tanto, in questo momento gli avvoltoi staranno già banchettando sulle carcasse degli Urwaian.»

La regina chinò il capo e annuì. «Ti ringrazio per le notizie che ci hai recato. Ora se vuoi, puoi rimanere nostro ospite; noi ci tratterremo qui almeno un altro siklin per poi riprendere il cammino fino al tramonto, così domani potrò incontrare il tuo re.» Detto questo, congedò l'ambasceria con un cenno della mano.

I messaggeri si allontanarono con un rispettoso inchino e Ainousa si voltò dall'altra parte indicando Teirios che subito la seguì.

«Che cosa pensi?» Gli domandò una volta rimasti soli lontani da orecchie indiscrete.

Teirios era furioso. «Mi prudono le mani di fronte a una tale stupidità! Io non capisco proprio... ma che senso ha prendere un'iniziativa del genere? Sono preoccupato mia regina, davvero molto preoccupato... gli Urwaian sono furbi, maledettamente furbi e quel Syrion invece mi ha sempre dato l'aria di essere un bamboccio.»

Ainousa sospirò mesta. «A volte mi chiedo se non sia colpa mia... forse Syrion ha agito così perché non l'ho mai considerato all'altezza, forse in questo modo ha voluto dimostrarmi che era al pari di...», ma subito si accorse di essere andata troppo oltre e si trattenne.

Teirios fece finta di non aver capito e subito la interruppe. «Mia regina, non è giusto che ti faccia carico degli errori altrui: Syrion è un idiota e tu non puoi farci niente. Ora dobbiamo solo sperare che quel borioso arrogante avesse ragione… dirò ai ragazzi di tenere occhi e orecchie ben aperti.»

La regina assentì. «Ti ringrazio amico mio, ora ti prego lasciami sola.»

Teirios obbedì all'istante e Ainousa si avvicinò alla riva del fiume accompagnata dalla sua ancella personale e si sedette su un grossa roccia. Vide la sua immagine specchiarsi nelle acque e si fermò a riflettere. «Padre mio, che cosa devo fare? Non sarebbe meglio rientrare a Elevar? Ho anch'io un gran brutto presentimento.»

Lanciò infine un sassolino tra le flebili onde e la sua immagine si dissolse, quindi tornò sconsolata al centro dell'accampamento. Poco più tardi l'intero esercito riprese il cammino verso Noren e si fermò con l'imbrunire.

Dopo cena Arvaj fu introdotto nella tenda di Ainousa insieme a Teirios.

La regina era seduta su uno sgabello e li fece accomodare; poi senza troppi preamboli prese a dire: «Ti ho fatto chiamare perché sei pratico delle strategie degli Urwaian; Teirios ti ha già spiegato quanto è accaduto oggi: bene, volevo sapere che cosa ne pensi.»

Arvaj, serio in volto, accostò entrambe le mani al mento e fissò Ainousa negli occhi. «Mi aspettavo questo tipo di domanda mia signora e sarò molto franco con te. Temo che il giovane sovrano di Arvor sia caduto in trappola. I generali urwaian sanno già che cosa gli aspetta se torneranno sconfitti da Varanis, la morte; anzi, ti dirò di più, è meglio perire sul campo di battaglia che ripresentarsi davanti a lui recando simili notizie. Sono inoltre consapevoli di essere numericamente inferiori e meno attrezzati rispetto a noi. Questa storia mi fa tanto pensare a un diversivo per dividerci e a questo punto mi chiedo se attaccheranno prima noi oppure il tuo futuro sposo.»

Arvaj terminò così la frase, curioso di vedere la sua reazione.

La regina però glissò sull'argomento e rispose preoccupata in volto. «Lo sapevo, è proprio come immaginavo... Tu allora, che cosa mi consiglieresti di fare?»

Arvaj riprese calmo. «Ormai non possiamo più tornare indietro; forse siamo già stati accerchiati dal nemico o addirittura gli Urwaian potrebbero aver assalito Elevar approfittando della nostra assenza: anche questa sarebbe un'ipotesi da considerare...»

Ainousa si sentì gelare il sangue; non aveva mai creduto così reale una prospettiva del genere: anche Teirios era impallidito dopo quell'affermazione.

Arvaj continuò tranquillo come se nulla fosse. «Quando Teirios mi ha ragguagliato sull'incauta decisione di Syrion, ho mandato qualcuno dei miei in perlustrazione ma, per quanto ne sappia, non hanno avvistato Urwaian nelle vicinanze né segni della loro presenza. Tornare a Elevar a questo punto è inutile, la città è fortificata e per qualche giorno dovrebbe resistere a un eventuale assedio; domani arriveremo al punto d'incontro con i tuoi alleati e di sicuro sapremo qualcosa di più. Nella malaugurata ipotesi che Syrion sia stato intercettato e sconfitto, cercheremo di rientrare nella capitale; non è una mezza giornata che cambierà le sorti della guerra, almeno spero... C'è un altro aspetto però da non sottovalutare e che più mi preoccupa, gli Ulauar! Io e Teirios gli abbiamo già incontrati, come ben sai, ma di loro non si è più saputo nulla. Dove sono finiti allora? Se quel maledetto Asman si è alleato con Varanis, come li utilizzerà contro di noi?»

«A questo non avevo pensato neanche io... spero proprio di non trovarmeli di fronte.», mugugnò Teirios pensieroso.

L'indomani mattina subito dopo l'alba l'esercito riprese la marcia. La giornata era serena e il soffice manto erboso era ricoperto di rugiada; gli animi tuttavia erano inquieti e tutti avanzavano silenziosi guardandosi intorno. Dopo appena un siklin gli esploratori tornarono di gran carriera verso la colonna. Le notizie che recavano erano drammatiche: l'armata di Arvor era stata annientata.

«Andiamo a vedere!» Ordinò Ainousa e spronò il suo cavallo.

Teirios aggrottò la fronte e subito la seguì insieme a Arvaj e a un altro sparuto gruppo di cavalieri, tra cui gli ambasciatori di Arvor. Un paio di verocron più a Noren comparve davanti ai loro occhi uno spettacolo raccapricciante; l'intera valle era disseminata di cadaveri, su cui stavano banchettando una miriade di uccellacci. Alle estremità del campo di battaglia erano conficcate a terra delle lance con infisse sopra le teste di alcuni soldati uccisi; proprio davanti a loro scorsero anche il capo mozzato di Syrion o almeno quel che ne rimaneva.

«Stupido idiota!» Proruppe Teirios e si voltò dall'altra parte sputando a terra, mentre qualcuno ebbe un conato di vomito.

Ainousa rimase a guardare i resti dello sfortunato re, con gli occhi sbarrati. «Che cosa mi volevi dimostrare? Che cosa mi volevi dimostrare?» Gridò infine.

«Mia regina, è inutile perdere qui altro tempo! Dobbiamo tornare immediatamente a Elevar come avevamo stabilito ieri sera!»

«Sì Teirios, hai ragione, andiamo via.», girò il cavallo continuando a guardare il viso deturpato di Syrion.

Raggiunsero subito la colonna e fu comandato di invertire l'ordine di marcia e di aumentare il passo; dovevano rientrare prima possibile nella capitale e abbandonare quei territori ormai insicuri.

Ainousa si trovava al centro della colonna e Arvaj aveva messo i suoi cavalieri ai lati per proteggerla. L'animo della regina era carico di emozioni e riusciva a stento a tenere a freno quel senso di panico che l'attanagliava sempre più; il massacro sulla collina l'aveva davvero scossa, tutti quei corpi orribilmente dilaniati... e i nemici poi, dov'erano finiti? Sembravano scomparsi nell'ombra, le loro tracce andavano verso Noren ma a questo punto non c'era più nulla di certo; e se all'improvviso se li fossero trovati proprio di fronte? Che ne sarebbe stato di Elevar in caso di sconfitta? E se invece la capitale fosse già sotto attacco? La colse una fitta al ventre. Che cosa aveva fatto... aveva commesso un errore imperdonabile! Per dar retta a quel mentecatto si era cacciata in un vicolo cieco con il serio rischio di pagarne un prezzo altissimo, la libertà del suo popolo!

Purtroppo quelle paure si tramutarono in realtà intorno all'ora di pranzo, mentre si trovavano lungo il corso del Kaleidon. Gli esploratori non erano ancora rientrati e già di per sé non era un buon segno; i cavalli poi erano nervosi, più dei loro padroni e fiutavano l'aria irrequieti. A un certo punto si udì provenire un rullio di tamburi dalle alture circostanti seguito da un fragoroso calpestio di passi.

La regina divenne pallida in volto. «Oh mio Dio! Oh

mio Dio!»

Poco dopo le cime delle colline si riempirono di una schiera immensa di nemici che in breve tempo circondò la colonna adamant.

Teirios cercò di tenere a freno il suo destriero che aveva sollevato smanioso le zampe anteriori e si dette una rapida occhiata intorno; infine sbottò. «Maledizione! Ma quanti sono... Siamo accerchiati! L'unica via di fuga è il fiume ma non è guadabile qui! Ci hanno teso proprio una bella trappola; loro davanti e sui lati, dietro il Kaleidon... Non possiamo andare da nessuna parte!»

Anche gli altri soldati si guardarono intorno smarriti, comprendendo che non c'era via di scampo; lo scontro era inevitabile e si trovavano in posizione svantaggiata.

«Che facciamo?» Domandò confusa la sovrana.

«Non ci sono alternative! Ci prepariamo alla battaglia.», rispose Teirios di rimando; poi uscì dalla colonna e corse avanti e indietro con il suo cavallo impartendo ordini a destra e a manca. In breve i carri furono gettati sul fianco e gli arcieri si disposero dietro con parte della fanteria, pronta a intervenire come rinforzo là dove fosse servito durante il combattimento. La maggior parte delle truppe invece si sistemò al centro, inquadrata in più file con la cavalleria alle estremità; Ainousa fu portata al sicuro dietro le difese.

Dalle alture cominciarono a calare gli Urwaian in schiere ben ordinate con la cavalleria lachvain ai lati; davanti a loro c'era una massa informe d'individui dalla pelle grigia che urlavano e strepitavano mostrando i denti e le loro armi.

«Ecco dov'erano finiti quei maledetti Ulauar.», mormorò Arvaj.

Allora si udì il suono di un corno e quella moltitudine disordinata iniziò a correre lungo il pendio gridando all'impazzata.

«Non fatevi prendere dal panico! Gli arcieri scocchino a 50 diacron!» Urlò Teirios e subito i suoi ordini vennero ripetuti tra le file degli Adamaint.

A quel punto partì la prima ondata di frecce che investì gli Ulauar; ne caddero molti ma la carica non s'interruppe. Gli arcieri fecero in tempo a tirare altre due o tre volte perché gli avversari erano ormai prossimi. I fanti adamaint erano tutti vicini tra loro, gli scudi uniti a formare una barriera impenetrabile.

«Tenetevi pronti e non rompete la formazione, non rompete la formazione!» Strepitarono gli ufficiali di compagnia. L'ultima scarica di frecce fu scoccata quasi ad altezza d'uomo, poi le due schiere entrarono in contatto e lo scontro fu tremendo; si udì un clangore fragoroso, cui seguirono quasi subito le urla strazianti dei feriti.

«Tenete la posizione, mantenete la posizione!» Continuavano a ripetere i più alti in grado ma in pratica era impossibile. Gli Ulauar si gettavano addosso quasi a corpo morto, incuranti della loro sorte; sembravano assatanati, i loro occhi erano rossi di sangue: non gli importava di morire, la loro mente pareva traviata da qualche volontà superiore. In breve l'area davanti alle salmerie divenne un massacro; molti Ulauar giacevano a terra ma anche tra le file degli Adamaint si erano aperte delle crepe preoccupanti.

A quel punto Ainousa, accortasi che il morale stava venendo meno, incurante del pericolo, montò a cavallo e si avvicinò al reparto di cavalleria gridando: «Uomini, a me! Ricacciamo queste bestie nella fogna da cui sono provenute! Per Elevar! Libertà o morte!»

Subito si gettò fuori nella mischia seguita dai suoi tra il

suono dei corni e uno sventolio di bandiere al vento.

Teirios, tutto impegnato a inviare rinforzi là dove fosse necessario, si accorse troppo tardi della decisione di Ainousa.

«Maledizione! Che cosa sta facendo?»

Allora si rivolse a uno dei suoi fidi. «Malcon, continua tu! Devo andare dalla regina!»

Lungo la strada incontrò Arvaj già pronto con i suoi. «Seguimi, andiamo a difendere Ainousa!»

Questi non se lo fece ripetere due volte e così la raggiunsero sul lato destro; la regina era già era entrata in contatto con gli Ulauar.

«Vieni via!» Gridò Teirios.

«Non sia mai che io mi tiri indietro quando i miei uomini si sacrificano per la patria!» Gli urlò di rimando e così dicendo menò un fendente che staccò di netto la testa a un avversario.

Arvaj non poté fare a meno che ammirare il carattere indomito della sovrana ma solo per un attimo perché anche lui fu preso dal fervore della battaglia.

La sortita dei Lachvaian fu però colta da Asman che scrutava ogni particolare dall'alto della collina insieme agli ufficiali superiori; subito ordinò a Malkaj di intervenire e questi non se lo fece ripetere due volte.

«Uccidiamo il traditore!» Gridò ai quattro venti.

La sua cavalleria allora piombò come una valanga sugli Adamaint e in quel momento si capovolsero definitivamente le sorti dello scontro. Drakis, il comandante delle forze nemiche, scatenò la fanteria che avanzò compatta contro gli avversari, mentre il fronte sinistro della cavalleria si scagliò su Ainousa e i suoi.

La carica di Malkaj fu devastante non solo per la terribile forza d'urto ma anche per lo spavento che incusse negli Adamaint; il fruscio creato dalle ali immaginarie che si aprivano a ventaglio durante l'assalto, creò il panico e al momento dell'impatto i cavalieri sventrarono senza pietà le file rivali, travolgendo chiunque si trovasse di fronte.

Anche Ainousa, sebbene combattesse selvaggiamente menando colpi a destra e a manca, si accorse che il nemico stava avendo la meglio.

«Dobbiamo ricompattarci! Ritiriamoci tutti dietro le salmerie e vendiamo cara la pelle.» Urlò Teirios.

La regina assentì e insieme ai suoi cominciò a indietreggiare; la sua armatura era completamente imbrattata di sangue e lei gridava come un'ossessa in preda alla foga: le chiome uscivano folte dall'elmo, sembrava una dea guerriera. Gli avversari avevano compreso chi fosse e si assieparono intorno cercando di farla prigioniera.

Ainousa allora ordinò ai suoi: «Uccidetemi se dovessi finire nelle loro mani! Uccidetemi, per evitarmi tormenti peggiori!»

I pochi rimastile accanto invece la circondarono per riportarla su posizioni più sicure; avrebbero potuto mai fuggire mentre la loro sovrana si trovava in pericolo? Quale onore invece, poter combattere e morire al suo fianco.

A quel punto accadde l'inevitabile; un Ulaur la prese di mira con il suo arco; la freccia nera, intrisa di veleno, fendette l'aria e alcuni istanti dopo l'armatura di Ainousa fu trapassata a destra sotto la clavicola. Un gemito la colse, si avvinghiò al collo del suo destriero per non cadere nella mischia; guardò la freccia con orrore, poi perse i sensi, il veleno già cominciava a propagare il suo effetto.

«La regina è stata colpita! La regina è stata colpita!»

La notizia si sparse come un turbine cogliendo gli Adamaint tra capo e collo e il mondo parve loro crollare addosso.

Ormai tutto era perduto; chi avrebbe potuto aiutarli? Il morale crollò a picco e le file si sciolsero disordinatamente nonostante gli ordini degli ufficiali di serrare i ranghi. In men che non si dica tutti si diedero alla fuga, chi gettandosi nel fiume, chi correndo qua e là senza una meta ben precisa tra il clamore assordante degli avversari.

Teirios raggiunge Ainousa e la portò fuori dalla mischia, poi la distese su un carro e fuggì via per evitare che fosse fatta prigioniera; fu protetto dagli ultimi reparti di cavalleria che fecero da scudo: molti uomini versarono la loro vita per proteggerne la ritirata. Dopo circa un quarto di siklin riuscirono ad attraversare un punto guadabile con il carro e oltrepassata l'altra riva del Kaleidon, corsero via, mentre i pochi cavalieri sopravvissuti rallentavano l'avanzata degli inseguitori.

Anche Arvaj si era gettato con i suoi tra le fila nemiche che cercavano di raggiungere Ainousa ma era una lotta impari perché gli avversari sembravano centuplicarsi attimo dopo attimo; alla fine caddero tutti come eroi sotto i colpi dei rivali: lo stesso Arvaj, centrato in fronte dal sasso di un fromboliere, finì a terra privo di sensi; si risvegliò tempo dopo accusando un forte dolore al fianco.

«Questo è ancora vivo!» Sbraitò qualcuno in un dialetto strascicato appena comprensibile.

Il guerriero allora aprì gli occhi ancora intontito; davanti a lui c'erano le sagome di tre Ulauar che lo afferrarono per poi trascinarlo di peso fino a un carro, dove lo sistemarono insieme a un'altra decina di feriti legati mani e piedi. Ci volle ancora un po' prima che si riprendesse perché la testa gli doleva; aveva infatti una vistosa tumefazione sulla fronte coperta da sangue raggrumato.

Lo spettacolo che gli si parò dinanzi era desolante; l'intera valle era disseminata di cadaveri e gli Ulauar camminavano ricurvi avanti e indietro cercando chi fosse ancora in vita: se ne trovavano qualcuno, lo trascinavano fino a quei carrozzoni come avevano già fatto con lui.

A un tratto gli si avvicinò un'ombra seguita da una risata sinistra. «Sei ancora vivo allora... Non so se sia stato un bene per te, ma credo proprio di no.»

«Malkaj! Razza di sporco bastardo che non sei altro!» Esclamò Arvaj ripresosi all'istante appena l'ebbe riconosciuto.

«Puoi imprecare quanto vuoi, tanto non servirà a niente!» Sogghignò l'altro.

«Ti ritroverò un giorno e ti ucciderò con le mie mani!» Riprese Arvaj paonazzo in viso.

«Su questo ho i miei dubbi; ci penseranno gli Ulauar a farti cambiare idea. Addio Arvaj!»

Detto questo Malkaj si allontanò continuando a sghignazzare, accompagnato dal suo fedele Ghourzak.

Gli Ulauar terminarono il lavoro a pomeriggio inoltrato; gli Urwaian invece, dopo aver raccolto i feriti e seppellito i cadaveri, avevano già preso la direzione di Elevar accompagnati dai Lachvaian. Asman aveva deciso di seguirli per sincerarsi della resa degli Adamaint; stringeva stretto a sé il Libro della Vita trafugato a Khareem Vasta e ghignava malefico immaginando già il prossimo futuro. Tutto andava secondo i suoi piani; una volta caduta Elevar, sarebbe rientrato a Volturion e avrebbe liberato Darkos dalle catene, insieme sarebbero divenuti i padroni di Arvhèia.

Arvaj dal canto suo non era particolarmente entusiasta della situazione, soprattutto alla luce delle parole di Malkaj; aveva già conosciuto gli Ulauar e sapeva bene di cosa fossero capaci.

Poco più tardi anche il loro convoglio partì lentamente;

ogni tanto qualche Ulaur si accostava ai carri e guardava malevolo i prigionieri, poi si rivolgeva ai suoi compagni e insieme sghignazzavano di nascosto.

Arvaj fu scosso da un brivido. "Non voglio nemmeno immaginare quale sarà la nostra sorte…"

Poi scorse tra i prigionieri feriti alcune facce conosciute che piangevano e cercò di consolarle; infine chinò il capo afflitto pensando a Eleanor, l'unica persona in grado di dargli ancora una ragione per vivere. Chissà se l'avrebbe più rivista…

Quella stessa notte si accamparono nei pressi di un'abitazione diroccata e i timori di Arvaj si trasformarono purtroppo in atroce realtà; gli Ulauar presero una decina di feriti e li fecero scendere dai carri, poi dopo averli ammazzati li sbranarono sotto gli occhi atterriti dei superstiti.

Quell'orribile supplizio si ripeté ogni giorno finché la carovana raggiunse le rovine di Volturion; gli Ulauar, infatti, avevano da tempo preso dimora nei resti dell'antico palazzo reale. I sopravvissuti furono condotti nei sotterranei della fortezza e rinchiusi nelle prigioni in attesa del loro crudele destino.

ΛPPENDICE NOΦI

Afdhal	Città portuale nel regno di Arvor
Ainousa	Principessa Adamant, figlia del re Alcain
Ainur	Padre di Tamar
Airìa	Amante di Arsen
Alanj	Cugino di Silaj
Alaurin	Il più grande fiume di Arvhèia
Alcain	Re degli Adamant, padre di Ainousa
Altair	La Spada di Elaiar
Antàlia	moglie di Elaiar
Arasia	Moglie del pastore adamant Lucas
Arcadis	Primogenito di Varanis, tiranno di Urwan
Arion	Fratello di Tamar
Arsen	Signore della contea di Lamoran
Artinia	Una delle isole dell'arcipelago Ghelàos
Arvaj	Amico fraterno di Gherson, di etnia Lachvain
Arvor	Nazione alleata di Adamant
Ascaur	Uomini ingannati da Darkos
Asman	Awax Vaimar
Avaris	Fratello di Euleos
Awax vaimar	Termine con cui si definisce un "Uomo sacro"
Carvaria	Città portuale di Urwan
Dalìa	Inserviente di Eleanor
Darida	Moglie di Drusan
Darkos	L'antico Demone, primo dei ribelli
Denaer	Figlio di Teirios
Drusan	Adamant, avversario di Gherson
Efaialtos	Primo Consigliere del re Alcain
Elaiar	L'angelo posto a custodire il passaggio tra Ghenesia e Arvhèia
Elazar	Figlio di Gherson
Eleanor	Cugina di Rhiannon
Elesian	Creatura arborea di Ghenesia
Elevar	Capitale del regno degli Adamant
Elora	Madre di Gherson
Endèia	Lago sopra la città di Elevar
Erianna	Figlia del re degli Elfi: in seguito trasformatasi in Elesian

Euleos	Uno dei primi uomini comparsi sulla terra, fratello di Avaris, amante di Erianna.
Evalion	Capobranco dei Lonegrain
Fradibon	Paese di Arvhèia dove soggiornarono Gherson e Tamar
Gavaon	Fratello di Tamar.
Garund	Soldato Adamant, amico di Gherson.
Ghelàos	Arcipelago di isole.
Gherson	Principe ereditario di Urwan.
Ghrourzak	Lupo famelico.
Golkàn	Lachvain padre di Malkaj
Gormor	Creatura malefica generata da Malion nel duello con Gherson
Ierax	Il falco misterioso
Kareem Vasta	Dimora degli awox vaimer.
Kaleidon	Fiume della valle di Elaiar.
Kouderos	Segretario di Varanis
Kratis	Insegnante di Gherson, durante l'Accademia
Lakùn	Serpente, servo di Asman
Lamash	I destrieri dei Lachvain.
Lamoran	Contea confinante con il regno di Adamant.
Lantàra	Una delle due lune di Arvhèia
Larios	Fratello di Garund.
Lonegran	Razza di cavalli selvaggi
Lucas	Pastore adamant
Malion	Demone. serva di Darkos
Malkaj	Lachvain figlio di Golkàn
Martay	Lago di Arvhèia
Mishael	Angelo di Yrshar
Nerinos	Una delle isole dell'arcipelago Ghelàos
Nestor	Ufficiale adamant, amico di Gherson morto durante l'assedio di Elevar.
Nevious	Re delle isole dell'arcipelago di Ghelàos, marito di Eleanor.
Nicanor	Nave con cui Gherson raggiunge Xantios
Ramson	Il vecchio pastore: Avax Waimar, che in passato salvò Gherson
Raukar	Creatura selvaggia del Nord
Rhiannon	Moglie di Gherson
Rodia	Locandiera che ospita Gherson e Tamar a Fradibon
Ruvion	Comandante della nave Nicanor
Sahin	Deserto

Sartanis	Ufficiale urwain ucciso da Gherson.
Sefiron	Paese al confine con le terre di Urwan
Sidora	Sorella di Garund.
Silaj	Fratello di Arvaj.
Sinnarin	La grande pianura
Syrion	Principe di Arvor.
Tamar	Schiava di Arsen.
Tanis	Padre di Gherson.
Tarsidis	Vecchio generale dell'esercito di Urwan morto durante l'assedio di Elevar
Teirios	Ufficiale Adamant amico di Gherson
Toultain	Popolo di Arvhèia
Ulaur	Abitante delle paludi
Urghuir	Servitori di Malion
Valaur	Capitale di Urwan
Valdor	Awax vaimar di Kareem Vasta
Varanis	Il tiranno di Urwan
Xantios	Isola principale dell'arcipelago Ghelàos
Yrshar	Nome che viene dato al Creatore di tutto. Significa l'Onnipotente.
Zavron	Soldato Cardain
Zeugma	Il capo degli Ascaur
Zirchana	Città nel sud di Urwan sede dell'accademia

UNITÀ DI MISURA

Siricron	Decima parte di un acron
Acron	19 centimetri
Diacron	Dieci acron
Galacron	Cento acron
Verocron	Mille acron

CRONOLOGIA DEGLI EVENTI

Calendario di Arvhèia:	**Il nostro calendario**
1 Avrist	1 gennaio
1 Meron	31 gennaio
1 Nainur	2 marzo

15	16	Alcain invia Teirios da Gherson
22	23	Inizio della storia
23	24	Gherson combatte con i raukar
24	25	Incontro con Ramson
26	27	Ritorno di Ramnson e Incontro con Teirios
27	28	Scontro con i Raukar e partenza per Aser
28	29	Fuga da Aser ed arrivo nella pianura di Sinnarim
1 Enver	1 aprile	
2	2	Episodio alla locanda nei pressi della città di Stirion
3	3	Sfogo di Garund
4	4	Scontro con gli Urwaian
5	5	Pernotto sul lago di Visona
6	6	Arrivo ad Elevar La notte la cena con riconoscimento.
7	7	Gherson racconta la sua storia
8	8	Incontro con Evalion
11	11	Gherson conosce la storia di Nestor. Varanis viene a conoscenza che il nipote è vivo
12	12	
13	13	Partenza per Kareem Vasta ed arrivo al castello di caccia
16	16	Arrivo a Kareem Vasta. Rhiannon viene a conoscenza che Gherson è vivo
17	17	Partenza da Kareem Vasta
19	19	Arrivo nel territorio di Arsen
20	20	La notte nel castello di Arsen e fuga. Rhiannon giunge a Carvaria
21	21	Rientro al castello di caccia
23	23	Rientro ad Elevar
24	24	Incontro con Aiwin partenza per Carvaria
26	26	Gherson giunge a Sefiron
27	27	Morte di Rhiannon a Carvaria
28	28	Gherson viene liberato da Arvaj ed uccide Sartanis

29	29	Scontro con la colonna degli Urwaian
1 Kougar	1 maggio	
2	2	Rientro ad Elevar
3	3	Gherson incontra Alcain
24	24	Gli Urwaian assediano Elevar. La notte Gherson entra nella grotta di Antalia
25	25	Gherson libera Elevar uccidendo il cugino. Morte di Alcain
26	26	Gherson sconfigge definitivamente l'esercito di Urwan
27	27	Funerali di Alcain
28	28	Ainousa Incoronata regina
30	30	Partenza per Afdhal
1 Avar	31 Maggio	
5	4	Arrivo ad Afdhal
7	6	Partenza per le isole Ghelaos
10	9	Arrivo alle isole
11	10	Scontro con i pirati Arvaj rimane ferito
17	16	Gherson parte dall'arcipelago
18	17	La nave affronta una tempesta improvvisa
20	19	Gherson naufraga sull'isola misteriosa e incontra Malion
21	20	Asman incontra i soldati Urwaian
22	21	Gherson fugge dall'isola con Ierax
23	22	Scontro con Malion e incontro con Tamar Malion raggiunge Ghenesia
24	23	Elazar conosce Mishael Incontro di Gherson con gli Ascaur
25	24	Asman incontra Varanis
26	25	Gherson giunge a Fradibon
27	26	Arrivo a Ramius. Malion incontra Mishael

28	27	Gherson e Tamar partono per Kareem Vasta
29	28	Gherson parte per Ghenesia Valdor parte per Xantios
30	29	Tamar rimane ferita
1 Nizar	30 Giugno	
2 Nizar	1 Luglio	
3 Nizar	2 Luglio	
8	7 Luglio	Arvaj incontra Valdor
9	8 Luglio	Arvaj si dichiara a Eleanor Morte di Silaj
10	9 Luglio	
11	10 Luglio	Arvaj parte alla volta di Afdhal Tamar si sveglia dal coma
12	11 Luglio	Asman nomina Malkaj nuovo capo dei Lachvaian
15	14 Luglio	
16	15 Luglio	Arvaj raggiunge Afdhal e incontra Teirios
19	18 Luglio	Primo scontro di Arvaj e Teirios con gli Ulauar
20	19 Luglio	Teirios e Arvaj raggiungono la capanna di Lucas Secondo scontro con gli Ulauar
21	20 Luglio	Teirios e Arvaj incontrano Asman. Caduta di Valdor
22	21 Luglio	Teirios e Arvaj raggiungono Elevar
27	26 Luglio	Varanis raduna il consiglio di guerra.
1 Elar	30 Luglio	
5	4 Agosto	Asman raggiunge Khareem Vasta, Ramson e Tamar fuggono via da Arvhèia Ainousa viene a conoscenza dei piani di Varanis.
13	12 Agosto	Ainousa parte da Elevar con il suo esercito

19	18 Agosto	Sconfitta degli Adamaint lungo il fiume Kaleidon, Ainousa è ferita gravemente.
1 Kistar	29 Agosto	
1 Tamir	28 Settembre	
1 Silvar	28 Ottobre	
1 Elidar	27 Novembre	

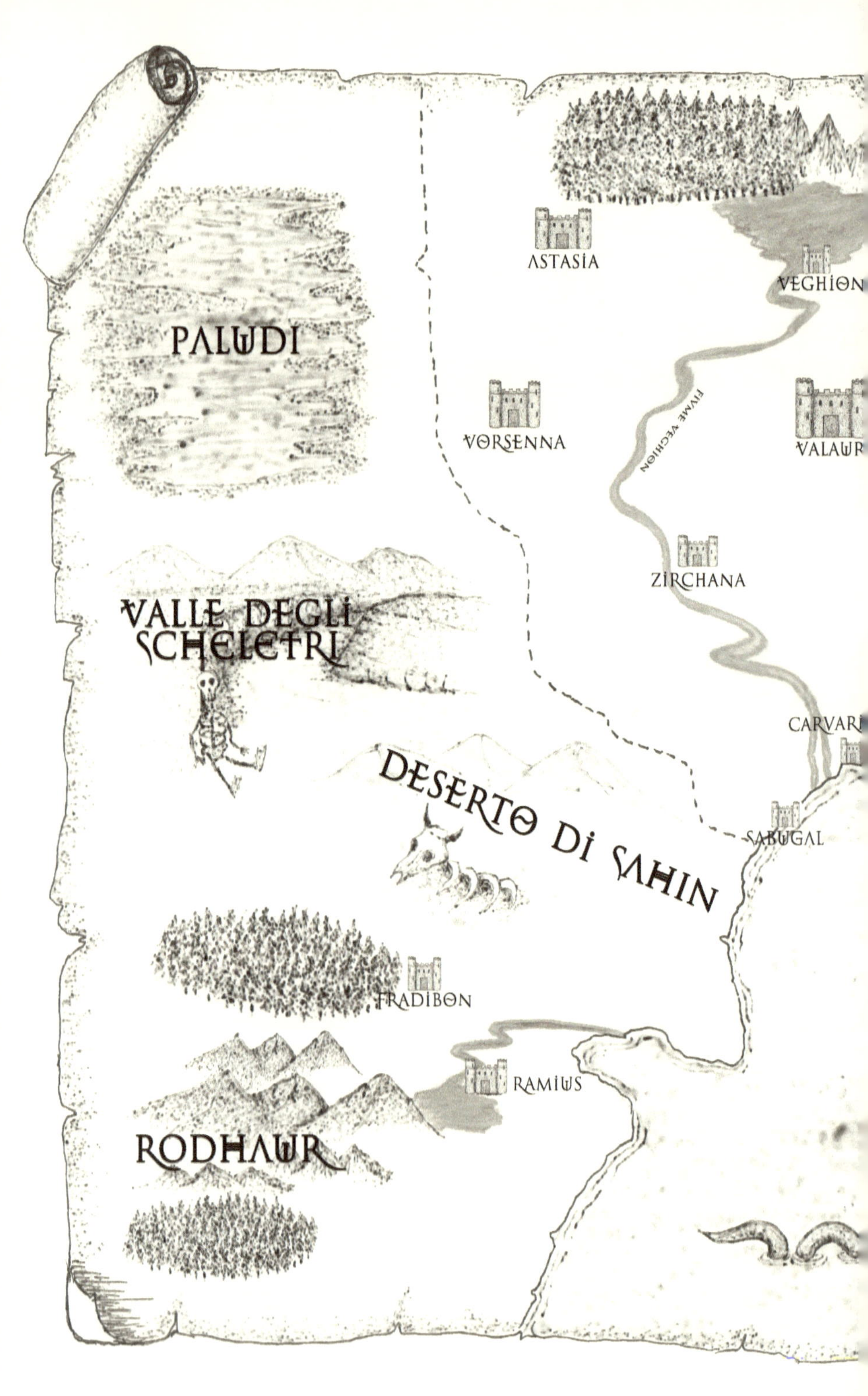

PALUDI
VALLE DEGLI SCHELETRI
RODHAUR
DESERTO DI SAHIN
ASTASIA
VORSENNA
VEGHION
FIUME VECHION
VALAUR
ZIRCHANA
CARVAR
SABUGAL
FRADIBON
RAMIUS

ISADOR
MONTI ZAWROS
GRAEVION
ANTURION
FOSCAR
FIUME ALAWBIN
URWAN
STIRION
SAVODART
VOLTURION
MONTI AZZVRRI
CASCATE DI ALTAIR
ADAMANT
ARVOR
SEFIRON
FIUME LEVIAN
ELEVAR
FIUME KALEIDON
KAREEM VASTA
GALION
CONTEA DI LAMORAN
AFDHAL
NOREN
N/O
N/G
DONAW
GARTH
OREN
ARCIPELAGO GHELAOS